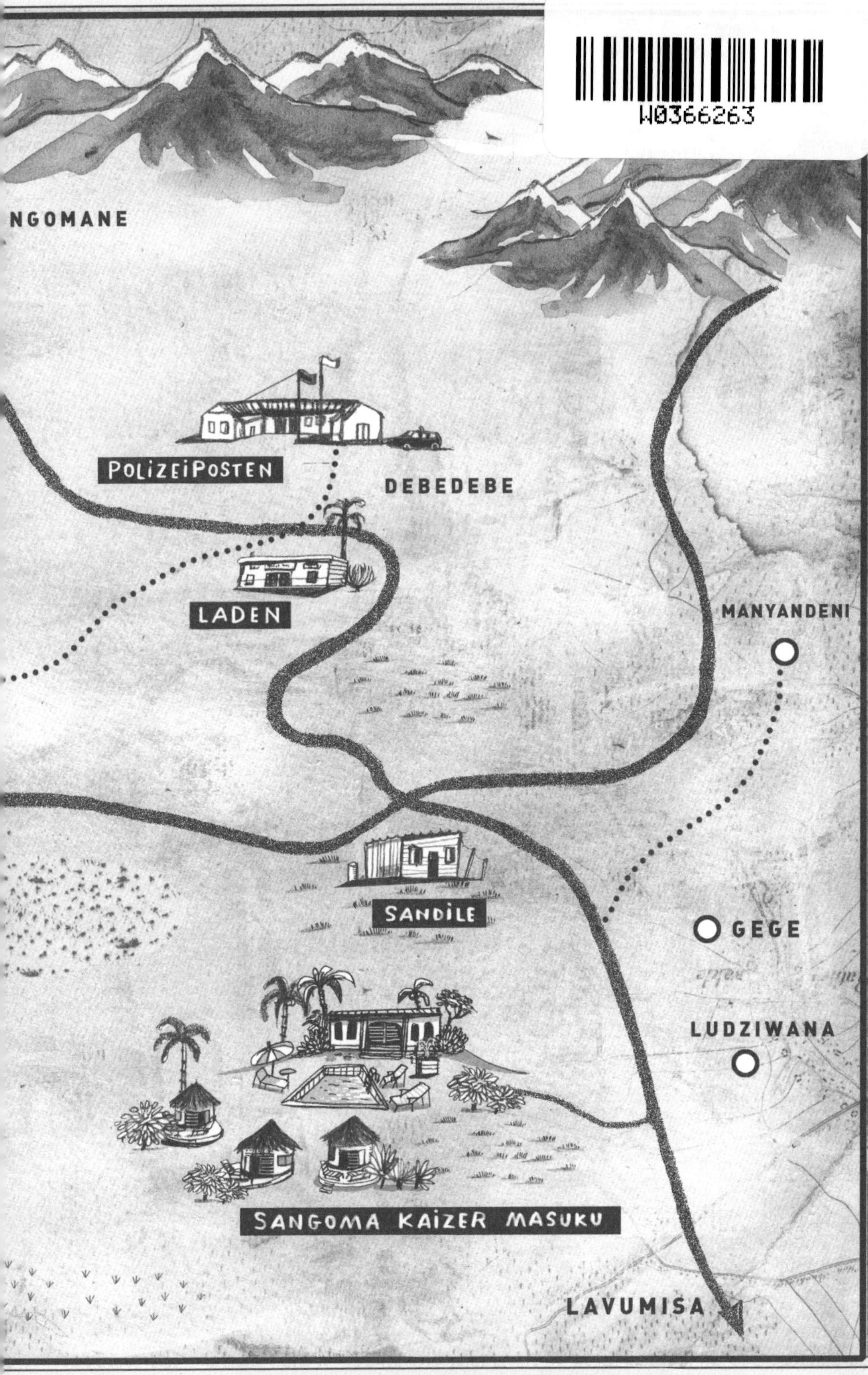
NGOMANE
POLIZEIPOSTEN
DEBEDEBE
LADEN
MANYANDENI
SANDILE
GEGE
LUDZIWANA
SANGOMA KAIZER MASUKU
LAVUMISA

Oetinger

Kirsten Boie

Eine Welt aus Büchern

Mehr von Kirsten Boie (Auswahl)

Thabo – Detektiv & Gentleman – Der Nashorn-Fall
Entführung mit Jagdleopard
Der Junge, der Gedanken lesen konnte
Der durch den Spiegel kommt
Skogland
Sophies schlimme Briefe
Wir Kinder aus dem Möwenweg

MIX
Papier aus verantwortungsvollen Quellen
FSC® C014496

Einband und Vignetten von Maja Bohn
Satz: Dörlemann Satz, Lemförde
Druck und Bindung: GGP Media GmbH, Pößneck
Printed 2017
ISBN 978-3-7891-0395-7

wwww.oetinger.de

www.kirsten-boie.de

Kirsten Boie

THABO

- Detektiv & Gentleman -

Die Krokodil-Spur

Vignetten von Maja Bohn

Verlag Friedrich Oetinger · Hamburg

Eine Namensliste der Personen und eine Liste aller schwierigen Wörter findet ihr ganz am Schluss des Buches.

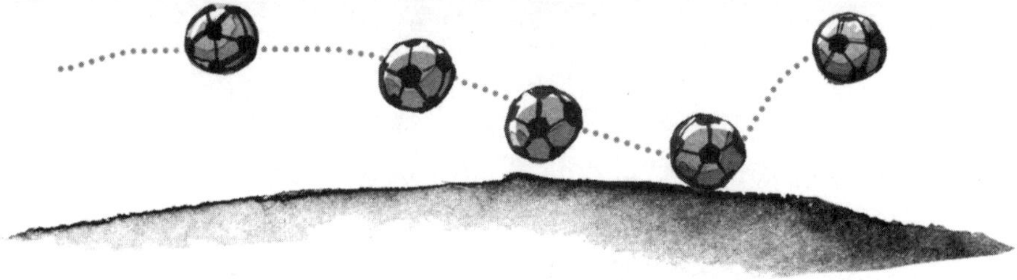

1

Was für ein Gebrüll!

Das musste Pilot sein, ohne Frage. Wenn einer so brüllt, als ob eine ganze Nilpferdfamilie hinter ihm her wäre, kann das nur Sibusiso Pilot sein. (Oder Lungile Lemonade.) Aber bis auf Miss Agathas Rasen kommen unsere Nilpferde zum Glück selten, und auf Miss Agathas Rasen haben wir gerade Tee getrunken, also keine Sorge.

»Thabo! Du sollst sofort kommen, Thabo! Buya lana! Sifiso hat gesagt …«

Entschuldigen Sie bitte, meine Damen und Herren! Ich weiß, so kann man nicht beginnen, es ist unhöflich. Miss Agatha hat mir erklärt, dass der wahre Gentleman sich immer zuerst vorstellt.

Ich heiße Thabo, Thabo Sonnyboy Shongwe, und ich bin im allerbesten Alter für einen Jungen. (Darüber, welches Alter das ist, muss ich hier leider den Mantel des Schweigens breiten. Miss Agatha sagt, der wahre Gentleman redet nie übers Alter, und ich habe vor, später ein wahrer Gentleman zu werden.)

Ich habe also bei Miss Agatha auf dem Rasen gesessen und mit ihr Tee getrunken, als Pilot angerannt kam. Emma saß ausnahmsweise auch mit am Tisch, sie hatten in ihrem englischen Internat gerade Weihnachtsferien. Weihnachtsferien haben Sie in England, wenn ich es recht verstehe, zur selben Zeit wie wir in Afrika: im Ngongoni, dem Monat des kleinen Gnus; auch wenn es bei Ihnen im Ngongoni merkwürdigerweise Winter ist. Deshalb freut Emma sich immer besonders, wenn sie zu uns nach Hause kommt, sagt sie. Weil es bei uns im Königreich dann natürlich Sommer ist und warm (sehr warm, manchmal) und sie sich für ihr kaltes englisches Internat vier Wochen lang aufwärmen kann. Das kann man verstehen.

Emma ist meine allerbeste Freundin und die Tochter von Ms Wendy Chapman, der Lion Lodge gehört. Von Lion Lodge haben Sie vielleicht noch nicht gehört, aber vielleicht von Lion Park. Viele Touristen kommen, um sich bei uns in Lion Park Löwen und Giraffen und Elefanten und so weiter anzusehen. Lion Park ist berühmt auf der ganzen Welt, es könnte also sein, dass Sie Lion Park kennen.

Und Miss Agatha ist Emmas Großtante und die Tante von Ms Wendy Chapman. Miss Agatha ist so alt, dass der Respekt mir verbietet zu sagen, sie wäre meine allerbeste Freundin. Ich erkläre es so: Wäre Miss Agatha viele, viele Jahre jünger, wäre vielleicht *sie* meine allerbeste Freundin, vielleicht eine bessere Freundin als Emma. Weil Miss Agatha und ich auf den Seiden-Chintz-Sesseln in ihrem Wohnzimmer immer gemeinsam Filme auf DVD gucken, in denen eine alte Dame (sie heißt Miss Marple) mit ihrem Freund Mr Stringer Kriminalfälle aufklärt. Natürlich tut sie das in England. In England gibt es sehr viel mehr Kriminalfälle als bei uns in Hlatikulu, scheint mir.

Auch Pilots Gebrüll klang leider nicht wirklich nach einem Kriminalfall. (Ich habe gelernt, nicht zu früh zu hoffen. Obwohl ich beschlossen habe, später nicht nur ein Gentleman, sondern auch Privatdetektiv zu werden, und ein bisschen Übung gut gebrauchen könnte. Meinen ersten Fall habe ich, ohne mich brüsten zu wollen, schon gemeinsam mit Emma und Sifiso für die Polizei aufgeklärt.) Pilots Gebrüll klang eher so, als wäre bei Sifiso wieder mal irgendetwas schiefgegangen und er brauchte meine Unterstützung.

Sifiso braucht oft meine Unterstützung. Er ist mein allerbester Freund, und bei ihm geht leider öfter etwas schief, weil er sich allein um seine drei jüngeren Geschwister kümmern muss. (Seit seine Eltern gestorben sind.) Und seine jüngste Schwester Lungile Lemonade hat den Geist eines Schwarms wilder Bienen in sich, sagt Sifiso. Ich habe also gedacht, dass es wahrscheinlich wieder ein Problem mit Lungile Lemonade gibt. Probleme mit Lungile Lemonade gibt es oft.

Pilot ist neben dem gedeckten Tisch auf dem Rasen stehen geblieben, hat geschnauft und auf den Tisch gestarrt und auf den Teller mit den Scones und auf die Sahne und auf das Jam-Glas. (Sie kennen natürlich Scones, meine Damen und Herren. Es sind diese englischen Kuchenbrötchen, die schmecken wie süßer, getrockneter Lehm.)

»Sibusiso Pilot!«, habe ich streng gesagt. »Nicht!«

Sifiso möchte nicht, dass seine kleinen Geschwister betteln, Hunger hin oder her. Nicht mal bettelig gucken dürfen sie. Sifiso hat sehr viel Ehre im Leib, und niemand soll denken, er würde sich nicht gut um seine kleinen Geschwister kümmern. Das würde auch nicht der Wahrheit entsprechen, ich kann es beschwören.

Aber Miss Agatha hatte Pilots Blick schon gesehen. »Sawubona, Pilot!«, hat sie gesagt. »Setz dich doch zu uns! Und nimm dir auch einen Scone mit Jam!«

Jetzt hat Pilot zu mir hingeguckt. Ich habe genickt. Wenn Miss Agatha es von sich aus angeboten hatte, ging es in Ordnung.

Und außerdem konnte ich dann meinen Scone auch noch zu Ende essen und Emma dabei helfen, Miss Agatha zu überzeugen, dass sie uns in zwei Tagen ins Zonkizizwe-Stadion fuhr – zum Finalspiel um den Wohltätigkeitspokal der königlichen Brauerei, Manzini Leopards gegen Mbabane Mambas.

»Die Manzini Leopards gegen die Mbabane Mambas!«, hat Emma gesagt. »Der Fußballhöhepunkt des Jahres!«

»Das wollen Sie doch nicht verpassen, Miss Agatha!«, habe ich beschwörend gesagt.

Die Wahrheit war, Emma und ich hatten keine Ahnung, wie wir sonst ins Zonkizizwe-Stadion kommen sollten. An einem Samstag hat Ms Wendy Chapman immer genug zu tun, da kommen die Wochenendgäste aus Südafrika nach Lion Lodge. Am Samstag konnte sie uns darum nicht fahren, und mit dem Minibus-Taxi kommt man von uns aus ganz schlecht zum Zonkizizwe. Und einen Führerschein haben weder Emma noch ich. (Obwohl ich öfter mit Onkel Vusis Safari-Jeep fahre, wenn es für Onkel Vusi nötig ist. Aber zum Finale war es für Onkel Vusi nicht nötig. Wer Onkel Vusi ist, kann ich später noch berichten.)

Miss Agatha hat ihren Blick von Pilot abgewandt und stattdessen missbilligend zu mir hingeguckt.

»Ich habe mich nie für Fußball interessiert, Thabo, immer nur für Kricket, das weißt du!«, hat sie gesagt. »Fußball! Einen Ball mit dem Fuß treten, wie grob! Ja, wenn ihr von Kricket reden würdet ...«

Ich kann mir nicht vorstellen, dass es tatsächlich irgendwo auf der Welt einen Engländer gibt, dem Fußball gleichgültig ist. Und was Miss Agatha an Kricket finden kann, weiß ich wirklich nicht. Auf dem Feld sind bei Kricket nur lauter Männer in weißer Kleidung, die ab und zu kurz rennen oder mit ihrem Schläger schlagen. Und am Rand sitzen elegante Damen mit Hüten auf dem Kopf und Teetassen in der Hand. »Hinterher wirst du es bereuen, Auntie!«, hat Emma gesagt. »Alle werden über das Finale sprechen! Nur du kannst dann nicht mitreden!«

Es würden wohl eher wir sein, die nicht mitreden konnten.

»Ich glaube, euer kleiner Freund hier hat es eilig!«, hat Miss Agatha gesagt und auf Pilot gezeigt. Damit hat sie signalisiert, dass das Thema Fußball für sie beendet war.

2

Konnte es wirklich sein, dass wir das wichtigste Fußballspiel des Jahres verpassen würden, nur weil Miss Agatha sich für altmodische Sportarten wie Kricket interessierte? Eish! Was für eine Enttäuschung!

Aber Pilot ist tatsächlich die ganze Zeit von einem Fuß auf den anderen getreten, als ob er dringend etwas erledigen müsste, was ich hier nicht aussprechen will. (Er hat nicht mal Miss Agathas Gruß erwidert, wie es sich gehört.) »Thabo, du musst ganz schnell …!«, hat er wieder gesagt. Auf den Tisch gestarrt hat er noch immer, aber hingesetzt hat er sich nicht.

»Was kann denn so eilig sein, dass du nicht mal einen Scone möchtest, Pilot?«, hat Miss Agatha gefragt. »Für deine Geschwister kannst du auch gern ein paar mitnehmen!« Sie hat ihm den Teller hingehalten.

Da hat Pilot zugelangt. Hingesetzt hat er sich nicht.

»Es ist wegen Delighty!«, hat er mit vollem Mund gesagt. (Der wahre Gentleman spricht nicht mit vollem Mund. Daran sehen Sie, dass Pilot ganz sicher keiner ist.) »Delighty ist weg!« Dann hat er sich noch einen Scone genommen.

»Was?«, habe ich gefragt.

Hlahla Delighty ist das älteste Mädchen in Sifisos Familie, das können Sie nicht wissen. Aber vielleicht sollte ich Ihnen sowieso zuerst die Reihenfolge in Sifisos Familie erklären? Die Reihenfolge ist so: Nach Sifiso Lovejoy Madlopha kommt zuerst Hlahla Delighty, dann kommt Sibusiso Pilot und dann die anstrengende Lungile Lemonade. Mit den beiden Kleinen hat Sifiso viel Ärger, aber Delighty hilft ihm wirklich sehr. Sie kocht jeden Tag den Maisbrei (natürlich nur, wenn Maismehl da ist) und kümmert sich darum, dass Pilot und Lemonade sich die Ohren waschen. (Natürlich nur, wenn Wasser da ist.)

Delighty ist so tüchtig, dass ich sogar schon überlegt habe, ob ich sie nicht später heiraten will. Als Erstes nehme ich natürlich Emma, das habe ich ihr schon versprochen, als wir noch ganz klein waren; aber Delighty könnte dann vielleicht meine zweite Frau werden, mal sehen. Mindestens zwei Frauen hätte ich später sowieso gerne, aber man soll sich nicht zu früh festlegen.

Und jetzt war Delighty verschwunden. Ausgerechnet die zuverlässige Delighty! Vielleicht hatte ich mich auch verhört. Schließlich hat Pilot sich den Mund immer nur voller gestopft, da hatte ich ihn vielleicht nicht richtig verstanden.

»Wie, Delighty ist weg? Seit wann?«

»Sie ist gestern nicht zurückgekommen!«, hat Pilot gesagt. (Jedenfalls glaube ich, dass er das gesagt hat.) »Sie war in Mantongomane bei unserer Tante Bongwe ...«

Aber jetzt hat es Emma gereicht.

»Nun hör gefälligst mal auf, mit vollem Mund zu reden,

Sibusiso Pilot!«, hat sie streng gesagt und den Teller mit den Scones auf dem Tisch energisch zur Seite geschoben. »Rede mal deutlich! Hast du keine Manieren?«

Das habe ich ein bisschen lustig gefunden, weil Emma natürlich ohne Frage ganz wunderbar ist (sonst würde ich sie bestimmt nicht heiraten wollen), aber *Manieren* hat sie leider auch nicht immer. Ich habe mich sogar schon manchmal gefragt, wie es werden soll, wenn ich sie später heirate und ein wahrer Gentleman bin. Ein wahrer Gentleman hat ja immer eine Frau, die eine wahre Lady ist, und eine wahre Lady hat makellose Manieren. Da müsste ich Emma vielleicht noch einiges beibringen, und das ist doch merkwürdig, weil sie schließlich eine Engländerin ist, und die Engländer wissen, wie man sich benimmt, sagt Miss Agatha.

»Delighty ist nach Mantongomane gegangen, zu unserer Tante Bongwe!«, hat Pilot mit einem sehnsüchtigen Blick in Richtung Scones wieder gesagt. Jetzt war er schon viel besser zu verstehen. »Und am Nachmittag wollte sie zurückkommen! Aber sie ist nicht zurückgekommen! Delighty ist nicht mal am Abend zurückgekommen!«

»Die ganze Nacht nicht?«, habe ich gefragt, obwohl das ja eigentlich schon klar war. Nachts ist bei uns kein Kind unterwegs, das ist ein Fakt. Nachts ist es viel zu gefährlich.

»Sie ist nicht da!«, hat Pilot gesagt, und jetzt, wo er höchstens noch ein paar Krümel im Mund hatte, konnte man hören, dass er fast geweint hat. »Du sollst kommen, Thabo! Du sollst Sifiso suchen helfen!«

»Vielleicht ist sie einfach nur über Nacht bei eurer Tante

geblieben?«, hat Miss Agatha ganz vernünftig gesagt. »Das halte ich für hochgradig wahrscheinlich!«

Aber ich wusste, dass Sifiso etwas ganz anderes für hochgradig wahrscheinlich hielt, und dasselbe habe ich leider auch für hochgradig wahrscheinlich gehalten. Delighty ist zuverlässig. Sie bleibt nicht einfach über Nacht bei ihrer Tante Bongwe in Mantongomane, wenn sie es nicht vorher angekündigt hat. Delighty ist so zuverlässig wie die Sonne am Tag und der Mond in der Nacht – und der Weg nach Mantongomane führt über eine ziemlich weite Strecke am großen Fluss Usutfu entlang. Es ist mir eiskalt den Rücken hinuntergelaufen, Sie werden gleich verstehen, warum.

»Ich komme, Pilot!«, habe ich gesagt und bin aufgesprungen.

»Ich auch!«, hat Emma gesagt und sich die letzten beiden Scones in die Taschen ihrer Shorts gestopft.

»Unser schöner Tee!«, hat Miss Agatha geseufzt. Aber gerade hat sie mir kein bisschen leidgetan, selbst wenn das vielleicht klingt, als ob ich respektlos gegenüber dem Alter wäre. Wegen Miss Agatha würden wir am Samstag das Spiel Manzini Leopards gegen Mbabane Mambas verpassen. Und außerdem ging es jetzt um Wichtigeres.

Dann sind Emma und ich mit Pilot losgerannt.

3

Jetzt muss ich Ihnen vielleicht etwas erklären, meine Damen und Herren. Aus den Filmen, die Miss Agatha und ich in Miss Agathas Wohnzimmer gucken, um unsere kriminalistischen Fähigkeiten zu schulen, weiß ich, dass vieles bei Ihnen in England anders ist als bei uns im Königreich. Zum Beispiel die Gefahren bei Nacht. Nun glauben Sie bitte nicht, ich dächte, es gäbe bei Ihnen keine Gefahren bei Nacht, keineswegs! Es scheint, dass bei Ihnen in England nachts die Mörder hinter den Ecken lauern und sündige Verbrecherbanden unschuldige Menschen überfallen. All das geschieht bei Ihnen im Schutze der Dunkelheit, und all das ist nicht schön.

Bei uns allerdings geschehen im Schutze der Dunkelheit andere Dinge, die genauso schlimm sind, und darum sind Emma und ich jetzt so eilig gerannt. Mörder und sündige Verbrecherbanden haben wir nicht so viele bei uns in Hlatikulu; aber Krokodile haben wir im Fluss und Nilpferde und, wenn Sie wollen, natürlich auch Leoparden und Pythons und Schwarze Mambas. Und nachts kann da viel passieren. Niemand, der recht bei Sinnen ist, macht sich bei uns in Hlatikulu nachts zu Fuß auf den Weg, schon gar nicht in der Nähe von Wasser. Es könnte ihm sonst passieren, dass er einem übellaunigen Nilpferd begegnet oder einem hungrigen Krokodil. Und beides, glauben Sie mir, ist noch viel weniger wünschenswert als eine Begegnung mit Ihren Mördern und Verbrecherbanden im Londoner Nebel. Und Delighty, wie ich gesagt habe, ist zuverlässig. Delighty würde niemals über Nacht bei ihrer Tante Bongwe in Mantongomane bleiben, wenn sie Sifiso und Pilot und Lemonade versprochen hat, noch am selben Tag zurückzukommen! Dass Delighty sich vielleicht in Mantongomane einen schönen Abend gemacht hatte, konnte niemand glauben, der sie kannte. (Nicht mal Emma, und Emma denkt gerne Schlechtes von Delighty. Sie können sich denken, warum.)

War Delighty mit ihrem Pflichtbewusstsein also von ihrer Tante Bongwe aufgebrochen, als es eigentlich längst zu spät war für einen sicheren Heimweg? Hatte ihre Tante Bongwe sie vielleicht aufgehalten im Gespräch, oder hatte sie ihr Salz geschenkt oder Seife, sodass Delighty es unhöflich gefunden hatte, sie so schnell wieder zu verlassen? Das war gut möglich, und es war kein schöner Gedanke. Hatte Delighty darum vielleicht erst viel zu spät bemerkt, dass der Himmel begonnen hatte, sich im Westen rötlich zu färben? Und hatte sie sich dann trotzdem noch auf den gefährlichen Weg durch Dämmerung und Dunkelheit gemacht, gegen alles bessere Wissen, einfach, weil sie so zuverlässig ist und ihren Geschwistern versprochen hatte, am selben Tag zurückzukommen?

Meine Damen und Herren, meine Damen und Herren! Der Gedanke war schrecklich. Der Gedanke, was Delighty auf dem Weg am Ufer des großen Flusses Usutfu entlang mit Nilpferden und Krokodilen passiert sein konnte, wenn sie heute Nachmittag noch immer nicht zurück war, war so schrecklich, dass keiner von uns wagte, ihn auszusprechen.

»Sifiso!«, habe ich gerufen, als wir fast bei seiner Hütte angekommen waren. »Sifiso, ist sie inzwischen zurück?«

Sifiso hat vor der Hütte auf dem Boden gesessen und sich mit dem Rücken gegen die Lehmwand gelehnt. Natürlich war die Lehmwand eigentlich keine Lehmwand mehr. Der Lehm war an vielen Stellen längst vom Regen abgewaschen, und das bloße Flechtwerk war zu sehen, und über die Löcher, die der Sommerregen ins Grasdach gerissen hatte, hatte Sifiso einfach Kleidungsstücke gebreitet, anstatt sie mit Elefantengras zu flicken: einen zerlumpten Rock von Lungile Lemonade, ein Hemd ohne Ärmel von Pilot. Sifiso hat so viel Mühe mit seinen jüngeren Geschwistern, dass er nicht auch noch dazu kommt, nach dem Regen regelmäßig die Hütte zu reparieren. Ich sollte ihm helfen.

Aber jetzt half ich ihm erst mal bei etwas anderem.

»Sawubona, Thabo!«, hat Sifiso müde gesagt, als er uns gesehen hat. »Oh, hallo, Emma!«

Daran, dass Sifiso sogar fast freundlich »Hallo!« zu Emma gesagt hat, konnte man sehen, wie schlecht es ihm ging. Sonst ist Sifiso nie besonders freundlich zu Emma, und Emma ist nicht besonders freundlich zu Sifiso. Ich glaube, beide sind eifersüchtig, weil jeder mein bester Freund (oder natürlich meine beste Freundin) sein will. Und jetzt, wo wir angefangen hatten, echte Kriminalfälle aufzuklären, waren sie beide sogar noch eifersüchtiger. Sifiso wollte nicht, dass ich mit Emma die schwierige Arbeit eines Privatdetektivs erledigte, und Emma wollte nicht, dass ich das mit Sifiso tat. Trotzdem hatten wir bei unserem letzten Kriminalfall alle drei zusammengearbeitet. (Und mit Miss Agatha natürlich auch noch.) Manchmal gestattet die Aufklärungsarbeit dem Detektiv nichts anderes.

»Was ist mit Delighty?«, habe ich gefragt. Obwohl ich es natürlich eigentlich wusste.

Lemonade ist von irgendwoher angerannt gekommen, wer weiß, was sie schon wieder getrieben hatte.

»Hast du mir was mitgebracht?«, hat sie gefragt und Emma bettelig angeguckt. Daran, dass Sifiso nicht mit ihr geschimpft hat, konnte man sehen, wie schlecht es ihm ging.

Emma hat Lungile Lemonade einen Scone gegeben (in ihrer Hosentasche war er ein bisschen bröselig geworden) und Sifiso auch einen. »Da!«, hat sie gesagt. »Was ist jetzt mit Delighty, Sifiso?«

Was sollte Sifiso uns da Neues erzählen? Er hat uns noch mal haargenau das Gleiche erklärt wie Pilot vorhin. »Und dabei ist Delighty so zuverlässig!«, hat er gesagt. »Das weißt du doch, Thabo! Delighty würde niemals über Nacht in Mantongomane bleiben, ohne uns Bescheid zu geben. Und jetzt ist es schon Nachmittag!«

Es war ein Elend, dass Delighty kein Handy hatte wie ich. Aber natürlich kann Miss Agatha nicht allen Kindern ein Handy bezahlen. Mir bezahlt sie es nur, damit sie mich immer schnell anrufen kann, wenn sie mich für irgendwas braucht. (Wenn sie ins Internet gehen will, zum Beispiel. Miss Agatha hat einen Laptop.) Aber Delighty braucht sie ja nicht, für nichts.

Und ob seine Tante Bongwe ein Handy hatte, konnte Sifiso nicht sagen, und wen man sonst anrufen konnte in Mantongomane, wusste er auch nicht.

»Dann laufen wir eben hin!«, hat Emma gesagt. »Was soll das ganze Gerede!« Emma denkt immer sehr praktisch, das ist gut, aber leider ist Emma auch sehr bestimmerisch.

»Und ihr bleibt hier, Pilot und Lemonade!«, hat Sifiso zu den beiden Kleinen gesagt. »Ist das klar?«

Pilot hat genickt, und Lemonade hat wie immer so getan, als ob sie ihn nicht gehört hätte. Ihren Scone hatte sie natürlich längst gegessen.

4

Wenn man nach Mantongomane will, muss man von Sifisos Hütte zuerst zehn Minuten durchs Grasland laufen, bevor man auf den Pfad nach Mantongomane trifft. Von da an konnten wir schneller rennen, weil wir besser erkennen konnten, ob vor unseren Füßen vielleicht eine Schlange lauert, eine Python zum Beispiel oder eine Mamba. (Im hohen Gras sieht man das nicht immer so gut.)

Wir freuen uns nicht über die Schlangen im Königreich. Nur die Touristen freuen sich über die Schlangen und machen Fotos mit ihren Handys und Digitalkameras, aber auch nur, wenn sie im Safari-Jeep durch Lion Park fahren. In ihren Cabins in Lion Lodge treffen sie auch nicht so gerne auf eine Schwarze Mamba, das kann man verstehen.

Wir sind zum Glück nicht auf eine Schwarze Mamba getroffen.

Eine ziemlich weite Strecke verläuft der Pfad nach Mantongomane am großen Fluss Usutfu entlang – und ich hatte Ihnen schon von meiner Sorge berichtet. Denn im großen Fluss Usutfu leben Krokodile wie in fast allen Flüssen in unserem Land.

Ich habe gehört, dass Sie diese Plage in Ihren Flüssen in

England nicht haben, und glauben Sie mir, dafür sollten Sie Gott dem Herrn danken. So können Sie Ihr Wasser holen, ohne immerzu in Angst zu sein. Oder Ihre Wäsche waschen. Für uns im Königreich bedeutet der Besuch eines Flussufers immer eine Gefahr. Vor allem für die Kinder. Die Kinder sind es ja fast immer, die das Wasser holen.

Aber warum machst du dir denn dann Sorgen um Delighty?, könnten Sie jetzt einwenden. *Natürlich ist das alles nicht schön, aber Delighty wollte doch überhaupt kein Wasser holen auf dem Weg von ihrer Tante Bongwe aus Mantongomane nach Hause, und Wäsche waschen wollte sie auch nicht!*

Wenn Sie so denken, zeigt das nur, dass Sie unsere Krokodile nicht kennen. (Das soll kein Vorwurf sein. Woher sollten Sie sie auch kennen, wenn sie Ihnen in Ihren Flüssen nicht begegnen. Ich weiß ja auch nichts von den gefährlichen Tieren in *Ihren* Flüssen.) Krokodile sind heimtückische Geschöpfe. Sie haben nur ein sehr kleines Gehirn, man kann sagen: fast gar keins. Darum denken sie auch nicht lange nach, bevor sie angreifen, das ist genau wie bei Menschen mit einem kleinen Gehirn. Wenn man an einem Gewässer vorbeigeht und in dem Gewässer lungert gerade ein Krokodil; und wenn dieses Krokodil sich in derselben Minute überlegt (mit seinem kleinen Gehirn überlegt es nicht lange), dass es vielleicht mal wieder einen Happen essen sollte, dann seien Sie sicher: Sie werden dieser Happen sein. Also halten Sie immer genügend Abstand zu einem Gewässer, wenn Sie daran entlanggehen, das ist mein Rat für Sie.

All das wusste Delighty natürlich auch; und jetzt konnten wir nur hoffen, dass sie mit ihrer Zuverlässigkeit sich auch daran gehalten hatte. Denn wenn sie vielleicht erst in der Dämmerung aus Mantongomane aufgebrochen war – darüber wollten wir gar nicht weiter nachdenken. In der Dämmerung ist es mit den Krokodilen am großen Fluss Usutfu noch weniger schön als am Tag.

Wenigstens haben wir auf unserem Weg nichts gesehen, was darauf hingedeutet hat, dass Delighty etwas passiert sein könnte. Aber das hat uns nicht sehr beruhigt. Krokodile hinterlassen keine Spuren. Krokodile verschlingen sogar Kleider. Auch nachdem er die breite Sandpiste überquert hat, führt der Pfad nach Mantongomane noch weiter am Fluss Usutfu entlang. Es gibt darum viele Möglichkeiten, auf ein Krokodil zu treffen. Sie verstehen. Erst wenn er in die Hügel führt, wird der Pfad sicherer.

In Mantongomane stehen viele Häuser nahe beieinander. Sonst, das wissen Sie vielleicht nicht, sind die Häuser bei uns in Hlatikulu weit über die Hügel verstreut. Überall im Dorf haben Kinder gespielt, aber keins von ihnen war Delighty. (Das hatten wir auch nicht erwartet.)

Lange mussten wir nicht nach dem Haus von Sifisos Tante Bongwe suchen. Sifiso kannte sich aus, er hatte sie ja auch schon oft besucht. Sifisos Tante Bongwe hat ein richtiges Steinhaus, sogar mit einem Dach aus Wellblech, das ist praktisch. Da muss sie nach dem Regen den Lehm nicht erneuern und keine Löcher im Grasdach reparieren.

»Sifiso!«, hat Make Bongwe freudig gerufen und ist auf

uns zugelaufen. »Was für eine Überraschung! Sawubona, Sifiso!«

»Yebo«, hat Sifiso höflich gesagt. Aber nicht freudig. Bestimmt hat seine Tante da schon an seinem Ton gemerkt, dass irgendwas nicht ganz in Ordnung war.

»Na, zurzeit kommt ja wohl eure ganze Familie zu mir zu Besuch, was?«, hat sie gesagt. »Gestern Delighty und heute du! Bringst du den Rock zurück, den ich für Lemonade mitgegeben habe? Ist er ihr doch zu klein?«

Sifiso hat den Kopf geschüttelt. Dass er darauf so schnell nicht antworten konnte, war ja klar. Wenn seine Tante eine solche Frage stellte, bedeutete das, dass Delighty gestern tatsächlich aus Mantongomane aufgebrochen war. Und wenn sie aufgebrochen war und war nicht zu Hause angekommen, dann – ja, meine Damen und Herren. Ja.

Nur Emma ist vernünftig und praktisch geblieben. Ich habe gehört, dass die Engländer immer vernünftig und praktisch bleiben, auch in schwierigsten Situationen, das kann nützlich sein.

»Sawubona, Make!«, hat Emma gesagt. »Wir sind gekommen, um nach Delighty zu fragen! Delighty ist nicht nach Hause gekommen. Hat sie vielleicht hier übernachtet?«

»Delighty ist nicht nach Hause gekommen?«, hat die Tante gerufen. »Eish! Wohin kann sie denn sonst gegangen sein?«

Vielleicht hat sie so schnell gar nicht begriffen, dass unsere Sorge ja gerade war, dass Delighty *nicht* irgendwo anders hingegangen war.

»War es schon dunkel, als sie von hier losgegangen ist?«, hat Emma gefragt. »Dämmerig?«

Tante Bongwe hat empört den Kopf geschüttelt. »Natürlich nicht!«, hat sie gesagt. »Was glaubt ihr denn! Kurz nach Mittag war es, natürlich wollte sie noch im Hellen zurück sein! Später hätte ich sie auch gar nicht mehr gehen lassen!« Sie hat beinahe böse ausgesehen.

In meinem Detektivkopf hat es gerattert. Ein Privatdetektiv betrachtet die Dinge immer von allen Seiten, das verlangt sein Beruf. War das jetzt also gut oder schlecht? Dass Delighty so früh aufgebrochen war? Die größte Gefahr, das konnte man doch sicher sagen, war damit tatsächlich gebannt. Natürlich sind die Krokodile auch am Tag nicht wirklich Freunde des Menschen, aber wenigstens kann man sie sehen, wenn man in ihrer Nähe vorbeigeht, sogar, wenn nur ihre Nasenlöcher aus dem Wasser gucken. Und konnte es nicht außerdem sein, dass Delighty vielleicht zuerst noch irgendwo anders hingegangen war, gar nicht gleich nach Hause, wenn sie schon so früh aufgebrochen war? Weil sie dachte, es wäre noch Zeit für einen kleinen Besuch zwischendurch?

»Wollte sie noch irgendwo anders hin, bevor sie nach Hause gegangen ist, Make?«, habe ich also gefragt. »Hat sie gesagt, dass sie noch schnell irgendwen besuchen wollte?«

Tante Bongwe hat ihre Stirn in Falten gelegt. »Davon hat sie nichts gesagt. Ich hätte es ihr dann auch verboten! Nein, sie wollte schnell nach Hause gehen, damit sie noch im Hellen ankommt. Das hat sie gesagt.«

Ich habe Emma angeguckt, wir haben beide das Gleiche gedacht. (Das weiß ich. Ich kenne Emma seit vielen Jahren.) Es konnte vielleicht sein, dass Delighty ihre Tante Bongwe angeschwindelt hatte. (Allerdings kann man sich bei Delighty eigentlich nicht vorstellen, dass sie schwindelt. Aber manchmal tut sie es vielleicht doch.) Einfach, weil sie wusste, dass ihre Tante es ihr sonst streng verboten hätte.

Und genau in diesem Augenblick habe ich den Wasserwagen gesehen.

5

Ich hatte Ihnen ja erklärt, dass der Pfad nach Mantongomane ein schwieriger Pfad ist. Ein schmaler Pfad und ein holperiger Pfad. Mit Allradantrieb kann man natürlich wagen, ihn zu befahren, das ist möglich. Wenn man vorsichtig ist und vielleicht ab und zu aussteigt, um einen Stein unter ein Rad zu legen, damit der Wagen nicht kippt. Aber wir sind ja geübt bei uns im Königreich. (»Wir« darf ich sagen, weil ich Onkel Vusis Safari-Jeep schließlich auch manchmal fahre.)

Darum hatte es auch der Wasserwagen nicht leicht. Aber sein Fahrer tut seine Arbeit ja schon seit vielen Jahren. Er ist heil bis zum Gemeinschaftshaus gekommen.

»Der Wasserwagen!«, hat Tante Bongwe gerufen. »Dem Herrn sei gedankt!«

Ich habe Emma angeguckt, und Emma hat mich angeguckt. Sifiso haben wir lieber nicht angeguckt. Es war ja schon klar, dass seine Angst bei diesem Anblick noch größer werden würde.

»Warum kommt denn der Wasserwagen, Make?«, habe ich vorsichtig gefragt. »Habt ihr keine Zisterne in Mantongomane? Für das Regenwasser?«

Eine Zisterne haben inzwischen manche Häuser, sie fangen das Regenwasser in großen grünen Tonnen auf. Die Gemeinschaftshäuser haben fast alle eine Zisterne, auch hier habe ich eine gesehen.

»Natürlich!«, hat Tante Bongwe ärgerlich gesagt. »Was glaubst du denn, Junge? Aber in der letzten Zeit hat der Regen einfach nicht ausgereicht! Wir haben im Dorf zusammengelegt, um Wasser aus dem Fluss zu kaufen!«

Ich weiß, dass das viele Dörfer tun müssen, es ist nicht billig. Wasser kostet 50 Emalangeni für 1000 Liter, und das Geld könnte man sparen, wenn es zur rechten Zeit genügend regnen würde.

»Aber der Fluss?«, hat Emma jetzt gefragt. »So weit ist der doch nicht weg!«

Tanta Bongwe hat geseufzt. »Mit dem Fluss sind wir vorsichtig geworden!«, hat sie gesagt. »Habt ihr nicht von dem Mädchen gehört, dass letzte Woche fast von einem Krokodil verschlungen worden wäre? Eish! Wenn ihre Schwester sie nicht im letzten Augenblick ...«

Sifiso hat die Hände vor die Augen geschlagen und einen merkwürdigen Laut ausgestoßen.

»Sifiso!«, habe ich gerufen.

Aber Emma war wie immer praktisch.

»Nun nimm dich gefälligst mal zusammen, Sifiso!«, hat sie streng gesagt. »Das Mädchen wollte Wasser holen! Da war sie ganz dicht am Ufer. Und Delighty wollte kein Wasser holen. Die hat bestimmt aufgepasst, dass sie nicht so dicht ans Ufer geht. Mit Delighty hat das alles gar nichts zu tun! Und im Hellen ist sie auch gegangen! Der ist nichts passiert! Jetzt sei gefälligst mal nicht albern!«

Sifiso hat seine Hände von den Augen genommen und genickt. »Yebo«, hat er gemurmelt. »Okay.« Aber er sah nicht so aus, als ob er sich innen drin auch zusammengenommen hätte. Nur außen, damit Emma nichts mehr zu meckern hatte.

»Vielen Dank, Make, wir suchen Delighty dann mal weiter!«, hat Emma gesagt. »Aber wenn sie hier vielleicht wiederauftauchen sollte ... Oder wenn irgendwer was gehört oder gesehen hat ...«

Tante Bongwe hat genickt. So ganz schrecklich sorgenvoll hat sie nicht ausgesehen, das fand ich wieder beruhigend. Schließlich war Delighty ihre Nichte.

»Ich lasse meine Nummer hier!«, habe ich gesagt. »Irgendwer hat doch bestimmt ein Handy! Und wenn Delighty wiederauftaucht, dann kann der mir Bescheid geben!«

»Wenn er noch ein Guthaben auf seiner Karte hat!«, hat Tante Bongwe nachdenklich gesagt. »Doch, doch, irgendwer wird schon noch ein Guthaben auf seiner Karte haben. Wenn wir etwas hören, geben wir euch Bescheid.«

Dann hat sie sich umgedreht, uns über die Schulter zugewinkt und ist im Haus verschwunden. Bestimmt wollte sie einen Wassereimer holen und zum Wasserwagen gehen.

»Und jetzt?«, hat Sifiso gesagt. Er hat plötzlich viel kleiner ausgesehen. Sie kennen diese Spinnen, die sich zusammenrollen zu einem winzigen Punkt, wenn Gefahr droht. So ähnlich war es jetzt bei Sifiso.

»Wir gehen zurück«, habe ich gesagt. »Weißt du was, Sifiso? Vielleicht ist Delighty nämlich längst wieder bei euch zu Hause. Und wir machen uns hier ganz unnötig Sorgen.«

Ich hab es nicht wirklich geglaubt, aber was sollte ich sagen? Und wo hätten wir denn noch suchen sollen? Mir ist nichts eingefallen.

»Aber zuerst fragen wir mal bei uns in Lion Lodge!«, hat Emma vorgeschlagen. »Die Gäste kurven doch die ganze Zeit mit ihren Mietwagen durch die Gegend, vielleicht hat da einer Delighty unterwegs irgendwo gesehen!«

So richtig wahrscheinlich war das natürlich nicht. Aber es war zumindest eine Möglichkeit.

»Dann los!«, habe ich gesagt.

An diesem Tag sind wir wirklich ziemlich viel gelaufen.

6

Auf der Terrasse von Lion Lodge hatte Ms Wendy Chapman schon die Kerzen für das Abendessen in den Windlichtern angezündet, das ist ihre Aufgabe. Ms Wendy Chapman steht bei jeder Mahlzeit unauffällig in der Speisesaaltür (das Wort ist: diskret) und passt auf, dass alles gut läuft. Dass die Bedienung den Gästen keinen Wein über die Hosen schüttet und dass sie sich entschuldigt, falls es doch passiert, zum Beispiel. Und dass sie das Essen von rechts anreicht und von links abdeckt, auch wenn das unbequem ist. In einem vornehmen Haus gehört sich das so, das weiß ich von Miss Agatha. Bei mir zu Hause werden wir es später auch so machen, wenn ich ein wahrer Gentleman bin.

Ms Wendy Chapman sieht es nicht so gerne, wenn wir Kinder zwischen den Gästen auf der Terrasse herumlaufen. Die Gäste sind zu uns ins Königreich gekommen, um Löwen zu sehen, sagt Ms Wendy Chapman, nicht, um Kinder zu sehen. Aber heute Abend ließ es sich nicht vermeiden. Wir mussten nur ein bisschen hinter den Wolligen Kapernsträuchern und den Zuckerbüschen warten, die um die Terrasse herum wachsen, bis Ms Wendy Chapman zwischendurch in der Küche verschwand. Dann war unsere Stunde gekommen.

Sie fragen sich vielleicht, wer die Gäste sind, die bei uns in Lion Lodge absteigen. Das kann ich Ihnen erklären.

Unsere Gäste kommen aus der ganzen Welt, und alle sind reich. Wer sonst könnte sich wohl in ein Flugzeug setzen und um die ganze Welt nach Johannesburg fliegen und von Johannesburg dann auch noch bis zu uns? Eish! Ein langer Flug ist nicht billig, das weiß ich von Emma. Ein langer Flug kostet so viel, wie bei uns ein kleines Steinhaus mit einem Dach aus Wellblech kostet, das man nach dem Regen nicht reparieren muss, zum Beispiel. Wer kann so einen langen Flug bezahlen, nur um sich Busch und Natur und Tiere anzusehen? Natürlich sind die Gäste in Lion Lodge alle reich.

Und natürlich sind die meisten reichen Gäste alt, sie haben das viele Geld in ihrem langen Leben gesammelt. Die alten Frauen sind wundervoll und würdig geschminkt, und ihre alten Ehemänner haben Kameras und teure Telefone und Tablets. Manchmal, wenn nirgendwo ein Tier zu sehen ist, fotografieren sie auch eins von uns Kindern (nicht Emma). Vielleicht sollte Ms Wendy Chapman uns deshalb an jedem Abend einmal kurz auf die Terrasse lassen, dann hätten wir uns an diesem Abend auch nicht so verstecken müssen.

»Jetzt!«, hat Emma gezischt. Ihre Mutter war gerade im Speisesaal verschwunden. Die Terrasse hat sich allmählich mit Gästen gefüllt, und bestimmt wollte Ms Wendy Chapman noch einmal schnell in der Küche nach dem Rechten sehen. Das konnte dauern. »Zuerst die beiden da vorne!«

Das Ehepaar ganz vorne an der Terrassenbrüstung (ich glaube, dass es ein Ehepaar war) war fast so alt wie Miss Agatha. Die Frau hatte blausilberne Haare mit vielen Locken und ein feierlich geblümtes Kleid, da wusste ich schon gleich, dass sie bestimmt aus Amerika kamen.

Amerikaner sind praktisch, weil sie Englisch sprechen können, auch wenn es ein sehr merkwürdiges Englisch ist, dafür können sie nichts.

»Hallo, guten Abend!«, hat Emma höflich gesagt. Es war klar, dass von uns dreien Emma mit ihnen reden musste. Sie ist weiß, da denken die Gäste nicht gleich, dass sie betteln will. Sifiso und ich haben uns nur ein bisschen verbeugt, der wahre Gentleman macht das so. »Dürfen wir Sie einmal kurz stören?«

(Ich weiß, ich habe vorhin gesagt, dass Emma manchmal keine Manieren hat. Manchmal aber doch. Das beruhigt mich dann.)

Die beiden alten Leute haben müde und frisch geduscht ausgesehen, bestimmt hatten sie heute eine Safari gemacht. Eine Drei-Stunden-Safari oder eine Ganztags-Safari. Vielleicht sogar mit Onkel Vusi. Eine Dämmerungs-Safari hatten sie jedenfalls nicht gemacht, dann wären sie noch unterwegs gewesen.

»Ja, bitte, mein Kind?«, hat die alte Dame freundlich gefragt. Der Mann hat seinen Kopf weit vorgereckt und eine Hand hinter sein Ohr gehalten, also konnte er bestimmt nicht gut hören.

»Wir haben nur eine Frage!«, hat Emma gesagt. Leider

hat man dabei gemerkt, dass sie es eilig hatte. Wir mussten ja viele Tische schaffen, bevor Ms Wendy Chapman wieder nach draußen kam. »Wir suchen unsere Freundin Delighty! Sie ist seit gestern verschwunden. Haben Sie sie vielleicht gesehen? Sie ist ungefähr so alt wie ich und einen Kopf kleiner!«

Der Mann hat seinen Kopf noch ein Stück weiter vorgereckt. »Was wollen die Kinder, Betsy?«, hat er gefragt. Aber er hat dabei gelächelt, das war wichtig. Er war nicht ärgerlich, dass wir sie beim Essen gestört haben.

»Ihre Freundin ist verschwunden!«, hat die alte Frau, die Betsy hieß, gerufen. Bei den nächsten Tischen mussten wir das jetzt gar nicht mehr erklären, so laut hat sie gebrüllt. »Die Batterie in seinem Hörgerät ist leer!«, hat sie dann leiser zu Emma gesagt. »Das ist schon schade! Er kriegt ja gar nichts mit von den Erklärungen auf den Safaris!« Sie hat geseufzt. »Habt ihr ein Foto?«

Ich habe einen Augenblick gebraucht, bis ich verstanden habe, dass sie ein Foto von Delighty gemeint hat.

»Leider nicht!«, hat Emma gesagt. Wer sollte denn auch wohl ein Foto von Delighty machen?

Ja, wer wohl? Wer wohl, meine Damen und Herren?

»Doch, warten Sie!«, habe ich gerufen.

Ich habe nicht viele Fotos auf meinem Handy, dafür hat Miss Agatha es mir nicht geschenkt. Aber bei unserem letzten Kriminalfall war es sehr nützlich gewesen. Und ganz am Schluss, als wir alle bei Miss Agatha auf dem Rasen gefrühstückt hatten (sogar Inspector Gwebu vom Polizeiposten

Debedebe hatte mitgefrühstückt), hatte ich ein Foto gemacht. Jetzt habe ich es größer gezogen.

Auf dem Display hat Delighty an der Ecke des Tisches in Miss Agathas Garten gesessen und gelächelt. Ich sage Ihnen, Delighty ist wirklich wunderschön.

»Die Kleine da?«, hat Frau Betsy gefragt und mir ein Zeichen gegeben, dass ich ihrem Mann das Handy auch hinhalten sollte. Die Kleine ist es, Andrew!«, hat sie dann gebrüllt. Da mussten wir das den anderen Gästen nachher auch nicht mehr erklären. »Haben wir sie gesehen?«

Ich gebe zu, das kann eine schwierige Frage sein, wenn überall Kinder an den Straßen herumlaufen. Wie soll man das eine vom anderen unterscheiden, wenn man einfach nur vorbeifährt?

»Sie hatte ihr Schulkleid an«, hat Sifiso gesagt und ist einen Schritt vorgetreten. »Kariert. Rot-weiß kariert.«

Das konnte doch vielleicht ein Anhaltspunkt sein. Schließlich waren Ferien, und wir schonen unsere Schuluniformen alle für die Schule, darum waren zurzeit vielleicht nicht so viele Kinder in Schuluniformen unterwegs. Aber Delighty hatte nichts anderes anzuziehen, da musste sie ihre rot-weiß karierte Schuluniform auch in den Ferien tragen. (Leider ging es anderen Kindern natürlich genauso. Deshalb war die Schuluniform vielleicht doch kein besonders gutes Erkennungsmerkmal.)

Die Frau hat nachdenklich die Stirn gerunzelt. »Sie hatte ihr Schulkleid an!«, hat sie wieder gebrüllt. »Haben wir sie gesehen, Andrew?«

Der alte Mann hat den Kopf geschüttelt. »Ich hab auf die Straße geachtet, nicht auf irgendwelche Kinder!«, hat er gebrummelt. »Du hättest mir sonst ja auch ganz schön was erzählt!«

Frau Betsy hat gelacht. »So ist er!«, hat sie gesagt. »Nein, Kinder, ich kann mich auch nicht erinnern! Leider!« Sie hat den Kopf geschüttelt.

»Trotzdem vielen Dank!«, haben wir höflich gesagt und sind zum nächsten Tisch gesprintet. An diesem Tisch saßen zwei alte Frauen.

Aber sie konnten uns auch nicht helfen. Ihr Englisch war sowieso nicht so gut. (Wahrscheinlich waren sie Deutsche. Oder Holländer, die kommen auch oft nach Lion Lodge. Aber die Holländer können besser Englisch als die Deutschen.)

»Nein, leider!«, hat die eine alte Frau gesagt und die andere angeguckt. Dann haben sie miteinander geredet, auf Deutsch oder auf Holländisch. »Nein, leider! Haben wir nicht gesehen!«

Ich hab ihnen mein Handy gezeigt. Und wieder haben sie den Kopf geschüttelt.

7

Ich will Sie nicht mit all den Tischen langweilen, so sehr interessieren Sie sich sicher nicht für die Gäste von Lion Lodge. Ohnehin hat nur eine französische Familie mit drei Kindern ein bisschen länger überlegt, weil die Frau gesagt hat, dass sie mit ihren französischen Kindern während der Fahrt über die vielen Kinder am Straßenrand gesprochen hatte, da hätte ihnen ja etwas aufgefallen sein können. Aber beim Blick auf mein Handy-Foto haben alle französischen Kinder den Kopf geschüttelt.

Als Ms Wendy Chapman wieder nach draußen gekommen ist, waren wir gerade am Tisch von Water WiZZard angekommen. Water WiZZard ist eine Hilfsorganisation, Sie wissen wahrscheinlich, was das ist, Sie werden in Ihren Ländern auch einige davon haben. Eine Hilfsorganisation sieht sich ein Problem in einem Land an und versucht zu helfen. Das Problem, bei dem die Leute von Water WiZZard helfen wollen, ist natürlich das Wasser. Man hört es am Namen.

Wir haben Wasser in unseren Flüssen und Bächen, meine Damen und Herren, das habe ich schon gesagt, und wir haben auch Stauseen. Aber was wir nicht so viel haben, das sind Wasserleitungen. Natürlich gibt es sie in den Städten, das ist klar, und in den Hotels; aber warum sollte wohl irgendwer eine Wasserleitung zu Sifisos Hütte legen? Oder zu anderen Hütten? Eish! Was für ein Gedanke!

Nun sagen Sie vielleicht, dann könnten wir doch Brunnen bohren. Sie bohren Brunnen in Ihren Ländern. Wenn ich Miss Agatha richtig verstanden habe, hat jedes Haus bei Ihnen einen eigenen Brunnen (oder sogar eine Wasserleitung). Aber was machen Sie, wenn Sie in den Hügeln wohnen und das Wasser ist viele Hundert Meter tief unter der Erde? Wie wollen Sie da wohl einen Brunnen bohren? Da würden Sie auch lieber einfach zum Fluss gehen, ich bin sicher. Oder Sie würden Ihre Kinder schicken.

Aber natürlich gibt es in unseren Gewässern die Krokodile. Oder die Wege sind weit, wenn nicht viel Regen gefallen und der nächste Bach ausgetrocknet ist. Und außerdem (das hatten die Leute von Water WiZZard uns erklärt, als wir einmal am Pool mit ihnen geredet haben) ist es nicht gesund, das Wasser aus den Flüssen zu trinken. Weil auch die Kühe daraus trinken, und dabei erledigen sie manchmal etwas, das auch Kühe nach dem Fressen regelmäßig erledigen müssen, Sie wissen schon, was. Und das platscht dann ins Wasser. Und weil wir außerdem unsere Wäsche in den Flüssen waschen und weil wir manchmal Seife dafür haben, ist natürlich auch die Seife in den Flüssen. Und sehr kleine unsichtbare Tiere gibt es auch, die heißen Bakterien und sind sowieso schuld an vielen Dingen, zum Beispiel an Krankheiten. Darum ist das Wasser aus den Flüssen nicht so gut.

Deshalb waren die Leute von Water WiZZard ins Land gekommen.

»Sanibonani, Kinder!«, hat der große Mann gerufen, als wir bei ihnen stehen geblieben sind. Er war wahrscheinlich ein Südafrikaner. Erstens war er schwarz, und zweitens hat er Zulu mit uns gesprochen. Zulu verstehen wir gut.

Die Frau war weiß, aber sie konnte auch ziemlich gut Zulu sprechen. (Also war sie wahrscheinlich auch aus Südafrika.) Der kleine Mann war weiß wie sie, aber er hat nie geredet, deshalb kann ich nicht sagen, was er war.

»Yebo!«, haben Emma, Sifiso und ich gesagt. Mein Handy hat schon aufgeleuchtet mit dem Bild, wir hatten es ja eilig. »Wir suchen unsere Freundin Delighty!«

Aber es war zu spät. Ms Wendy Chapman ist wie immer ganz diskret in ihrem vornehmen Kleid neben uns aufgetaucht.

»Oh, hallo, Emma, *da* bist du!«, hat sie gesagt. Natürlich war ihre Stimme freundlich, sie wusste ja, dass die Gäste sie hören konnten. Und ein Familienstreit vor den Gästen ist nicht gut für eine Lodge, das leuchtet ein. »Sifiso! Thabo! Ich glaube, ihr solltet euch jetzt schnell auf den Weg nach Hause machen, bevor es dunkel wird!«

Das klang, als ob sie um unsere Sicherheit besorgt war, aber wir wussten natürlich, sie wollte nur, dass wir ihre Gäste in Ruhe ließen.

Die weiße Water-WiZZard-Frau hatte gerade den Kopf geschüttelt. »Nein, leider!«, hat sie zu Emma gesagt. »Haben wir nicht gesehen, oder? Erinnerst du dich an dieses Mädchen, Grateful? Frans?«

Die Männer haben auch beide einen Blick auf das Display geworfen und den Kopf geschüttelt. Der kleine Weiße hat dazu noch bedauernd mit den Achseln gezuckt.

»Kinder!«, hat Ms Wendy Chapman wieder freundlich gerufen. Ich weiß nicht, wie sie das schafft, aber innen drin war ihre freundliche Stimme trotzdem aus Stahl.

»Ja, dann vielen Dank!«, hat Emma gesagt und den Wasserleuten noch einmal kurz zugewinkt. »Meine Freunde müssen nach Hause!«

Als wir die Terrasse verlassen haben, konnte man richtig sehen, wie Ms Wendy Chapmans Schultern nach unten gesackt sind vor Erleichterung. Jetzt würde sie uns in Ruhe lassen.

Darum sind wir auch nur ein paar Schritte gegangen, bis zum Pool hinter den Bougainvilleen. (Da konnte Ms Wendy Chapman uns nicht mehr sehen.) Wir haben uns auf die Liegen gesetzt, deren Kissen der Poolboy noch nicht für die Nacht weggeräumt hatte. Wir hatten längst nicht alle Tische geschafft, und manche von den Gästen würden am nächsten Tag schon nicht mehr da sein, das war ein Problem. Viele Menschen bleiben ja nur für eine Nacht in Lion Lodge. Wenn sie dann alles angeguckt haben, was es in Lion Park zu sehen gibt, reisen sie wieder weiter. Und vielleicht hatte gerade von diesen Gästen, die morgen abreisten, irgendeiner Delighty gesehen! Eish! Aber wenn wir jetzt noch mal auf der Terrasse auftauchten, würde Ms Wendy

Chapmans Stimme ganz bestimmt nicht mehr freundlich sein.

»Mist!«, hat Emma gesagt. »Immer meine Mutter! Die kommen doch überall rum, diese Wasserleute, nicht nur im Park! Und die gucken auch nicht nur nach Tieren und schreien ›Oh!‹ und ›Ah!‹, wenn ihnen ein Warzenschwein über den Weg läuft oder eine Baumschlange auf die Kühlerhaube fällt! Die gucken doch überall genau hin wegen ihrem Wasser. Bei denen ist es doch am wahrscheinlichsten, dass sie Delighty gesehen haben! Die fragen wir morgen noch mal.«

»Morgen?«, hat Sifiso gerufen.

Wenn Emma die Wasserleute morgen noch mal nach Delighty fragen wollte, hat das natürlich bedeutet, dass sie geglaubt hat, Delighty wäre auch morgen immer noch verschwunden.

»Geh nach Hause, Sifiso!«, hab ich gesagt. »Pilot und Lemonade warten, lalani kahle. Und es wird dunkel. Vielleicht ist Delighty längst zurück.«

Sifiso hat genickt. Er hat nicht ausgesehen, als ob er daran glaubt. Mein Freund Sifiso hat klein und hilflos und verzweifelt ausgesehen.

Wir mussten Delighty unbedingt finden.

8

Als ich auf dem Touristenparkplatz von Lion Park angekommen bin, hat Onkel Vusi hinter der Schranke vor unserem Quartier gestanden und in einer rosa Plastikschüssel seinen Teller gespült.

»Du bist zu spät, Thabo!«, hat er gerufen. »Es ist nichts mehr zu essen da, ngiyacolisa! Ich habe den ganzen Maisbrei aufgegessen!«

Aber dabei hat er gelacht. Da wusste ich, dass ich nur in den Topf gucken musste.

Manchmal, wenn ich Emma besucht habe, komme ich satt und zufrieden zurück nach Hause. Oder wenn ich Miss Agatha besucht habe. Aber heute waren wir in Lion Lodge nicht zum Essen gekommen.

»Wo hast du denn so lange gesteckt, Thabo?«, hat Onkel Vusi gefragt.

Er hatte recht, inzwischen war der Himmel im Westen schon nicht mal mehr rot. Gleich würde es dunkel sein.

»Delighty ist verschwunden!«, habe ich gesagt und mir mit den Fingern den Maisbrei in den Mund geschoben. Ich weiß, bei Ihnen in England gilt es nicht als höflich, seinen Maisbrei mit den Händen zu essen. Ein Gentleman tut es nicht. Aber wenn Sie keinen Löffel haben? Wollen Sie deshalb aufs Essen verzichten, wenn der Maisbrei Sie aus der Schüssel anlächelt wie der Vollmond vom Himmel? Und die meisten Kinder bei uns haben keinen Löffel, das ist ein Fakt.

»Delighty ist verschwunden?«, hat Onkel Vusi gefragt und seine Stirn in Falten gelegt. »Wo ist sie?«

Ich bewundere Onkel Vusi sehr. Nicht nur, weil ich bei ihm leben darf, seit meine Eltern gestorben sind. Onkel Vusi ist der beste Ranger, den man sich vorstellen kann. Aber Onkel Vusi hat ein langsames Gehirn. Er hat kein *kleines* Gehirn wie ein Krokodil, keinesfalls. Onkel Vusis Gehirn ist vermutlich groß genug. Aber es denkt langsamer als manche anderen Gehirne. Man muss ihm vieles erklären. Deshalb mussten Sifiso, Emma und ich (und natürlich Miss Agatha) ihn bei unserem letzten Fall auch retten. Allein wäre Onkel Vusi verloren gewesen und hätte für Jahre im Gefängnis geschmort. Und schuld war nur sein langsames Gehirn.

Sie merken es auch an seiner letzten Frage. Wie kann jemand fragen, wo Delighty ist, nachdem man ihm gerade erzählt hat, sie ist verschwunden?

»Ich hab doch gerade erklärt, dass wir nicht wissen, wo sie ist, Onkel Vusi!«, habe ich mit vollem Mund gesagt. »Sifiso ist fast wahnsinnig vor Angst!« (Ich weiß, der wahre Gentleman spricht nicht mit vollem Mund. Aber das gilt nicht, wenn man mit Onkel Vusi redet. Onkel Vusi spricht selbst mit vollem Mund.)

»Oh!«, hat Onkel Vusi gesagt und die rosa Plastikschüssel zur Seite gestellt, ohne das Wasser auszuschütten. Mein Teller musste ja auch noch gespült werden. »Und habt ihr schon gesucht?«

Da habe ich Onkel Vusi die ganze Geschichte erzählt. Er hat sich auch sofort Sorgen um Delighty gemacht.

»Warum seid ihr nicht zu Sandile gegangen?«, hat er am Schluss gefragt. »Vielleicht weiß Sandile, wo sie ist!«

Meine Damen und Herren! Onkel Vusis Gehirn ist zwar langsam, aber wenn man ihm Zeit lässt, kommt es oft auf die besten Ideen.

Warum war uns das nicht selbst eingefallen? Emma, Sifiso und mir? Eish!

Sandile ist unser Sangoma, und er kann mit den Geistern der Ahnen reden. Darum weiß er viele Dinge, die für andere Menschen auf immer ein Rätsel bleiben müssen. Es wäre doch logisch gewesen, zuerst an Sandile zu denken.

»Morgen!«, habe ich gesagt. »Du hast recht, Onkel Vusi! Morgen gehen wir zu Sangoma Sandile.«

Ich habe gemeint: falls Delighty am nächsten Tag immer noch nicht wieder da war. Ich habe so sehr gehofft, dass Delighty am nächsten Tag wieder da sein würde.

9

Es war gut, dass ich in dieser Nacht tief und fest geschlafen habe. Wenn man am nächsten Tag eine schwere Aufgabe vor sich hat, ist es klug, in der Nacht tief und fest zu schlafen, das ist ein Fakt.

Trotzdem hatte der Morgen gerade erst die Nacht vertrieben, als ich von unserem Quartier über das Grasland zu Miss Agathas Cottage gelaufen bin, und die Sonne stand noch tief. Ich wollte mit Miss Agatha über Delighty sprechen. (Sie erinnern sich: Miss Agatha war durch ihre Filme – wie ich! – in Fragen der Kriminalistik geschult.) Und hinterher konnte ich in Lion Lodge dann gleich auch noch Emma abholen.

»Ah, sawubona, Thabo!«, hat Miss Agatha gerufen. »Habt ihr sie gefunden?«

Sie hat auf ihrer Terrasse gesessen, und hinter ihr hat sich ein Kabel gekringelt. Vor ihr auf dem Tisch stand ihr Laptop, das hat mich gewundert.

»Keiner hat Delighty gesehen!«, habe ich gesagt. »Niemand, Miss Agatha! Sie ist mittags von ihrer Tante Bongwe in Mantongomane aufgebrochen, und danach hat sie niemand mehr gesehen. – Schreiben Sie einen Brief?«

»Nein, ich habe nur kurz nach Rosenläusen gegoogelt, Thabo!«, hat Miss Agatha gesagt und den Blick nicht vom Bildschirm abgewendet. »Diese verdammten Viecher! Du hast ja bestimmt schon gemerkt, dass die Rosen bei mir einfach nicht gedeihen wollen, es ist zum Verzweifeln! Aber es soll jetzt Sorten geben …« Sie ist mit der Maus auf dem Tisch herumgefahren.

Und ich habe einen Riesenschreck gekriegt! Wenn Miss Agatha nach Rosenläusen gegoogelt hatte, dann hieß das ja, dass sie wieder alleine ins Internet gekommen war. Am Ende unseres ersten Falles war ihr das schon einmal gelungen, aber ich hatte die Hoffnung gehabt, dass ihr dabei vielleicht Inspector Gwebu vom Polizeiposten Debedebe geholfen hatte.

Heute war Inspector Gwebu nicht bei ihr. Und das hieß, dass Miss Agatha es wirklich ganz alleine geschafft hatte. Dann brauchte sie mich in Zukunft nicht mehr dafür, das ergibt sich logisch daraus. Und wo sollte ich dann noch jemals surfen? Denn dass ich keinen Laptop besitze, haben Sie sich sicher schon gedacht. Und mit meinem Handy funktioniert es leider auch nicht.

»Sie sind ganz alleine reingekommen?«, habe ich vorsichtshalber noch mal gefragt. Wenn jemand anders als Inspector Gwebu Miss Agatha geholfen hatte (Emma vielleicht), war alles nicht ganz so schlimm. »Wissen Sie jetzt, wie das geht, Miss Agatha?«

Miss Agatha hat endlich ihren Blick vom Laptop genommen. Dann hat sie abgewinkt. »Kleinigkeit!«, hat sie gesagt. »Im Prinzip konnte ich das ja schon immer!« (Das war geschwindelt, das fand ich doch sehr überraschend. Eine wahre Lady schwindelt so wenig wie ein wahrer Gentleman.) »Aber die Sache mit Delighty – ja, da sollten wir uns dann doch vielleicht wirklich mal Gedanken machen!«

Und auch wenn ein verschwundenes Mädchen natürlich kein wirklicher Kriminalfall ist (jedenfalls nicht, wenn das Mädchen vielleicht von einem Krokodil verschlungen worden ist, ein Krokodil ist kein Verbrecher), hat Miss Agatha ihr Miss-Marple-Gesicht aufgesetzt. »Hm, hm!«, hat sie gesagt und die Unterlippe vorgestülpt.

»Sie meinen – Krokodile?«, habe ich vorsichtig gefragt. Sifiso konnte mich ja nicht hören, da durfte ich meine Befürchtung aussprechen.

Miss Agatha hat ärgerlich den Kopf geschüttelt. Immer noch mit ihrem Miss-Marple-Gesicht.

»Das Mädchen wird doch vorsichtig sein!«, hat sie gesagt. »Delighty hat schließlich ihr ganzes Leben in diesem Land verbracht! Ja, Touristen, die schon! Die enden vielleicht mal in einem Krokodil. Aber doch nicht Sifisos Schwester!«

Ich habe ihr vorsichtshalber nichts von dem Mädchen aus Mantongomane erzählt, das beim Wasserholen fast von einem Krokodil verschlungen worden wäre. Die war ja auch keine Touristin gewesen und hatte ihr ganzes Leben in diesem Land verbracht.

»Yebo, aber was dann?«, habe ich gefragt. »Wenn es kein

Krokodil war, Miss Agatha, das sie gefressen hat: Wo ist sie dann geblieben? Delighty ist zuverlässig! Die geht nicht einfach irgendwo hin!«

Ich habe gedacht, vielleicht hat Miss Agatha in ihren vielen Filmen etwas gesehen, das uns weiterhelfen würde. Sie sagt ja immer, dass Filme sehr lehrreich sein können.

Und kann man es glauben, meine Damen und Herren? Nach einem weiteren Blick auf ihren Laptop hat Miss Agatha geseufzt. »Ja, wenn ihr wirklich so gar keinen Anhaltspunkt habt ...«, hat sie gemurmelt. »Habt ihr wirklich gar keinen Anhaltspunkt, Thabo? Überhaupt keinen?«

Ich habe den Kopf geschüttelt. Ein bisschen habe ich mich wie Mr Stringer gefühlt, der Miss Marple immer bei der Aufklärung ihrer Verbrechen hilft.

»Hm! Hm!«, hat Miss Agatha wieder gemurmelt. »In der Not muss der Privatdetektiv auch zu ungewöhnlichen Maßnahmen greifen, Thabo! Haben wir das nicht von Miss Marple gelernt?«

Ich habe genickt. Ich will es Ihnen erklären.

Obwohl sie eine Lady ist, hat Miss Marple öfter zu ungewöhnlichen Maßnahmen gegriffen. Zum Beispiel hat Miss Marple sich verkleidet, wenn sie ein Verbrechen aufklären wollte. Im normalen Leben verkleiden alte Damen sich nicht, auch nicht in England, nach allem, was ich gehört habe. Oder sie hat an fremden Türen gelauscht und heimlich durch fremde Fenster gespäht, obwohl eine Lady das niemals tun sollte. Oder sie hat Leute ausspioniert, das ist für eine Lady auch eine ungewöhnliche Maßnahme. Leider habe ich nicht gewusst, an welchen Türen wir lauschen und durch welche Fenster wir heimlich spähen sollten, um Delighty zu finden. Und was uns Verkleiden nützen sollte, habe ich auch nicht gewusst.

»Sandile!«, hat Miss Agatha geflüstert und über ihre Schulter gesehen, als ob sie auch ganz sichergehen wollte, dass niemand außer mir sie hören konnte. »Sangoma Sandile! Warum geht ihr nicht und redet mit Sandile? Vielleicht kann er für euch die Knochen werfen und die Ahnen befragen, wo Delighty abgeblieben ist!« Am Schluss hat sie so leise gesprochen, dass ich sie kaum mehr verstehen konnte.

Eish! Was für ein Vorschlag von einer englischen Dame!

Dass wir es mit unserem Sangoma versuchen sollten, hatte Onkel Vusi ja auch schon gesagt. Aber Miss Agatha hatte ich davon nicht mal erzählen wollen. Ich hatte eigentlich gedacht, dass eine englische Dame nicht so viel von Tangoma hält.

An dieser Stelle weiß ich nun leider nicht genau, was ich tun soll. Wenn ich Ihnen erkläre, was ein Sangoma ist, fühlen Sie sich vielleicht gekränkt. Weil Sie es ja ohnehin längst wissen! Und Sie empfinden es als Beleidigung, dass ich glaube, Sie kennen sich nicht aus, nur weil Sie Engländer sind.

Aber wenn Sie es vielleicht doch nicht so ganz genau wissen sollten – verzeihen Sie, dass ich das für möglich halte, ngiyacolisa! –, dann verstehen Sie sonst vielleicht nicht mehr, was ich Ihnen im Folgenden über Sandile erzähle, und das wäre nicht gut. Darum schlage ich vor, dass ich es einfach kurz erkläre, vorsichtshalber. Und wenn meine Erklärung nicht nötig ist – was ich natürlich vermute! –, dann lesen Sie einfach schneller.

Ein Sangoma, meine Damen und Herren, ist ein Heiler. Und er kann die Emadloti befragen, unsere Ahnen. Ein Sangoma hat Zugang zur Welt der Geister, zu der wir anderen keinen Zugang haben, er hat seine Berufung durch die Emadloti, und er hat seine inTfwasa durchlaufen und lange studiert. Eish! Er verbrennt heilige Kräuter und wirft die Knochen und tanzt und schlägt die Trommel. Wir verstehen nicht, warum Sie in Ihren Ländern den Geistern Ihrer Ahnen nicht den Respekt zollen, den sie verdienen, verzeihen Sie, aber wir staunen. Viel Unglück ist in der Welt, weil die Menschen ihren Ahnen keinen Respekt entgegenbringen, auch viel Krankheit. Ein Sangoma stellt dann das Gleichgewicht wieder her, und der Mensch wird gesund.

Auch unser Sangoma Sandile tut genau das, manchmal kommt Dr. Smythe-Kellington aus Mbabane zu ihm. »Es gibt mehr Dinge zwischen Himmel und Erde, als unsere Schulweisheit sich träumen lässt«, sagt Dr. Smythe-Kellington. (Aber er sagt es leise.)

Ich weiß nicht, ob Miss Agatha das auch sagt, ich habe vorher noch nie mit ihr über Sangoma Sandile gesprochen. Aber dass sie daran glaubt, dass Sandile von den Geistern der Ahnen Dinge über Delighty erfahren kann, die sonst niemand weiß, hat mich erstaunt. Die Weißen glauben meistens nicht an die Geister der Ahnen, und Miss Agatha am wenigsten von allen. An die Geister im alten Farmhaus hat sie bei unserem letzten Fall jedenfalls nicht geglaubt.

»Das wäre eine Möglichkeit, Sandile zu fragen«, habe ich vorsichtig gesagt. »Onkel Vusi hat das auch schon vorgeschlagen.«

Miss Agatha hat fast erleichtert ausgesehen. »Dann kannst du ja sagen, dass dein Onkel Vusi dich auf die Idee gebracht hat, wenn du mit Emma sprichst, Thabo!«, hat sie geflüstert. »Emma muss ja nicht unbedingt wissen, dass ich …« Ihre Stimme ist sozusagen weggedriftet.

»Keine Sorge, Miss Agatha!«, habe ich gesagt. »Ich verrate Sie nicht. Wir berichten Ihnen dann hinterher. Sala kahle.«

»Hamba kahle, Thabo!«, hat Miss Agatha gesagt und wieder auf ihren Laptop geguckt, als wäre gar nichts gewesen. »Ich drücke die Daumen. Dann widme ich mich mal wieder meinen Rosenläusen.«

Aber ich kenne Miss Agatha viel zu gut, wie ich hat Miss Agatha das Herz eines Privatdetektivs. Ich glaube nicht, dass Miss Agatha sich in Ruhe mit ihren Rosenläusen beschäftigen kann, solange Delighty verschwunden ist.

10

Emma hat auf der Terrasse von Lion Lodge gesessen und französische Vokabeln gelernt. In dem Zeugnis von ihrem englischen Internat hatte gestanden, dass sie sich in Französisch mehr anstrengen sollte. Das musste sie nun in den Ferien tun. Ms Wendy Chapman hat sie nicht in Ruhe gelassen.

»Na endlich, Thabo!«, hat Emma gerufen und ist aufgesprungen. Das Französischbuch ist dabei auf den Boden gefallen. »Wo bleibst du denn so lange! Ist Delighty zurück? Warst du schon bei Sifiso?«

Ich hab den Kopf geschüttelt. »Nur bei Miss Agatha«, hab ich gesagt.

Emma hat das Buch aufgehoben und auf den Tisch gelegt, aber ich habe gleich gemerkt, dass sie fand, sie hätte sich in Französisch für diesen Tag genug angestrengt. Sie hat das Buch zugeschlagen und ist zu mir gekommen.

»Und?«, hat sie gefragt. »Was sagt sie?«

»Miss Agatha?«, habe ich gesagt. Ein Versprechen ist ein Versprechen. Ich würde Emma niemals etwas von Miss Agathas Vorschlag erzählen. »Nichts. Sie sucht im Internet gerade nach Informationen über Rosenläuse.«

»Rosenläuse!«, hat Emma gerufen und mit den Augen gerollt. (Niemand kann mit den Augen rollen wie Emma.) »Als ob ihr alberner Garten jetzt wichtig wäre! Dann lass uns lieber gleich zu Sifiso gehen. Vielleicht ist Delighty längst zurück. Und wir verbringen hier aus Sorge um sie schlaflose Nächte!«

Ich habe aber nicht geglaubt, dass Emma wirklich eine schlaflose Nacht verbracht hatte, nicht wegen Delighty. Dafür kannte ich Emma viel zu gut.

Um von Lion Lodge zu Sifisos Hütte zu kommen, muss man ein Stück durchs Grasland gehen und dann in die Hügel. Einen richtigen Weg gibt es natürlich nicht (warum sollte es auch, extra für Sifiso und seine Geschwister?), aber einen Pfad haben wir mit den Jahren ins Gras getreten, und die rote Erde scheint fast überall durch die Grasdecke; man kann nichts dagegen tun, dass man in der Trockenzeit auf dem Weg allmählich von einer feinen rosa Staubschicht bedeckt wird, jedenfalls die Beine. »Das Land ist älter als die Menschen, und das Land ist stärker als die Menschen«, sagt Onkel Vusi. Wir müssen das Land nehmen, wie es ist.

»Onkel Vusi hat vorgeschlagen, dass wir Sandile fragen könnten!«, habe ich gesagt. »Falls Delighty heute immer noch nicht zurück ist.«

Emma ist ruckartig stehen geblieben. »Sag, dass du das nicht wirklich willst, Thabo!«, hat sie geschnaubt. »Du glaubst doch nicht im Ernst an diesen Hokuspokus!«

Das war jetzt eine schwierige Situation. Ich konnte Emma

ja nicht erzählen, dass sogar ihre Großtante Agatha vorgeschlagen hatte, Sandile um Rat zu fragen. Und außerdem fand ich Emma gerade ein bisschen respektlos.

»Weißt du etwa was Besseres?«, habe ich unfreundlich gesagt.

Emma ist schon weitergelaufen. »Reverend Hlophe?«, hat sie über die Schulter gerufen. »Also, das könnte ich gerade noch verstehen! Wenn du sagst, wir sollen zu Reverend Hlophe gehen, damit er für Delighty betet! Ob das was bringt, hab ich keine Ahnung, aber bestimmt bringt es tausendmal eher was als der Kasperkram von Sandile!«

Reverend Hlophe ist unser Pastor, das haben Sie sich sicher schon gedacht.

»Vielleicht hinterher!«, habe ich gesagt. (Auf Reverend Hlophe habe ich nicht so große Hoffnungen gesetzt wie auf Sandile, das gebe ich zu. Dass er mit Gottes Hilfe hellsehen kann, behauptet Reverend Hlophe leider nicht einmal.) »Vielleicht, wenn wir bei Sandile waren. Vielleicht danach. Aber vielleicht ist Delighty ja auch längst wieder zu Hause!«

Vom Wasserbeerenbaum oben auf dem Hügel aus konnten wir endlich Sifisos Rundhütte sehen. (Die Touristen fragen immerzu, warum wir unsere Hütten rund bauen, vielleicht fragen Sie sich das auch. Ich will es Ihnen erklären, obwohl wir bei uns im Land die Frage seltsam finden, ngiyacolisa. Nur in einer runden Hütte können sich keine Geister in den Ecken verstecken. Ich weiß nicht, warum Ms Wendy Chapman beim Bau ihrer Cabins nicht über die Geister in den

Ecken nachdenkt.) Pilot und Lemonade haben neben der Hütte mit einem zusammengeknoteten Plastiktüten-Fußball gekickt. Leider hatte die Tüte schon einen Riss, und das Gras kam an der Seite heraus. Lange würden sie nicht mehr damit kicken können.

Sifiso hat auf dem Boden gesessen und den Kopf hängen lassen. Da war es schon klar. Sifiso sitzt sonst nicht einfach so herum, ohne etwas zu tun.

Als wir auf die Hütte zugekommen sind, ist er aufgesprungen. »Habt ihr was gehört?«, hat er gerufen. »Weiß jemand etwas über sie?«

(Natürlich hätte er uns eigentlich zuerst begrüßen sollen.)

Es war schrecklich, dass wir den Kopf schütteln mussten. Emma und ich haben auch keine Zeit mit einer Begrüßung vertan.

»Sandile!«, habe ich aufmunternd zu Sifiso gesagt. »Wir gehen und fragen Sandile, Sifiso!«

Sifiso hat ausgesehen, als ob er im Gegensatz zu Emma und mir tatsächlich die ganze Nacht nicht geschlafen hätte. Er hat genickt. »Ich hab aber keinen einzigen Lilangeni«, hat er dann gemurmelt.

Natürlich wusste Sifiso so gut wie ich, dass das nicht wirklich wichtig war. Ein wahrer Sangoma tut seine Arbeit nicht für Geld. Darum wird ein wahrer Sangoma auch niemals reich. Ein wahrer Sangoma schwört, dass er immer die Wahrheit sagen und alles tun wird, um den Menschen zu helfen, das ist sein Eid bei seiner Kuphotfulwa.

»Steh auf, Sifiso!«, habe ich gesagt. »Lemonade! Pilot!

Macht hier solange keinen Unfug, hört ihr? Wir sind bald zurück!«

Pilot hat getan, als ob er mich nicht mal gehört hätte, aber Lemonade ist mit dem Ball angerannt gekommen, schnell wie eine Nyala-Antilope.

»Der Ball ist kaputt, Thabo!«, hat sie vorwurfsvoll gerufen. »Du musst ihn heil machen!«

Dann hat sie mir den Ball hingehalten. Er sah erbärmlich aus.

»Den kann ich nicht mehr heil machen, Lemonade!«, habe ich gesagt. Ich habe viel Erfahrung darin, Fußbälle aus Plastiktüten zu knoten, es gelingt nicht beim ersten Mal. Aber wenn eine Tüte erst einmal vollkommen zerfetzt ist, könnte selbst ein Sangoma mithilfe der Ahnen keinen guten Fußball mehr daraus machen. »Das geht nicht mehr. Einem toten Vogel haucht auch der Sturm kein Leben mehr ein.«

Lemonade hat mich böse angeguckt. »Das ist kein Vogel!«, hat sie gesagt. Manchmal versteht sie nicht, dass ein Sprichwort ein Sprichwort ist und das Leben das Leben. »Dann komm ich mit euch mit.«

Pilot hat sich neben sie gestellt, wortlos. Das war jetzt gar nicht gut.

»Ihr bleibt hier!«, hat Sifiso geschnauzt. (Er war müde, meine Damen und Herren. Er gibt sich oft Mühe, freundlich zu den Kleinen zu sein, aber heute war er müde.) »Und wehe, ihr prügelt euch wieder, wenn ich weg bin! Wehe, ihr jammert mir was vor, wenn ich zurückkomme! Dann setzt es was!«

An seinem Gesicht konnte man sehen, dass es ihm ernst war.

»Jetzt kommt schon, ihr beiden!«, hat Emma ungeduldig gerufen. Sie war schon wieder auf dem Weg in die Hügel.

Da sind wir losgelaufen.

Ich fand es ein bisschen überraschend, dass ausgerechnet Emma es plötzlich so eilig hatte, zu Sandile zu kommen, wenn sie doch eben nicht einmal geglaubt hatte, dass er uns überhaupt helfen konnte.

11

Sandile wohnt in einem Haus gleich an der breiten roten Sandpiste nach Lavumisa, nicht weit von der großen Kreuzung, das ist praktisch. So können ihn die Menschen, die seine Hilfe brauchen, leicht finden. Und für die Kranken ist es einfacher, zu seiner Hütte zu gelangen, als wenn sie bei jedem Wetter erst meilenweit ohne Pfad über die Hügel laufen müssten.

Sandiles Haus ist ein kleines Steinhaus mit zwei Fenstern und einem guten Wellblechdach, so bleibt drinnen das Muti auf seinen Regalen auch bei den stärksten Regengüssen immer trocken. (Muti, das wissen Sie sicher, ist unsere Medizin.) Draußen vor der Tür ist eine freie Fläche, da können die Menschen, die zu ihm kommen, ihr Auto abstellen.

Wenn diese Menschen ein Auto haben!, werden Sie jetzt sagen, *ja, wenn sie ein Auto haben!*

Aber auch Menschen, die so reich sind, dass sie ein Auto haben, kommen zu Sandile, das wird Sie vielleicht wundern. Bei uns im Königreich werden auch reiche Menschen krank oder haben Probleme in ihrem Leben. (Ich weiß natürlich nicht, wie es in Ihren Ländern ist.) Die harmonische Verbindung zu den Geistern der Ahnen ist bei reichen Menschen nicht besser als bei anderen Menschen, man wundert sich. Darum hat Sandile vor seiner Tür einen Parkplatz für zwei Autos.

Jetzt war der Parkplatz leer. Nur eine Eidechse (ein gewöhnlicher Skink mit einem leuchtenden Muster an den Flanken) hat sich in der prallen Sonne auf der heißen roten Erde gewärmt. Sie ist zur Seite ins hohe Gras gehuscht, sobald sie das schwache Beben unserer Schritte gespürt hat. Sie hat nicht einmal gewartet, bis unser Schatten über sie fiel.

»Sandile?«, hat Emma gerufen und sofort versucht, die Tür aufzureißen. Sie merken, ihr Verhalten war unhöflich und sehr respektlos. »Sandile?«

Aber die Tür war abgeschlossen, das hat mich erstaunt. Wie sollten die Menschen denn Hilfe finden, wenn Sandile seine Tür nicht öffnete? Darum habe ich durchs Fenster einen Blick in Sandiles Hütte geworfen.

In einer Ecke des Raumes stand ein richtiges Bett mit einer Matratze und einer Decke. Daran sehen Sie, ein bisschen reich war Sandile doch geworden, trotz seines Eids. Und an einer Wand standen auf einem Regal dicht an dicht Gläser und Dosen. Dass Sandile darin sein Muti aufbewahrt hat, war klar.

»Nicht da!«, habe ich gesagt und bin einen Schritt zurückgetreten, damit Sifiso und Emma auch gucken konnten.

Es wird niemanden wundern, dass Emma vor Sifiso am Fenster war. »Tatsächlich!«, hat sie gerufen. »So ein Mist!

Wenn man es schon mal mit einem Sangoma versuchen will!«

Sifiso hat sich dann gar nicht mehr selbst vergewissert. Er hat uns einfach geglaubt. Er sah sehr niedergeschlagen aus.

Plötzlich ist neben uns ein Schatten auf den Boden gefallen, wir sind zusammengezuckt. Aber es war nicht Sandile. Eine alte Frau mit einem knotigen Stock ist gebückt und lautlos um die Ecke der Hütte geschlurft.

»Ja, der Sangoma ist verschwunden!«, hat sie gemurmelt. Mindestens drei Zähne haben ihr gefehlt, und ihr Rücken war krumm. »Ich war gestern schon hier. Und vorgestern. Und den Tag davor. Der Sangoma ist nicht da.«

Von ihrem krummen Rücken ist plötzlich ein komisches Schnauben gekommen. Da hab ich erst gesehen, dass sie sich ein Baby in einem Tuch umgebunden hatte. Das hatte Delighty mit Lemonade auch so gemacht, solange Lemonade noch nicht richtig laufen konnte.

»Ist das Baby krank?«, hat Emma mitfühlend gefragt. »Sawubona, Make! Wir müssen Sandile dringend sprechen!«

Die alte Frau hat Emma nachdenklich angesehen. »Yebo«, hat sie gemurmelt. »Ja, das muss ich auch. Nein, dem Kind geht es gut, dem Herrn sei gedankt! Und seinen Geschwistern geht es auch gut, meine Enkel sind alle gesund. Aber ich muss den Sangoma trotzdem sprechen! Es gibt nicht nur Krankheit und Gesundheit.«

Emma hat weise genickt. Dabei glaube ich nicht, dass sie begriffen hat, was die alte Frau damit sagen wollte. Wenn etwas mit den Geistern der Ahnen zu tun hat, verstehen die Weißen es selten, ngiyacolisa, ich möchte Sie nicht kränken.

Die alte Frau hat geseufzt. »Und ihr?«, hat sie gefragt. Sie musste ihren Kopf weit in den Nacken legen, um uns anzusehen, so krumm war ihr Rücken. »Was wollt ihr Kinder von Sandile?«

Ich habe gedacht, bevor Emma sich wieder einmischt, wäre es besser, wenn *ich* reden würde. Emma zeigt den Älteren gegenüber nicht immer den Respekt, den wir ihnen schulden, vor allem nicht ihrer Großtante Miss Agatha gegenüber. Wer konnte also sagen, wie Emma mit dieser alten Frau reden würde? Und Sifiso konnte ich das Gespräch nicht überlassen. Sifiso hat ausgesehen, als ob er nicht einmal mitbekam, was hier gerade vor sich ging, und als ob er mit seinen Gedanken weit weg wäre.

»Wir suchen ein Mädchen, Make!«, habe ich respektvoll gesagt. »Wir suchen Hlahla Delighty, die Schwester meines Freundes Sifiso hier. Sie hat vorgestern ihre Tante Bongwe in Mantongomane besucht und ist von da nicht zurückgekommen. Wir sorgen uns sehr.«

Die alte Frau hat nachdenklich genickt. »Bongwe Simelane?«, hat sie gefragt. »Die verheiratet ist mit Mbuso Wonderboy, dem jüngeren Bruder von Tihlobetakhe Cliffy? Dem bei der Arbeit in den Eisenerzminen von Ngwenya ein Erzbrocken die Schulter zerschmettert hat, als er seinen Kipplaster beladen wollte? Der war der Cousin des Mannes meiner Tochter, mögen die Ahnen ihrer Seelen gnädig sein und seiner!«

»Eish!«, habe ich gerufen. »Genau diese Tante Bongwe ist es! Sifiso, hast du gehört? Die Make kennt deine Tante Bongwe!«

Die Touristen wundern sich häufig, dass bei uns im Königreich alle Menschen einander immer zu kennen scheinen, das verwundert nun wiederum mich. Jeder Mensch gehört schließlich zu einer Familie! Und ist nicht fast jede Familie groß und lebt verstreut über das Land? Cousinen von Schwägern haben Brüder von Großmüttern aus anderen Familien geheiratet, und jeder ist mit jedem verwandt.

Kann das bei Ihnen in Ihren Ländern anders sein? Haben Sie keine Familie? Keine große, weit verstreute Familie, auf die Sie stolz sein können? Dann spüre ich tiefes Bedauern. Was wäre das Leben für uns denn ohne die Familie? Wer nimmt die Kinder bei sich auf, wenn ihre Eltern gestorben sind, wie mein Onkel Vusi mich aufgenommen hat? Ich staune. Ich verstehe nicht, wie Sie leben können ohne Familie, ngiyacolisa, ich bin sicher, Sie könnten es mir erklären.

»Und weiß die Gogo auch, wo Delighty geblieben ist?«, hat Sifiso leise und fast wie zu sich selbst gesagt. »Niemand hat von ihr gehört.«

Das Baby auf dem Rücken der Alten hat weiter kleine freundliche Schnaufer ausgestoßen. Vielleicht hat es geschlafen.

»Ich habe auch nicht von ihr gehört«, hat die alte Frau gesagt und den Kopf geschüttelt. Dann hat sie ihren Kopf wieder in den Nacken gelegt und Sifiso angesehen. »Seid ihr aus Gege? Ist es dieses Mädchen? Aber das ist ja länger her als vorgestern, ja, das ist länger her, dass sie verschwunden ist! Fünf Tage vielleicht. Eine Woche.« Sie hat sich abgewandt. »Der Sangoma ist nicht da, ich komme morgen wieder. Salani kahle, Kinder. Ich wünsche euch Glück.«

»Hamba kahle, Make!«, habe ich gesagt und bin noch ein paar Schritte neben ihr hergegangen. »Welches Mädchen? Wir sind nicht aus Gege! Welches Mädchen aus Gege, Make?«

Aber die alte Frau hat noch mal den Kopf geschüttelt. »Ich habe doch gesagt, das sind schon fünf Tage!«, hat sie gesagt. »Eine Woche vielleicht! Ich weiß den Namen nicht. Das Mädchen aus Gege.«

Sie hat sich mir nicht zugewandt, als sie gesprochen hat, jeder konnte sehen, dass sie es jetzt eilig hatte und nicht länger mit mir reden wollte. Ich bin stehen geblieben und habe sie gehen lassen.

Von Delighty wusste sie nichts, auch wenn sie mit Mbuso Wonderboy verwandt war. Hatte sie etwas durcheinandergebracht? Oder wusste sie wirklich von einem anderen Mädchen, einem Mädchen aus Gege, das auch verschwunden war? Vor fünf Tagen. Vor einer Woche vielleicht.

Mein Magen hat sich verkrampft. Was bedeutete es, wenn nun schon zwei verschwunden waren? Zwei verschwundene Kinder klangen gefährlicher als nur ein verschwundenes Kind. Meine Sorge um Delighty ist gewachsen.

Andererseits haben Krokodile nur alle vier Wochen Hunger, es konnte darum nicht dasselbe Krokodil sein, das beide Mädchen verschlungen hatte. (Wenn das Verschwinden mit Krokodilen zu tun hatte.) Krokodile wandern auch nicht von Hlatikulu nach Gege.

Mein kriminalistisches Gehirn hat so scharf nachgedacht, dass mein Kopf schmerzte. Waren sie also gar nicht von einem Krokodil verschlungen worden, die beiden Mädchen? Als Privatdetektiv muss man jede Möglichkeit in Erwägung ziehen. War womöglich etwas ganz anderes mit ihnen geschehen?

Ich habe mich zu Emma und Sifiso umgedreht. »Sie wusste nichts«, habe ich gesagt. »Lasst uns in Lion Lodge noch mal die Gäste befragen. Komm mit, Sifiso.«

Sifiso hat nicht geantwortet. Wenn er in dieser Stimmung zurück zu seiner Hütte kam, sah es nicht gut aus für Pilot und Lemonade. Ich konnte nur hoffen, dass die beiden sich so still verhielten wie die Schlange unter der Schlafmatte, sonst würde es heute Abend sicher noch etwas setzen.

12

Als wir auf dem Rückweg an die Stelle gekommen sind, wo sich zwischen den Dornbüschen der Weg zu Sifisos Hütte vom Weg nach Lion Lodge trennt, ist Emma plötzlich wie erstarrt stehen geblieben.

»Psst!«, hat sie gezischt.

Das konnte nur eins bedeuten, meine Damen und Herren! Ich wäre fast gestolpert. Hatte ich gerade die Schlange unter der Schlafmatte erwähnt?

Vor uns ist lautlos etwas aus dem Gestrüpp aufgetaucht und hat sich blitzschnell vor unseren Füßen über den Pfad geschlängelt: dick wie ein Arm und so lang, dass Emma, hätte sie sich danebengelegt, sicher nicht vom Kopf bis zur Schwanzspitze gereicht hätte. (Aber natürlich hat Emma sich nicht neben die Schlange gelegt. Wer würde sich schon neben eine Schlange legen, selbst wenn es nur eine harmlose Eierschlange wäre? Eish! Ich habe es nur geschrieben, damit Sie sich vorstellen können, wie lang die Schlange war.)

Auf der anderen Seite des Pfads ist die Schlange genauso lautlos wieder im Gras verschwunden. Eine Weile ist Emma noch reglos stehen geblieben, dann hat sie ausgeatmet. »Puh!«, hat sie gesagt. »Eine Schwarze Mamba!«

Sifiso hat ärgerlich den Kopf geschüttelt. Sifiso kennt sich mit Schlangen aus. »Nur eine Grasschlange!«, hat er gesagt. »Eine olivfarbene. Keine Mamba. Kein Grund zur Aufregung.«

Aber Emma hat immer noch schnell und heftig geatmet. »Und die ist harmlos, ja?«, hat sie gesagt. »Du meinst, ich hätte ruhig auf sie drauftreten sollen, Mister Besserwisser?«

Sifiso hat böse geguckt. »Dir kann übel werden, wenn sie dich beißt«, hat er gesagt. »Aber gestorben wärst du nicht.« Er ist zusammengezuckt. Ich wusste, was ihm in diesem Augenblick wieder eingefallen ist. »Ich komme doch nicht mehr mit zur Lodge, Thabo!«, hat er entschuldigend zu mir gesagt. »Ich kann die Kleinen nicht länger allein lassen. Ich habe schon gestern den ganzen Tag nach Delighty gesucht und heute auch …« Sifiso hat hilflos die Schultern hochgezogen. »Ich geh jetzt.«

»Klar, geh du ruhig nach Hause!«, hat Emma gesagt. Ich wusste es doch! Emma ist immer froh, wenn Sifiso verschwindet. Und jetzt grade war sie ja sowieso sauer auf ihn. »Thabo und ich können die Gäste auch ohne dich befragen, ob sie Delighty gesehen haben, kein Problem!«

Ich hab Sifiso kurz eine Hand auf die Schulter gelegt. »Bis morgen, Sifiso!«, hab ich gesagt. »Wir finden Delighty, wirst du schon sehen!«

Emma hat ihm nachgeguckt und geseufzt. »Sag mal, Thabo!«, hat sie dann gefragt. »Was hat die Alte da eben eigentlich von einem Mädchen aus Gege geredet? Hast du das verstanden?«

(Respektlos, ich hatte es schon erwähnt. Wieder hat Emma den Alten nicht den ihnen zustehenden Respekt gezollt.)

»Aus Gege ist auch ein Mädchen verschwunden«, habe ich gesagt und Emma dabei nicht angesehen. »Vor fünf Tagen.«

Wir sind in einen langsamen Trott gefallen. »Zwei Kinder jetzt also«, hat Emma gemurmelt. Sie hat mich genauso wenig angesehen wie ich sie. »Zwei verschwundene Kinder, Thabo.«

Wenn Sifiso noch dabei gewesen wäre, hätten wir gar nicht darüber gesprochen. Auch jetzt sprachen wir nicht wirklich darüber. Es war natürlich gut, dass zwei verschwundene Mädchen zu bedeuten schienen: Ein Krokodil konnte es nicht gewesen sein. Etwas anderes konnten zwei verschwundene Kinder allerdings bedeuten, etwas ganz anderes. Und darüber wollte ich noch viel weniger nachdenken. Und Emma offensichtlich auch nicht. (Vielleicht wissen Sie nicht, was ich meine, ich erkläre es nicht. Bei dem Gedanken empfinde ich Scham und Grauen, und solange es nicht wirklich geschehen ist, muss man nicht darüber reden.)

Aber vielleicht hatte die alte Frau ja wirklich etwas verwechselt? Oder vielleicht war das Mädchen aus Gege ja auch längst wieder zu Hause. Sollten wir morgen vielleicht nach Gege gehen und nach ihr fragen?

Erst mal sind Emma und ich jedenfalls nach Lion Lodge gegangen. Wir mussten schließlich unsere Gäste-Befragung vom Abend zuvor fortsetzen.

13

»Neue Gäste, Thabo!«, hat Emma gerufen, als wir kaum auf dem Parkplatz angekommen waren. »Der silberne Mercedes hat gestern garantiert noch nicht da gestanden! Der BMW X5 auch nicht, den hätte ich mir gemerkt.«

Emma kennt alle Automarken fast so gut wie Sifiso. Sifiso verbringt jede freie Minute auf dem Parkplatz von Lion Park und muss nur einen Autoscheinwerfer sehen oder eine Stoßstange, dann weiß er schon die Marke. Und das Modell.

Zwischen dem BMW und dem Mercedes stand noch immer der Polo, aus dem ich gestern die beiden alten Frauen (deutsch oder holländisch) hatte aussteigen sehen, die so schlecht Englisch sprachen; der staubverkrustete Bakkie mit dem zerschrammten Aufdruck von Water WiZZard; ein zerbeulter Defender; und der Mitsubishi Space Wagon, in dem die französische Familie das Land erkundete. Der Isuzu, den der Amerikaner gefahren hatte, dessen Hörgerätbatterie leer war, war verschwunden. Aber die Amerikaner brauchten wir ja sowieso nicht mehr, die hatten wir ja schon gefragt.

»Na, dann!«, habe ich gesagt. »Gehen wir auf die Terrasse, Emma?«

Natürlich habe ich gedacht, dass jetzt alles wieder genauso ablaufen würde wie am Abend vorher, und das denken Sie sicher auch: Zuerst würden wir uns hinter dem Wolligen Kapernstrauch neben der Terrasse verstecken, bis Ms Wendy Chapman in der Küche verschwunden war; dann würden wir blitzschnell so viele Gäste befragen, wie wir in der kurzen Zeit schaffen konnten. Haben Sie das auch gedacht?

Leider kann nicht immer alles so kommen, wie man es sich wünscht, ich muss Sie enttäuschen. Dieses Mal war es ein Nilpferd, das unsere Pläne durcheinanderwarf.

»Ein Nilpferd!«, hat Paki gerufen. (Sie fragen sich, wer Paki ist. Paki ist der Schuhputzboy von Lion Lodge.) »Ein Nilpferd unten beim Pool!«

Ich weiß, ich hatte behauptet, dass Nilpferde nicht oft in Miss Agathas Garten kommen, und eigentlich kommen sie auch nicht oft in den Garten von Lion Lodge. Aber »nicht oft« ist nicht »nie«, und Nilpferde sind hinterhältig; verlassen kann man sich bei Nilpferden auf gar nichts.

Paki ist so alt, dass er in seinem Leben schon mehr Nilpferd-Geschichten erlebt hat, als er sich wünschen würde. Wenn Paki vor einem Nilpferd warnt, dann hat er wahrhaftig ein Nilpferd gesehen, das kann ich Ihnen versichern. »Gehen Sie bitte alle ins Haus! Gehen Sie bitte alle ins Haus!« Damit hat er natürlich die Gäste auf der Terrasse gemeint.

Unter den Gästen ist es unruhig geworden. Emma und ich waren gerade vom Parkplatz um die Ecke gebogen, und jetzt sahen wir, wie auf der Terrasse ein großes Durcheinander entstand. Die französische Mutter hat ihre Arme ausgebreitet und mit schrillen kleinen Schreien versucht, ihre Kinder ins Haus zu scheuchen wie eine Glucke. Die Kinder sind ihr immer wieder entwischt und haben sich sogar über die Terrassenbrüstung gelehnt, um so viel wie möglich vom Nilpferd unten am Pool mitzukriegen. Dabei haben sie irgendetwas gerufen, aber weil es auf Französisch war, konnte ich es nicht verstehen. (Weil Emma sich in Französisch mehr anstrengen musste, konnte sie es wahrscheinlich auch nicht verstehen.)

Die beiden Frauen, die so schlecht Englisch sprachen, haben Pakis Warnung trotzdem verstanden. Jedenfalls sind sie blitzschnell im Speisesaal verschwunden.

Ein sehr schönes junges Paar in frisch gebügelter Safari-Kleidung und mit ins Haar hochgeschobenen Sonnenbrillen (gehörte ihnen der Mercedes oder der BMW?) hatte seine Smartphones gezückt und näherte sich mit zögernden Schritten dem Zugang zum Pool; und ein älteres Paar, das sich zum Abendessen so vornehm umgezogen hatte, wie die Gäste es auf Schiffen tun (ich weiß das aus einem von Miss Agathas Miss-Marple-Filmen), stand den anderen Gästen im Weg, unschlüssig, ob sie ins Haus gehen oder in ihrem Alter noch mal ein Abenteuer erleben wollten.

»Wie konnte das Biest hier, verdammt, überhaupt reinkommen?«, hat Thulile Paki zugerufen. Thulile ist die Rezeptionistin von Lion Lodge. Sie hat das College für Tourismus und Fremdenverkehr durchlaufen und hat ein Diplom mit roter und goldener Schrift, das in einem Rahmen an der

Rezeption hängt, sodass alle Gäste es sehen können. Wörter wie »verdammt« benutzt Thulile sonst nie.

Ich hätte Thulile sagen können, wie das Nilpferd in den Garten von Lion Lodge gekommen war, sie hätte es selbst wissen müssen. Natürlich hat Lion Lodge nach vorne zur Straße hin eine schöne, weiß getünchte Mauer mit einem großen Tor, das mit einem elektronischen Summer geöffnet werden kann. Die Gäste, die nach Lion Lodge kommen und in einer der Cabins übernachten, haben darum das glückliche, sichere Gefühl, dass sie hinter dieser Mauer nur auf solche Tiere treffen werden, denen Ms Wendy Chapman den Zutritt gestattet hat. (Leider müssen die Gäste meistens schon beim ersten Frühstück feststellen, dass das für die Meerkatzen nicht gilt. Die Meerkatzen schlagen sich in den Marula-Bäumen ihre Bäuche voll. Für die kleinen grauen Affen ist die Mauer nicht hoch genug, und sie denken gar nicht daran, Ms Wendy Chapmans Verboten zu gehorchen. Die Meerkatzen lieben das Frühstück der Gäste. (Deshalb hängen in der Nähe der Terrasse auch überall Schilder, die die Gäste auffordern, nicht die Affen zu füttern.)

Es ist wichtig, dass die Gäste sich in Lion Lodge sicher fühlen können! Sie möchten Löwen sehen und Elefanten und Nashörner, ganz aus der Nähe, auch Krokodile und Nilpferde; aber nur, wenn sie sich dabei haargenau so sicher fühlen können wie zu Hause, wo sie wilde Tiere im Zoo hinter Gittern betrachten und von ihnen nicht belästigt werden können. (Sonst würden sie nicht mehr kommen und ihre Emalangeni ausgeben, und was würde dann aus Ms Wendy

Chapman werden und aus Emma und aus Thulile und aus Paki und aus Dumisani, die die Cabins putzt? Was würde aus Onkel Vusi werden und aus den anderen Rangern von Lion Park und aus mir? Ich rate Ihnen, scheuen Sie nicht die Reise in unser Land. Aber seien Sie vorsichtig.)

Die Gäste in Lion Lodge wissen nicht, dass die schöne weiße Mauer nicht den ganzen Garten umschließt. Auf der Rückseite, wo der Rasen hinter dem Pool und den Cabins in den Busch übergeht mit seinen hohen Bäumen und Lianen und Philodendren und einem dämmerigen Strauch-Dickicht, kann man die Grenze zwischen Lion Lodge und Lion Park nicht erkennen. Dort beginnt der Maschendrahtzaun.

Ein Maschendrahtzaun! Ich muss Ihnen nicht erklären, dass Nilpferde über Maschendrahtzäune nur lachen. Wenn ein Nilpferd Interesse hat an dem, was es hinter einem Maschendrahtzaun vermutet, dann stößt es ihn um mit seinem tonnenschweren Körper und zertrampelt ihn mit seinen kräftigen Füßen, und dann ist der Zaun Geschichte. Wir haben es schon erlebt. (Aber wir haben es noch nicht oft erlebt.)

»Ich rufe die Ranger!«, hat Thulile gesagt und ihr Handy aus der Tasche gezogen. »Gehen Sie bitte ins Haus, meine Damen und Herren! Schließen Sie bitte die Speisesaaltür!«

Emma und mich hatte Thulile noch nicht entdeckt. Aber Emma und ich wollten ja auch nicht entdeckt werden.

»Mist!«, hat Emma geflüstert. Das Nilpferd kam langsam

den Rasen hoch und auf das Haus zugeschlendert, als wäre es auf Sightseeingtour. Was, wenn man es recht überlegt, ja nur gerecht gewesen wäre. Die Touristen starren die Nilpferde an, warum sollte also ein Nilpferd nicht die Touristen anstarren? (Jedenfalls hoffte ich, dass es sie nur anstarren würde.) »Wenn die Gäste jetzt alle im Speisesaal essen, kriegt meine Mutter sofort mit, wenn wir sie nach Delighty fragen!«

Das Nilpferd ist mit ungeduldigen Schnaubgeräuschen näher gekommen. Vielleicht war es enttäuscht, dass der Rasen von Lion Lodge so kurz geschoren ist. (Miss Agatha sagt, so kurz scheren Sie den Rasen in England.) Viel zu fressen konnte ein Nilpferd da nicht finden.

»Blödes Vieh!«, hat Emma gezischt und dem Nilpferd mit der Faust gedroht. »Alter Fettsack! Deinetwegen kriegen wir jetzt heute wieder nicht raus, wo Delighty ist! Geh doch zurück in deine Matschkuhle!«

Daran sehen Sie, dass Emma keine große Angst vor Nilpferden hat (vielleicht sogar zu wenig Angst), und das Nilpferd hatte offenbar auch keine Angst vor Emma. Vielleicht hatte es uns aber auch nur noch nicht entdeckt? Oder vielleicht wollte das Nilpferd Emmas Beleidigungen auch einfach nur nicht zur Kenntnis nehmen?

»Also, was jetzt?«, habe ich geflüstert. Wenn das Tier noch ein bisschen näher kam, war es vielleicht doch klug, ein paar Schritte rückwärts zu gehen. »Doch in den Speisesaal?«

In diesem Augenblick war auf dem Parkplatz so lautes

Bremsenquietschen zu hören, dass das Nilpferd seinen riesigen Kopf gehoben hat.

»Das Nilpferd ist hinten!«, hat Thulile gerufen. Dann habe ich gehört, wie Wagentüren zugeschlagen wurden. »Das Nilpferd ist beim Pool! Habt ihr ein Gewehr dabei?«

Onkel Vusi, Bongani und Sipho Joyful kamen um die Ecke gestürmt wie ein Löwenrudel auf der Jagd. Bongani und Sipho Joyful sind Ranger in Lion Park wie mein Onkel Vusi, und Bongani ist (nach Onkel Vusi natürlich, das voranzustellen gebietet der Respekt) der beste Ranger, den ich kenne. Sipho Joyful ist leider kein ganz so guter Ranger, das muss gesagt werden. Er trinkt zu gerne Buganu, und dann wird sein Schritt schwankend wie der eines alten Elefantenbullen, und seine Augen sind rot unterlaufen wie die Augen eines Nashorns vor dem Angriff. Aber heute Abend war er immerhin mitgekommen. Ich habe gehofft, dass er noch nicht zu viel Buganu getrunken hatte. Wenn man ein Nilpferd fangen will, kann zu viel Buganu ungünstig sein.

Bongani trug ein Netz über der Schulter, und Onkel Vusi trug sein Betäubungsgewehr. Sipho Joyful trug gar nichts.

Das Betäubungsgewehr benutzt Onkel Vusi nicht gerne. Im Notfall, natürlich, wird er ein Tier damit außer Gefecht setzen: Wenn ein Nilpferd auf ein hilfloses kleines Mädchen zustürmt oder auf eine gebeugte alte Frau, dann ist der Zeitpunkt für das Betäubungsgewehr gekommen. Aber was sollen die Ranger dann hinterher mit dem betäubten Nilpferd anfangen? Wenn sie das Nilpferd am Pool jetzt mit dem Betäubungsgewehr trafen, würde es nach dem Aufwachen ja immer noch im Garten von Lion Lodge liegen, was wäre also gewonnen? Das Betäubungsgewehr ist für Notfälle.

Und schließlich war im Augenblick niemand in Gefahr. Es sah nicht so aus, als ob das Nilpferd irgendwen angreifen wollte. Dank Pakis früher Warnung wäre das auch gar nicht möglich gewesen. Sogar die französischen Kinder waren inzwischen im Speisesaal verschwunden und drückten ihre Nasen an der Fensterscheibe platt, und Emma und mich hatte das unzufriedene Tier hinter unserem Wolligen Kapernstrauch offenbar noch immer noch nicht entdeckt.

Aber Onkel Vusi hat mich jetzt entdeckt, und gefreut hat er sich darüber gar nicht. Lautlos hat er mir ein Zeichen gegeben, dass Emma und ich uns gefälligst rückwärts auf den Parkplatz verdrücken sollten, damit Bongani, Sipho Joyful und er mit ihrer Arbeit anfangen und das Nilpferd zurück in den Busch treiben konnten; so etwas hatten sie schon tausendmal auf ihren Safaritouren getan, auch wenn sie es wegen der Gefahr niemals mit fröhlichem Herzen taten.

Und sie hätten es auch jetzt getan, denn fröhliches Herz hin oder her, es war ihre Aufgabe; sie hätten es auch jetzt getan, wenn nicht Sipho Joyful schon wieder zu viel Buganu getrunken hätte.

14

»Jetzt!«, hat Bongani geflüstert und den anderen beiden Rangern ein Zeichen gegeben.

Emma und ich haben uns natürlich nicht auf den Parkplatz verdrückt. Wir haben uns weiter hinter dem Kapernstrauch versteckt. Onkel Vusi hat sein Betäubungsgewehr angelegt, für den Fall, dass dessen Gebrauch nötig werden würde.

Und Sipho Joyful ist vorwärtsgetorkelt, bis er über irgendetwas gestolpert und mit voller Wucht zu Boden gekracht ist. Es klang nicht gut.

»Du-blödes-Vieh!«, hat Sipho Joyful geschrien und mit beiden Händen sein Knie gehalten. »Au! Au!«

Es ist besser, nicht zu viel Buganu zu trinken, wenn man ein Nilpferd verscheuchen will, ich hatte es gesagt. Und auch wenn ich kein Freund der Nilpferde bin (das haben Sie schon gemerkt): Dafür, dass Sipho Joyful mit seinem betrunkenen Kopf nicht mehr geradeaus gehen konnte und gestürzt ist, konnte das Nilpferd nichts.

Vielleicht war das Nilpferd darum auch gekränkt, dass es zu Unrecht beschuldigt wurde? Vielleicht war das der Grund dafür, dass es plötzlich seinen schweren Kopf gehoben und sein riesiges Maul geöffnet hat, sodass wir seine endlos langen Eckzähne sehen konnten? (Länger als die eiserne Spitze eines Assegai, wie ihn die Touristen so gerne kaufen, um ihn zu Hause in ihr Wohnzimmer zu stellen.) Dabei hat es ein böses, lautes Grunzen ausgestoßen, so fürchterlich, dass sich selbst die französischen Kinder im Speisesaal hinter der geschlossenen Tür jetzt wahrscheinlich erschrocken haben. Und dann ist es auf uns zugaloppiert gekommen.

Ein Nilpferd ist ein riesiges Tier, und ein Nilpferd ist ein plumpes Tier, aber glauben Sie nicht, es wäre darum auch ein langsames Tier. Wenn ein Nilpferd auf einen Feind losgaloppiert, und wenn Sie zufällig dieser Feind sein sollten, dann glauben Sie mir: Sie haben keine Chance. Ein Nilpferd erreicht fünfzig Stundenkilometer, und ohne respektlos zu sein, vermute ich: Die erreichen Sie nicht. (Ngiyacolisa.)

Dass Sipho Joyful mit seinem betrunkenen Kopf keine fünfzig Stundenkilometer erreichen würde, war schon klar. Schon gar nicht, wie er da auf dem Boden lag und sich jammernd sein Knie gehalten hat. Sipho Joyfuls Schicksal, meine Damen und Herren, war besiegelt.

Aus dem Augenwinkel habe ich gesehen, wie Onkel Vusi versucht hat, durch sein Zielfernrohr den richtigen Punkt für einen Betäubungsschuss zu finden, der das Tier mitten im Lauf niederstrecken würde, noch bevor es Sipho Joyful erreichte; denn ein verletztes, nur halb betäubtes Nilpferd ist ein noch unerfreulicherer, wütenderer Gegner als ein gar nicht betäubtes Nilpferd. Ich habe auch das leise Klacken gehört, als Onkel Vusi die Sicherung am Abzug gelöst hat.

Trotzdem wage ich nicht zu sagen, wie alles weitergegangen wäre, wenn jetzt nicht plötzlich Emma aus ihrer Erstarrung erwacht wäre. Hätte Onkel Vusi schnell genug abgedrückt? Hätte er die richtige Stelle getroffen? Ich weiß es nicht.

Dann wäre diese Geschichte für Sipho Joyful vielleicht nicht gut ausgegangen, und schuld wäre der schwache Maschendrahtzaun von Lion Lodge gewesen und zu viel Buganu. Aber jetzt war eben Emma zur richtigen Zeit zur Stelle.

»Sch-sch!«, hat sie gebrüllt und ist hinter dem Wolligen Kapernstrauch hervorgesprungen. »Sch-sch!, du blödes Vieh! Geh zurück in deine Matschkuhle, das hab ich dir eben schon gesagt!«

Und ist das vorstellbar? Aus dem gestreckten Galopp heraus ist das Nilpferd plötzlich stehen geblieben und hat Emma verblüfft angestarrt. Dann hat es sich mit einem letzten Grunzen würdevoll umgedreht und ist gemächlich zurück ins Dickicht getrottet.

Sie können mir das jetzt glauben oder nicht, wichtig ist vor allem, dass Sie niemals versuchen, es Emma nachzumachen. Vielleicht gibt es noch mehr Nilpferde auf der Welt, die sich von sommersprossigen Mädchen in Shorts mit einem »Sch-sch!« verscheuchen lassen; aber ich würde es an Ihrer Stelle nicht darauf ankommen lassen.

»Bist du verrückt geworden?!«, hat Bongani darum auch gebrüllt, sobald das Hinterteil des Nilpferds schwankend zwischen Bougainvilleen und Zuckersträuchern verschwunden war. »Die Chancen stehen eins zu hundert, dass so was gut geht, Emma Chapman, und das weißt du auch!« Und er hat Emma an den Schultern gepackt und gerüttelt.

Emma hat ihn böse angeguckt. »Onkel Vusi hatte doch das Gewehr!«, hat sie gesagt. »Was sollte denn schon passieren?« Und damit hat sie ihn einfach stehen lassen und ist hoheitsvoll in Richtung Speisesaaltür gegangen.

Hatte ich Ihnen nicht gesagt, dass Emma keinen Respekt kennt? Nicht vor dem Alter, nicht vor ihrer Großtante Miss Agatha und nicht vor den Nilpferden. Vielleicht wird sie das eines Tages noch einmal ins Verderben führen, vielleicht eher bei den Nilpferden als bei Miss Agatha. Die Wissenschaftler, die sich mit Nilpferden auskennen, werden Ihnen jedenfalls sagen, dass man Nilpferde gewöhnlich nicht so in die Flucht jagen kann, wie Emma es getan hat. Aber diese Wissenschaftler haben eben Emma noch nicht kennengelernt.

Bongani und Onkel Vusi haben Emma nachgesehen.

»Du solltest besser auf deine Freundin aufpassen, Thabo!«, hat Bongani gesagt, als ob ich etwas für Emmas Verrücktheiten könnte. Aber ich konnte hören, wie erleichtert er war.

Sipho Joyful hat sich noch immer sein Knie gehalten und verwirrt geguckt. Da hätte ich ja genauso gut sagen können, dass Onkel Vusi und Bongani mal besser auf *ihren* Freund aufpassen sollten. Aber das habe ich natürlich nicht gesagt.

»Vusi! Bongani!«, hat Ms Wendy Chapman in diesem

Augenblick gerufen und ist aus dem Speisesaal auf die Terrasse gerannt. »Vielen Dank, Vusi und Bongani!«

Vielleicht hatte sie von dort drinnen nicht einmal mitbekommen, wer das Nilpferd eigentlich wirklich vertrieben hatte? Aber wenigstens hat sie sich nicht auch noch bei Sipho Joyful bedankt.

»Kommt doch bitte rein! Wir sind gerade beim Abendessen!«

Als wir alle zusammen in den Speisesaal gekommen sind (Sipho Joyful ist so übertrieben gehumpelt, als hätte er sich beide Beine gebrochen), ist das junge Paar in den teuren Safari-Klamotten aufgesprungen und hat geklatscht.

»Hoch! Hoch! Hoch!«, hat der schöne junge Mann gerufen. (Vielleicht hatte er auch schon ein bisschen getrunken?) »Das war großartig, euch Ranger mal in Aktion zu sehen!«

Die anderen Gäste sind auch aufgestanden und haben geklatscht. Onkel Vusi und Bongani haben sich verlegen verbeugt. Ich glaube, es wäre ihnen lieber gewesen, wenn sie Ms Wendy Chapmans Essen ohne Applaus bekommen hätten.

Emma hat dem jungen Mann einen bösen Blick zugeworfen. »Ja, ja, ja!«, hat sie gemurmelt. »Die Ranger waren mal wieder großartig! Vor allem Sipho!«

»Reg dich nicht auf!«, habe ich gezischt. »Du warst jedenfalls nicht großartig, auch wenn du das jetzt glauben solltest! Du warst wahnsinnig!«

»Phht!«, hat Emma gesagt und ist an mir vorbeistolziert.

Und ich habe mich umgesehen. Die Stimmung war grandios, wir konnten uns beim Nilpferd bedanken. Die Gäste hatten ein Abenteuer erlebt, von dem sie zu Hause erzählen würden; und die meisten hatten sogar Fotos oder Videos auf ihren Handys, die sie jetzt eilig an ihre Freunde verschickt haben.

Selbst die französische Mutter war ganz aufgekratzt. Nur die Leute von Water WiZZard aßen ihre Boerwors, als ob nichts geschehen wäre.

An eine Befragung wegen Delighty war im Augenblick jedenfalls nicht zu denken.

15

Ms Wendy Chapman hat Onkel Vusi und Bongani persönlich ihre Teller mit viel Fleisch gebracht und zwei große Gläser teures namibisches Bier. Dass sie Sipho Joyful seinen Teller nicht so gerne gebracht hat wie den beiden anderen, konnte man sehen. Bier hat sie ihm gar nicht gebracht.

»Ich glaube, du hast heute schon genug getrunken, Sipho!«, hat sie streng gesagt. »Dir bringe ich Wasser.«

Sipho Joyful hat nicht gewagt zu protestieren. (Vielleicht hatte er Angst, dass Ms Wendy Chapman ihm dann auch sein Fleisch wieder wegnehmen würde. Keine Ahnung, wann Sipho Joyful zuletzt Fleisch gegessen hatte. Fleisch essen wir im Königreich nur zu besonderen Gelegenheiten, zu einer Hochzeit oder zu einer Beerdigung. Aber die Vertreibung eines Nilpferds ist auch eine besondere Gelegenheit.) Als ich noch mal zu ihm hingesehen habe, hat Sipho Joyful gerade einen großen Schluck aus Bonganis Glas genommen. Bongani hat nicht mit ihm geschimpft, bestimmt, weil er nicht wollte, dass die Gäste aufmerksam wurden.

»Dann lass uns wenigstens was essen!«, hat Emma gesagt und sich unzufrieden umgesehen. »Wenn wir schon wegen Delighty nicht weiterkommen!«

Aber dass wir wegen Delighty nicht weiterkommen würden, hat sie nur geglaubt. Manchmal kommt es schlimmer, als man denkt; und manchmal kommt es besser, als man denkt.

In diesem Augenblick hat uns nämlich die weiße Frau von Water WiZZard zugewinkt.

»Na, das war ja ein Abenteuer!«, hat sie gesagt und uns mit ihrer Cola zugeprostet. »Aber was für ein besoffener Kerl!« Sie hat mit dem Kopf auf Sipho Joyful gedeutet.

Die Wasserleute hatten eine Straßenkarte auf ihrem Tisch ausgebreitet, die an den Kniffen schon ganz bröselig war. An verschiedenen Stellen gab es kleine rote Kreuzchen.

»Haben Sie da überall Wasser gefunden?«, habe ich höflich gefragt. »Oder wollen Sie da überall suchen?«

Der wahre Gentleman unterhält sich mit anderen Menschen über *ihre* Interessen, nicht über seine eigenen Interessen, sagt Miss Agatha. (Sie weiß das natürlich aus ihren Filmen.) Man soll andere Menschen nicht mit den eigenen Interessen langweilen.

Mein Interesse (und Emmas) war Delighty; aber das Interesse von Water WiZZard war Wasser, das konnte man sich denken. Ich habe wieder einmal gemerkt, dass es schwierig sein kann, sich gleichzeitig wie ein wahrer Gentleman und wie ein guter Privatdetektiv zu verhalten. Ein wahrer Gentleman musste sich jetzt unbedingt nach Wasser erkundigen; ein guter Privatdetektiv hätte nach Delighty gefragt.

Aber wahrscheinlich hatten die Wasserleute dieselben

Filme geguckt wie Miss Agatha. Wenigstens die Frau. Jedenfalls wollte sie auch nicht über ihre eigenen Interessen sprechen, sondern lieber über unsere, das war unser Glück. Und sie wusste ja, dass unser Interesse Delighty war. (Ich frage mich aber jetzt, wie zwei wahre Gentlemen sich dann überhaupt jemals vernünftig unterhalten können, wenn jeder immer über das Interesse des anderen reden will. Dann unterhalten sie sich ja nie über die gleiche Sache, das müssen merkwürdige Gespräche sein! Ich bin froh, dass ich nicht allzu viele wahre Gentlemen kenne.)

Die Frau hat die Straßenkarte zusammengefaltet und nachlässig in ihren großen Umhängebeutel fallen lassen, der an der Stuhllehne hing. »Und, seid ihr weitergekommen mit eurer Freundin?«, hat sie gefragt. (*Unser* Interesse, Sie merken es.)

Emma hat sich einfach auf den letzten freien Stuhl am Tisch gesetzt. »Kein Stück!«, hat sie gesagt. »Als ob Delighty vom Erdboden verschluckt wäre!«

»Und ein anderes Mädchen ist auch noch verschwunden!«, habe ich gesagt. Ich wusste nicht, ob ich mir einfach einen Stuhl von einem anderen Tisch heranziehen konnte. Ich habe es lieber gelassen. Vielleicht hatten die Leute von Water WiZZard nichts dagegen, aber Ms Wendy Chapman hätte es bestimmt nicht gerne gesehen. »Aus Gege!«

Der große Schwarze hat sein Besteck sinken lassen. Grateful, so hieß er. »Wo habt ihr das gehört?«, hat er gefragt.

Der kleine Weiße (Frans) hat den Kopf geschüttelt. »Ja,

sind die Krokodile in diesem Land denn auf einmal alle verrückt geworden? Lutetia, daran siehst du noch mal ganz deutlich, wie wichtig unsere Arbeit ist, verdammt! Wir müssen *schnell* eine Lösung für das Wasserproblem finden! Solange das Wasserproblem nicht gelöst ist und die Kinder das Wasser aus den Flüssen voller Krokodile holen müssen, wird es immer wieder so schreckliche Vorfälle geben!«

»Es ist ja noch gar nicht klar, dass die Mädchen von Krokodilen …«, hat die Frau gesagt. (Jetzt wussten wir auch, dass sie Lutetia hieß.)

Aber Grateful hat sie unterbrochen. »Wo habt ihr das gehört?«, hat er wieder gefragt und mich dabei geradezu stechend angesehen. So guckt die Polizei bei einem Verhör. »Dass auch noch ein zweites Mädchen verschwunden ist?«

Da haben Emma und ich von Sangoma Sandile erzählt und dass wir geglaubt hatten, er könnte uns vielleicht helfen. Und dass wir ihn nicht bei seiner Hütte angetroffen hatten. Nur die alte Frau.

»Der Sangoma war nicht in seiner Hütte!«, hat Grateful gesagt und genickt. Man nennt den Tonfall *bedeutungsschwer*. »Hörst du das, Lutetia? Habe ich es nicht gestern schon vermutet? Und jetzt ist ein zweites Mädchen verschwunden. Und der Sangoma: War. Nicht. In seiner Hütte.«

Lutetia hat ihn unsicher angesehen.

»Ich weiß nicht genau, Grateful, was du …?«, hat sie gefragt und ihre Gabel sinken lassen.

Aber der kleine Weiße (Frans) hat Grateful erschrocken

angestarrt. »Das meinst du nicht ernst, Grateful!«, hat er gerufen. »Wir leben doch nicht mehr im Mittelalter!«

Grateful hat nicht geantwortet.

Jetzt hat Lutetia einen kleinen Schrei ausgestoßen und sich die Hand vor den Mund gehalten.

»Ein zweites Mädchen ist verschwunden, Lutetia!«, hat Grateful noch einmal gesagt. »Und der Sangoma: War. Nicht. In seiner Hütte.«

Und Emma und mir ist es eiskalt den Rücken hinuntergelaufen.

16

Jetzt muss ich Ihnen doch etwas erklären, meine Damen und Herren, ich hatte es vorhin schon angedeutet. Es fällt mir nicht leicht. Bitte denken Sie nicht schlecht von unserem Land. Oder den Ländern ringsumher. Dinge können geschehen.

Ich weiß, auch in Ihren Ländern geschehen schreckliche Dinge, Sie würden keine Privatdetektive benötigen, wenn in Ihren Ländern keine schrecklichen Dinge geschehen würden.

Ich habe es in Miss Agathas Filmen gesehen. Es gibt Morde und Entführungen und Raubmorde und Bandenkriege und sogar Serienmörder, die nacheinander viele Menschen töten. Es soll sogar Ärzte geben, die in armen Ländern Menschen töten und ihnen ihre Herzen und Nieren und Augen und alles Mögliche herausoperieren, um sie einem Kranken aus Ihren reichen Ländern einzupflanzen, der dafür zahlen kann, ngiyacolisa, dass ich das erwähne. Es gibt schreckliche Dinge in Ihren Ländern.

Und das ist nur das wenige, das ich aus den Filmen kenne! Eish! Wie würde es denn wohl sein, wenn ich Ihre Länder bereisen würde? Was würde ich dann noch alles erfahren?

Sie verstehen, ich will nicht Ihre Länder schlecht machen. Ich will Ihnen nur sagen: Schlimmes geschieht überall auf der Welt. Schlechte Menschen gibt es überall auf der Welt. Bedenken Sie das bitte, wenn ich Ihnen jetzt erkläre, wovon Grateful geredet hat.

Ich hatte Ihnen erklärt, was ein Sangoma tut. Um Menschen zu heilen, benötigen unsere Heiler die Blätter der Pflanzen und die Wurzeln der Pflanzen und die Blüten der Pflanzen. Sie benötigen Knochen von Tieren und mahlen sie zu Pulver, und wer davon isst, wird die Eigenschaften des Tieres annehmen. Wer Pulver von Löwenknochen zu sich nimmt, wird mutig, das ist bekannt. (Darum ist so ein Muti vom Löwen auch nicht billig zu haben.)

Und früher – ganz früher, glauben Sie mir, ganz, ganz früher! – haben Sangomas auch Kinder getötet. Sie haben sie geopfert, wie Abraham seinen Sohn Isaak opfern wollte, und das Opfer hat die Ahnen milde gestimmt. Darüber, was die Heiler mit den Herzen der Kinder gemacht haben und sonst mit ihnen, möchten wir heute nicht mehr reden.

Es ist mir schwergefallen, Ihnen das zu erklären, denken Sie nicht schlecht von uns! Es ist lange her. Die Tangoma, die so gehandelt haben, waren keine Heiler. Sie waren Verbrecher, das sagen wir alle. Heute sind unsere Tangoma Heiler, glauben Sie mir.

Aber Grateful hat nicht aufgehört.

»Zwei Kinder!«, hat er gesagt und dazu genickt. »Und der Sangoma ist tagelang verschwunden. Lutetia, ich bitte dich!«

»Aber doch nicht Sandile!«, hat Emma gerufen. Ihre Mutter hat zu uns hingesehen und die Stirn gerunzelt. »Doch niemals Sandile!«, hat Emma geflüstert. »Das ist doch Blödsinn! So was können Sie nur sagen, weil Sie Sandile nicht kennen! Außerdem passiert Muti-Mord schon ewig nicht mehr! Darauf stehen die allerschlimmsten Strafen!«

Grateful hat wieder angefangen zu essen. »Es ist mir nur durch den Kopf gegangen«, hat er gemurmelt. »Aber ihr kennt euren Sangoma natürlich besser als ich.«

Ich war froh, dass ich mich gar nicht erst hingesetzt hatte. Ich wollte nur noch weg von diesen Leuten, die in mir so einen furchtbaren Verdacht gegen Sandile geweckt hatten. Emma wollte das auch.

»Einen schönen Abend noch!«, hat sie ein bisschen steif gesagt und ist aufgestanden. Ihr Stuhl ist über den Boden geschrammt.

Dann sind wir beide zur Terrassentür gegangen, als ob wir uns abgesprochen hätten.

»Nie im Leben!«, hat Emma gesagt, als wir uns draußen auf die Brüstung gesetzt haben. Die Zikaden haben gezirpt, und unten im Dickicht haben die Frösche im Bach gequakt, ich hoffe, das übellaunige Nilpferd ist nicht auf sie getreten. Und der Himmel war sehr hoch und voller Sterne.

Es gibt nahe Sterne, die einzeln leuchten, und ferne Sterne, die sich zu weißen Schleiern zusammenfügen. Wenn das Licht dieser fernen Sterne bei uns ankommt, sind sie selbst vielleicht schon verglüht, und es gibt sie nicht mehr. (Das hat Reverend Hlophe erklärt, als er uns beweisen wollte, wie wunderbar Gottes Welt ist.) Es war ein wunderschöner, friedlicher Abend in Lion Lodge.

Aber Sie wissen, meine Damen und Herren: Ein Gedanke, der einmal den Zugang zu Ihrem Gehirn gefunden hat, ist darin aufbewahrt für immer. Sie können ihn nicht verscheuchen, und Sie können ihn nicht löschen, wie sehr Sie es sich auch wünschen.

»Das sind doch Idioten!«, habe ich gesagt. »Vergiss es, Emma!«

»Doch nicht Sandile!«, hat Emma gesagt. Sie klang so empört, wie ich mich gerne gefühlt hätte. »Überhaupt niemand bei uns! Wir leben doch nicht im Mittelalter!«

Daran merken Sie aber schon, dass wir Gratefuls dummes Gerede beide nicht vergessen konnten.

»Und jetzt?«, habe ich gefragt.

Emma hat die Achseln gezuckt. »Wie, und jetzt?«, hat sie unfreundlich gesagt. »Alles geht weiter wie geplant. Wenn wir die anderen Gäste heute nicht befragen können, befragen wir sie eben morgen. Aber eins sage ich dir, Thabo: Ich finde, wir sollten langsam mal zur Polizei gehen. Wenn Delighty morgen schon den dritten Tag verschwunden ist …«

»Und dazu das Mädchen aus Gege«, habe ich gesagt. »Yebo, vielleicht sollten wir.«

»Morgen!«, hat Emma entschlossen gesagt. »Vielleicht hat Inspector Gwebu was gehört.«

Inspector Gwebu ist der Polizeichef vom Polizeiposten

Debedebe. Wir hatten schon einmal mit ihm zu tun, bei unserem ersten Kriminalfall. Wenn irgendwer bei der Polizei uns helfen konnte, dann Inspector Gwebu.

Aus dem Speisesaal sind jetzt Onkel Vusi, Bongani und Sipho Joyful gekommen. Nach dem reichlichen Essen und dem Bier waren sie fröhlich.

»Und du, Thabo? Kommst du mit?«, hat Bongani gefragt, als er die Tür des Safari-Jeeps aufgeschlossen hat.

Es war ja klar, dass ich mitkommen würde. Wer will schon zu Fuß durch die Nacht laufen, wenn Nilpferde unterwegs sind, egal, wie schön die Sterne blinken.

»Lala kahle, Emma!«, habe ich gesagt. »Vergiss Gratefuls albernen Verdacht, hörst du!«

Emma hat genickt. »Lala kahle, Thabo!«, hat sie gesagt. »Vergiss ihn selber. Süße Träume.«

Aber das würde ich nicht. Nicht, solange wir nicht wussten, was mit Delighty passiert war.

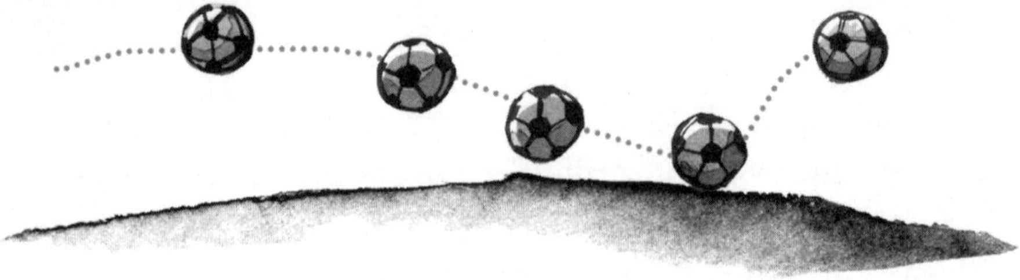

17

Manchmal, meine Damen und Herren, schämt man sich für sich selber. Wie hatte ich auch in dieser Nacht wieder tief und fest schlafen können, wenn Delighty nun schon den dritten Tag verschwunden war und die Wasserleute einen so furchtbaren Verdacht hegten?

Die Wahrheit ist: Nicht mal, als ich aufgewacht bin, habe ich als Erstes an Delighty gedacht. Ich habe ans Finale zwischen den Manzini Leopards und den Mbabane Mambas gedacht, das heute stattfinden würde. Ohne mich.

Darum (und dafür schäme ich mich noch mehr) habe ich beschlossen, dass ich ein letztes Mal versuchen wollte, Miss Agatha für das Spiel zu begeistern. Vielleicht hatte sie ja ihre Meinung über Fußball inzwischen doch noch geändert? Oder vielleicht würde sie uns wenigstens zum Zonkizizwe-Stadion fahren? Dann konnten wir anschließend immer noch zur Polizei gehen. Vielleicht war Inspector Gwebu sogar selbst im Stadion, dann konnten wir gleich dort mit ihm reden. (Das habe ich eigentlich geglaubt. Inspector Gwebu ist ein großer Freund des Fußballspiels, wie jeder bei uns im Land.)

Und vielleicht – bei dem Gedanken bin ich ganz fröhlich

geworden – erfuhren wir bei dieser Gelegenheit ja sogar etwas über Delighty! Wo so viele Menschen zusammenkamen, konnten wir doch vielleicht irgendetwas herausfinden. (Ich gebe zu, das war vielleicht nicht der Hauptgrund, Miss Agatha noch einmal zu bitten, uns zum Endspiel zu fahren. Aber ausgeschlossen ist gar nichts auf der Welt.)

Sifiso wollte sicher sowieso nicht mit zum Zonkizizwe. Nicht, solange Delighty verschwunden war, wie sollte er da an Fußball denken? Und dass Delighty noch immer verschwunden war, davon bin ich ausgegangen. Hätte Sifiso mir sonst nicht sofort Bescheid gegeben? Hätte er nicht wenigstens Pilot oder Lemonade mit der Nachricht geschickt? Sifiso wollte bestimmt nicht mit zum Zonkizizwe.

Zu Miss Agatha bin ich gerannt. Inzwischen wissen Sie Bescheid über die Eierschlangen und die Mambas und die Grasschlangen, mit denen wir zu rechnen haben, aber man kann nicht immer daran denken. Wenn man es eilig hat, hat man es eilig.

Miss Agatha hat in der Morgensonne auf ihrer Terrasse gesessen mit einer Tasse Tee auf dem Tischchen neben sich und einer Zeitung auf den Knien. Vor ihr, auf dem Rasen, hat Emma gehockt und Halme ausgezupft. An ihrem missmutigen Gesicht konnte ich sehen, dass sie wegen des Finales schon haargenau das Gleiche versucht hatte, was ich auch versuchen wollte. Und zwar ohne Erfolg.

»Sawubona, Thabo!«, hat Miss Agatha gerufen. »Wie schön!«

Ich habe gelächelt. »Yebo!«, habe ich gesagt. »Unjani?«

Mir war nicht nach einer langen Begrüßung, das können Sie sich vorstellen, aber die Höflichkeit gebietet es und die alten Sitten; und die neuen Sitten gebieten es auch. Und wie sonst zeigt man seinem Gegenüber schon gleich bei der Begrüßung seinen Respekt?

»Sie fährt uns nicht!«, hat Emma gesagt und damit Miss Agathas und mein Begrüßungsritual unterbrochen. »Ich hab sie schon gefragt.«

Ich habe kurz überlegt, ob Emma sich auch geschämt hat, dass sie heute Morgen offenbar zuerst ans Finalspiel und nicht an Delighty gedacht hatte.

Miss Agatha hat mich angestrahlt. »Aber deshalb ist Thabo doch gar nicht gekommen, Emma!«, hat sie gesagt. (Woran Sie sehen können, dass man alt und weise sein und sich trotzdem irren kann.) »Doch nicht wegen Fußball! Thabo geht es um den mysteriösen Fall Delighty, stimmt's, Thabo? Du weißt doch, Emma, dass Thabo und ich uns der Kriminalistik verschrieben haben! Und allmählich sieht es ja aus, als ob das Verschwinden der kleinen Delighty sich tatsächlich zu einem echten Kriminalfall auswachsen könnte!« Miss Agatha hat sehr zufrieden ausgesehen. So viele Kriminalfälle gibt es für einen Privatdetektiv bei uns in Hlatikulu ja leider nicht aufzuklären, das ist ein Fakt.

Sie mögen Miss Agathas Begeisterung über Delightys Verschwinden ein bisschen herzlos finden. Aber wenn ein Detektiv keine Begeisterung für seinen Fall entwickelt, wie will er ihn dann aufklären? Ein Detektiv muss begeistert sein von seinem Fall und nur noch ihn im Sinn haben wie der Löwe, der der Spur der Antilope folgt. Sonst wird er den Fall niemals lösen. Darum war Miss Agathas Begeisterung doch eigentlich nur gut für Delighty.

»Blödsinn, Auntie! Thabo geht es keineswegs um Sifisos Schwester!«, hat Emma böse gesagt. »Thabo geht es um die Leopards und die Mambas! Hab ich recht, Thabo? Sag die Wahrheit!«

Darauf bin ich gar nicht erst eingegangen.

»Hat Emma Ihnen schon von den Wasserleuten erzählt, Miss Agatha?«, habe ich höflich gefragt. »Was die glauben, was mit Delighty passiert ist?«

Eigentlich wollte ich nicht daran denken. Natürlich nicht. Aber vielleicht konnte Miss Agatha etwas dazu sagen. Mit der Weisheit des Alters.

18

Miss Agatha hat ihre Stirn in Falten gelegt. »Die Wasserleute?«, hat sie gefragt. »Wer ist das?« Sie hat ihre Teetasse mit abgespreiztem kleinem Finger zum Mund gehoben. (Wenn ich es nicht vergesse, mache ich es jetzt immer genauso. Ein wahrer Gentleman trinkt so und nicht anders seinen Tee.)

Emma hat geseufzt. »Water WiZZard!«, hat sie gesagt. »Irgend so eine Hilfsorganisation, die nach Wasser sucht! Die sind schon seit fast zwei Wochen bei uns in der Lodge.«

Miss Agatha hat wie Miss Marple ihre Lippen vorgestülpt und die Stirn gekräuselt. Dieses Gesicht bedeutet, dass Miss Agatha intensiv kriminalistisch nachdenkt.

»Nach Wasser suchen sie«, hat Miss Agatha gesagt. »Und warum?«

Diese Frage habe ich nun wirklich nicht verstanden. Wie kann ein Mensch, der sein Leben lang bei uns im Land lebt, so eine Frage stellen?

»Damit die Kinder das Wasser nicht mehr aus den Flüssen holen müssen!«, habe ich ungeduldig gesagt. »Damit keine Kinder mehr von Krokodilen ...« Ich konnte mitten im Satz nicht weitersprechen. Ich musste an Delighty denken.

Aber Miss Agatha hat immer noch ihr Miss-Marple-Gesicht gemacht. »Das meine ich nicht!«, hat sie gesagt. »Ich meine: Warum machen die das *wirklich*? Was ist da für die drin?«

»Wie, für die drin?«, hat Emma gefragt.

»Die tun das, weil sie gute Menschen sind, Miss Agatha!«, habe ich gesagt. »Die wollen nicht daran verdienen!«

Miss Agatha hat mit der Hand auf den Tisch gehauen. Das kam überraschend. Ihre Teetasse ist ein bisschen auf der Untertasse gehüpft, aber sie ist nicht umgekippt, das war ein Glück. Die Teetasse gehörte zu einem wunderschönen Service mit Gold und Rosen, das Miss Agatha nie aufdeckt, wenn sie vorher schon weiß, dass wir Kinder kommen.

»Nicht daran verdienen? Ha!«, hat sie gerufen. »Das müsst ihr mir aber erst mal beweisen! Nur selten tun Menschen etwas ohne Hintergedanken, lernt das beizeiten! Seit ich im Internet surfe« – sie hat mit dem Arm eine weit ausholende Geste gemacht in Richtung Wohnzimmer, wo ihr Laptop stand –, »weiß ich überhaupt erst, wie böse die Welt ist! Allmählich scheint mir, dass es immer nur um Geld geht! Überall! Bei allen!«

»Nicht bei Water WiZZard, Miss Agatha!«, habe ich gesagt. »Das ist eine Hilfsorganisation!«

Emma hat ihre Großtante böse angeguckt. »Und was sollten die denn wohl bitte sehr daran verdienen, dass sie nach Wasser suchen?«, hat sie gefragt. »Wasser ist gratis!«

Einen Augenblick hat Miss Agatha die Augen zusammengekniffen, dann hat sie energisch genickt. »Pumpen!«, hat sie gesagt. »Sie wollen Wasserpumpen verkaufen! Hört auf meine Worte! Zuerst suchen die die Stellen, wo es günstig ist, Brunnen zu bohren, und dann …«

Mir sind die roten Kreuzchen auf Lutetias abgegriffener Straßenkarte eingefallen. Es konnte sein, meine Damen und Herren. Es konnte sein.

»… und dann bieten sie ihre Pumpen an! Damit haben sie einen Vorsprung vor anderen Pumpenfirmen! Einen Marktvorteil! Damit rollen sie den Pumpen-Markt auf bei uns im Land! Und darum«, hat sie gesagt und einen Finger gehoben wie eine Lehrerin, »reden sie auch über die Krokodile, die die Kinder an den Flüssen fressen! Damit wir ihnen ihre Pumpen abkaufen! Ihr sollt sehen!« Sie hat wieder sehr zufrieden ausgesehen.

Ich habe sie angestarrt. Miss Agatha konnte recht haben. Ein kriminalistisch geschultes Gehirn entdeckt manches, was die Menschen gerne verborgen hielten. Es war gut möglich, dass die drei Water WiZZards in Wirklichkeit einfach nur Pumpen verkaufen wollten.

Aber jetzt hat Emma Miss Agatha einen Vogel gezeigt. (Ich sage es nicht gerne. Aber Sie wissen ohnehin, dass Emma dem Alter, Nilpferden und ihrer Großtante gegenüber jeden Respekt vermissen lässt.) »Das ist doch Quatsch!«, hat sie gerufen. »Die glauben ja eben grade *nicht,* dass ein Krokodil Delighty und das andere Mädchen gefressen hat! Und das müssten sie doch, wenn du recht hättest! Wenn sie wirklich Pumpen verkaufen wollten, müssten sie *natürlich* überall verbreiten, dass Kinder von Krokodilen gefressen werden, klar! Aber das tun sie ja grade *nicht*!«

Miss Agatha hat die Brauen gehoben. »Nicht?«, hat sie erstaunt gefragt.

Jetzt war der Zeitpunkt gekommen, um ihr zu erzählen, was Grateful vermutete. Ich habe tief Luft geholt.

»Sie glauben«, habe ich gesagt. Es ist mir schwergefallen, es auszusprechen.

Aber zum Glück hat Emma mich unterbrochen. »Muti-Mord, das glauben sie!«, hat sie gezischt. »Sie glauben, dass Sandile ...«

»Nie im Leben!«, hat Miss Agatha gerufen. (Sie hat sogar wieder mit der Hand auf den Tisch geschlagen. Sie sehen, wir mussten ihr gar nicht erst erklären, worum es ging.) »Ich kenne doch Sandile! Nie im Leben!«

Ich habe genickt. »Aber es sind jetzt eben schon *zwei* Mädchen spurlos verschwunden, Miss Agatha«, habe ich gesagt. »Vielleicht sind sogar noch mehr Kinder verschwunden, alles wissen wir ja vielleicht gar nicht! Und Sandile ist genauso verschwunden. Als wir gestern mit ihm reden wollten, war er nicht da.«

Ich habe Miss Agatha zugezwinkert, aber so, dass Emma es nicht sehen konnte. Schließlich war es neben Onkel Vusi auch Miss Agatha gewesen, die den Vorschlag gemacht hatte, Sandile einzuschalten. Aber Emma durfte das ja nicht wissen.

»Und eine Frau hat gesagt, an den drei Tagen davor war er

auch schon nicht zu Hause«, hat Emma gesagt. »Verdächtig ist das schon, oder?«

Miss Agatha hat sie böse angeguckt. »Was ist denn daran verdächtig?«, hat sie gefragt. »Darf ein Sangoma nicht auch mal verreisen? Privat, dienstlich, was weiß ich? Zur Hochzeit seiner Nichte? Nach Manzini, auf den Markt, um neues Muti zu kaufen? Zu einer Versammlung des südafrikanischen Tangoma-Verbands?«

»Ja, aber dass er ausgerechnet genau dann reist, wenn die beiden Mädchen …«, habe ich gemurmelt. Ich wollte es natürlich nicht glauben. Aber es war schon ein sonderbarer Zufall.

»Und wenn *ich*, wie du sagst: *ausgerechnet genau jetzt* zufällig verreist wäre, Thabo?«, hat Miss Agatha geschnaubt. »Würdest du mich dann auch verdächtigen?«

Ich habe nicht gesagt, dass Miss Agatha schließlich kein Sangoma war. Der Respekt verbot mir, ihr zu widersprechen.

»Wirklich, Thabo, ich bin enttäuscht von dir! Haben wir nicht von Miss Marple gelernt, dass derjenige, auf den bei einem Verbrechen als Erstes der Verdacht fällt, fast niemals der Täter ist? Dass man jeden Fall genau und von allen Seiten betrachten muss? Wie oft haben wir ›Der Wachsblumenstrauß‹ gesehen? Wäre Miss Marple die große Detektivin geworden, die die ganze Welt bewundert, wenn sie immer so schnell den Erstbesten für den Täter gehalten hätte?«

Ich hab den Kopf geschüttelt, und Emma ist vom Rasen

aufgestanden und hat sich Grashalme von der Hose gewischt. »Wir wollten ja sowieso heute zur Polizei!«, hat sie gesagt. »Komm, Thabo! Wenn Auntie uns nicht zum Stadion fährt …«

Das wäre jetzt Miss Agathas letzte Chance gewesen, ihre Meinung zu ändern. Aber sie hat nur ihren kleinen Finger abgespreizt und noch einen Schluck Tee genommen.

»Die Polizei, ja, das wäre wohl der nächste Schritt«, hat sie gemurmelt. »Auch wenn Quinton Gwebu natürlich nicht immer und in jedem Fall …« Sie hat den Satz nicht zu Ende gesprochen.

Aber Emma und ich wussten beide trotzdem, was sie gemeint hat. Bei unserem letzten Kriminalfall war Inspector Gwebu nicht in jeder Situation hilfreich gewesen. Aber das erwartet man als erfahrener Privatdetektiv auch nicht unbedingt. Als erfahrener Privatdetektiv weiß man, dass die Polizei oft in die Irre geht mit ihren Ermittlungen. Dass sie in der gänzlich falschen Richtung im Nebel stochert. Trotzdem muss man als Privatdetektiv mit der Polizei zusammenarbeiten. Schon deshalb, weil die Polizei manchmal über Informationen verfügt, zu denen ein Privatdetektiv sonst keinen Zugang hätte.

Emma und ich mussten zum Polizeiposten Debedebe gehen. Aus dem Spiel Leopards gegen Mambas würde für uns ja nun sowieso nichts werden.

19

Der Polizeiposten Debedebe lag ruhig in der Vormittagssonne und sah aus, wie ein Polizeiposten aussehen muss: Ein lang gestrecktes, weiß getünchtes Gebäude mit einem blauen Band um den Sockel. Weiß und Blau sind die Farben der Polizei, das weiß jeder. So kann auch ein Fremder auf seiner Reise durch unser Land einen Polizeiposten gleich erkennen. Ein Polizeiposten strahlt Sicherheit aus. Ein Polizeiposten signalisiert jedem, der vorübergeht: *Keine Sorge! Wir sind da! Egal, was passiert, die Polizei ist hier, um dich zu schützen!*

Auch wenn man als erfahrener Privatdetektiv natürlich weiß, dass das längst nicht immer die Wahrheit ist. Aber dieses beruhigende Gefühl geht trotzdem von den weiß-blauen Gebäuden aus. Überall im Land.

Auf dem sandigen Platz vor dem Polizeiposten Debedebe parkte an diesem Morgen nur ein einziges Polizeifahrzeug, und die Eingangstür stand offen.

»Ziemlich leer hier, was?«, hat Emma gesagt. (Wir hatten den Polizeiposten Debedebe auch schon ganz anders erlebt.) »Die sind jede Wette alle im Stadion! Die haben sich jede Wette alle darum gerissen, im Zonkizizwe Sicherheitsdienst zu machen! Kostenloser Eintritt! Und das Finale live miterleben!« (Solche Möglichkeiten stehen einem Privatdetektiv ja leider nicht offen.)

Ich habe genickt. Das habe ich auch geglaubt. Und ich habe mich gefragt, welcher arme Kerl als Einziger an so einem wichtigen Tag im Polizeiposten die Stellung halten musste.

Aber das haben wir schnell erfahren. Als Emma und ich durch die Eingangstür in den Wachraum gesehen haben, hat uns fast der Schlag getroffen.

Vom Wachraum geht im Polizeiposten Debedebe die Arrestzelle ab. In der Arrestzelle steht eine Pritsche (wie in den Arrestzellen überall auf der Welt, vermute ich) und ein Eimer, über dessen Nutzen und Gebrauch wir jetzt nicht nachdenken wollen. Die Zelle hat kein Fenster und bekommt ihr Licht aus dem Wachraum durch eine große Tür, die nichts weiter ist als ein schweres Gitter. Und dieses Gitter stand jetzt genauso offen wie die Eingangstür des Postens. Dahinter, auf der Pritsche, saß PC Sipho Godbless in der Arrestzelle mit einem Mädchen im Arm und hat sie von der Stirn über die Ohren bis zum Hals mit kleinen Stöhngeräuschen abgeküsst.

»Igitt!«, hat Emma geflüstert.

Ich habe nichts gesagt. PC Sipho Godbless ist der jüngste Polizist am Polizeiposten Debedebe und der rangniedrigste Polizist. Bei unserem letzten Fall hatte er traurig bewiesen, dass es ihm noch an kriminalistischer Erfahrung fehlt. Es war daher kein Wunder, dass ausgerechnet PC Sipho Godbless an einem Tag wie heute im Polizeiposten zurückbleiben musste. Für das Endspiel war es vielleicht ein Glück. Wer weiß, was PC Sipho dort sonst angerichtet hätte. Und außerdem fühlte er sich hier im Polizeiposten offenbar gerade sehr wohl.

»Sipho!«, hat das Mädchen geflüstert und ihn mit genau den gleichen Stöhngeräuschen zurück abgeküsst. »Oh, Sipho, Sipho, Sipho!« Es war peinlich, was soll ich sonst dazu sagen? Ich will es nicht genauer beschreiben.

Und Emma hat die Küsserei offenbar regelrecht wütend gemacht.

»Buh!«, hat sie gebrüllt und die Gittertür der Arrestzelle mit einem lauten Knall zugeschlagen. »Jetzt haben wir dich festgesetzt, Auge des Gesetzes! Und was machst du jetzt? Was machst du jetzt mit deiner reizenden Dame?«

Sie werden es mir kaum glauben: Nachdem Sipho Godbless die Arrestzelle für seine Liebeszwecke aufgeschlossen hatte, hatte er sogar den Schlüssel außen im Schloss stecken lassen! Wenn die Polizisten bei uns im Land so nachlässig sind, wie kann man dann noch hoffen, dass sie auch nur irgendein Verbrechen aufklären – ohne die Hilfe eines Privatdetektivs?

Als Emma den Schlüssel gedreht hat, haben PC Sipho und das Mädchen sich mit einem Ruck gleichzeitig aufgesetzt. Sie sind dabei mit ihren Köpfen zusammengestoßen, so eilig hatten sie es. Dann ist PC Sipho aufgesprungen und hat sich hektisch die Kleidung gerichtet. (Auch das war peinlich. Auch das will ich nicht genauer beschreiben.)

»Was soll das? Emma Chapman!«, hat PC Sipho gerufen. »Schließ sofort wieder auf!«

Emma hat das Schlüsselbund an ihrem Zeigefinger kreisen lassen. »Ja, ja, die Polizei ist so tüchtig!«, hat sie gesagt. »Die Polizei beschützt die Bürger immer und überall! Vor allem die Damen beschützt die Polizei! Vor allem der wunderbare, heldenhafte PC Sipho Godbless!«

»Schließ sofort wieder auf!«, hat Sipho gebrüllt und an der Gittertür gerüttelt. »Gib mir den Schlüssel!«

Aber Emma hat überhaupt nicht daran gedacht. (Ich hätte das schon getan. Wer weiß, welche Strafe denjenigen erwartet, der einen Polizisten in seiner eigenen Arrestzelle einschließt? Es ist ein seltener Fall, ich weiß, aber bestimmt gibt es trotzdem ein Gesetz, das es verbietet.)

»Wie schön, dass du es dir da drin so nett gemacht hast, Sipho Godbless!«, hat Emma gesagt und das Schlüsselbund weiter vor Siphos Augen kreisen lassen. Die Küsserin hat auf der Pritsche gesessen und ängstlich ausgesehen. »Da wird sich Inspector Gwebu ja freuen, wenn er von seinem anstrengenden Außendienst zurückkommt, was? Dass sich sein tapferer Constable mit seiner kleinen Freundin so gemütlich hat einschließen lassen?«

»Silima, Thabo! Tsotsi! Schließ sofort …!«, hat PC Sipho gebrüllt. Ich glaube, langsam war er nicht mehr nur richtig wütend, sondern auch richtig verzweifelt.

»Komm schon, Emma«, habe ich gesagt. »Komm schon, mach wieder auf!«

Emma hat sich zu mir umgedreht. »Verräter!«, hat sie

gezischt. »Hat er das verdient? Wenn er hier rumknutscht, statt seinen Dienstpflichten nachzukommen?«

Aber sie hat doch den Schlüssel zurück ins Schlüsselloch gesteckt.

PC Sipho Godbless hat seine Schultern sinken lassen. Man konnte deutlich sehen, wie erleichtert er war.

»Natürlich bin ich meinen Dienstpflichten nachgekommen!«, hat er gesagt. Schon wieder in diesem hochnäsigen Polizistenton. Vielleicht hätten wir ihn doch eingesperrt lassen sollen. »Es handelt sich bei diesem Gespräch um nichts anderes als um die Befragung einer Zeugin!«

»Gespräch!«, habe ich gesagt und mir an die Stirn getippt. »Geknutsche!«

Emma hat mitten in der Schlüssel-Drehbewegung aufgehört.

»Wie bitte?«, hat sie gefragt. »Werden die Zeuginnen im Königreich seit Neuestem *so* befragt? Da rennen sie wahrscheinlich alle mit fliegenden Röcken weg, wenn die Polizei kommt, was?«

»Schließ gefälligst auf!«, hat Sipho Godbless geschnauzt. »Jawohl, es handelt sich hier um eine Zeugenbefragung! Im Fall der verschwundenen Kinder!« Und er hat ein wichtigtuerisches Gesicht gemacht.

Emma und ich haben einander angesehen. »Was?«, hat Emma gefragt. »Noch mal!«

Dann hat sie das Gitter endlich wirklich aufgeschlossen. Das Mädchen ist von der Pritsche gesprungen und im Laufschritt durch die offene Eingangstür des Polizeipostens nach draußen verschwunden. Sie hatte es so eilig, sie hat nicht mal mehr einen Blick über die Schulter zurückgeworfen.

»Jetzt ist deine Zeugin weg, Sipho Godbless!«, habe ich gesagt. »Ich hoffe, du hast sie ihre Aussage vorher unterschreiben lassen!«

»Wohl eher unter*küssen*!«, hat Emma gesagt.

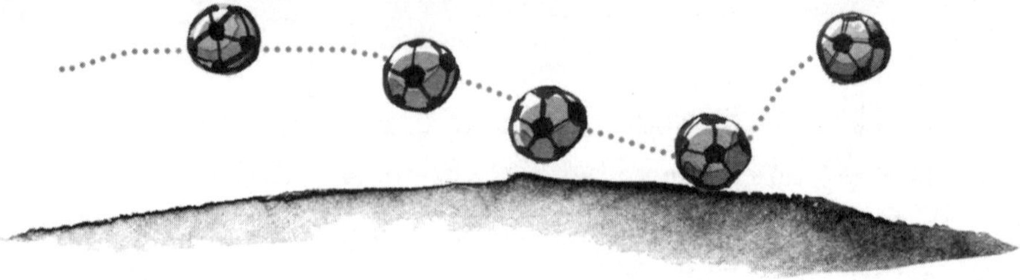

20

»Tja, Großer PC Sipho!«, hat Emma gesagt. »Du hast dir die Aussage ja sicher nicht nur von deiner Zeugin unterschreiben lassen, sondern sie natürlich auch schriftlich festgehalten!«

Sipho hat Emma böse angestarrt. Er hat sich hinter seinen Schreibtisch gesetzt, da sah er auf einmal sehr viel offizieller aus in seiner Uniform. »Schlüssel her!«, hat er gesagt.

Emma hat einen Satz rückwärts gemacht. »Erst sagst du uns, was deine – *Zeugin* ausgesagt hat!«, hat sie geschnauzt. »Dann kriegst du ihn! Vielleicht!«

Wahrscheinlich hat PC Sipho gedacht, dass es nicht sehr würdevoll aussehen würde, wenn er aufsprang und hinter Emma herrannte, um ihr die Schlüssel abzunehmen. Und dass noch nicht mal sicher war, ob er sie überhaupt einholen würde. PC Sipho hatte keine andere Wahl, als auf Emmas Bedingungen einzugehen. Es hat plötzlich ausgesehen, als ob er das sogar ganz gerne tat. PC Sipho macht sich gerne wichtig.

»Ich vermute, es handelt sich hier nicht um dienstlich-polizeiliche Geheimnisse, die ich nicht offenbaren dürfte!«, hat er gesagt. Oh, PC Sipho kann so pompös sein! »Sonst wäre ich natürlich unbeteiligten Zivilpersonen gegenüber zum Schweigen verpflichtet. Aber da es sich bei der Zeugin um meine Verlobte handelt ...«

»Deine *was*?«, hat Emma gefragt. »Deine *Verlobte*?«

»Meine Verlobte Duduzile Mbisi!«, hat Sipho Godbless gesagt. »Sie ist vorbeigekommen, um mich für morgen zum Essen zu ihrer Familie einzuladen, gerade als Inspector Gwebu aufgebrochen ist.«

»Wie praktisch, dass Inspector Gwebu da gerade aufgebrochen ist!«, hat Emma gesagt. Aber Sipho hat den Spott, glaube ich, gar nicht verstanden.

»Zum Fußball, oder?«, habe ich gesagt. »Inspector Gwebu ist zum Finalspiel gefahren, stimmt's?«

»Inspector Gwebu ist zu einer wichtigen dienstlichen Verpflichtung gerufen worden!«, hat PC Sipho gesagt.

»Klar, zum Finale!«, habe ich gesagt. »Manzini Leopards gegen Mbabane Mambas, das ist seine dienstliche Verpflichtung.«

Jetzt hat PC Sipho sich hinter seinem Schreibtisch geradezu majestätisch aufgerichtet. »Finale!«, hat er gezischt. »Ha! In Ludziwana ist gestern ein kleiner Junge verschwunden, und niemand kann sagen, wo er ist.«

Mein Herz ist stehen geblieben. (Nicht wirklich, meine Damen und Herren. Man sagt es nur, Sie wissen schon.) Zuerst das fremde Mädchen in Gege und dann Delighty. Und nun auch noch ein kleiner Junge in Ludziwana! Emma und ich würden prüfen müssen, ob Sandile wenigstens jetzt zurück war.

»Das ist ja höchst interessant, großer Sipho Godbless«, hat Emma gesagt und ein bisschen spöttisch geguckt. (Wie konnte Emma nach dieser Nachricht noch spöttisch gucken?) »Aber eigentlich wolltest du uns doch von deiner Verlobten erzählen, oder? Der wichtigen Zeugin Duduzile Mbisi?«

Du meine Güte! Da sehen Sie, wie schnell ich mich hatte ablenken lassen. Für einen erfahrenen Privatdetektiv ist das nicht gut. Er muss der Fährte seiner Ermittlungen unentwegt folgen, bis sie ihn zum Ziel geführt hat.

»Ich war gerade dabei!«, hat Sipho gesagt und kurz einen Blick auf das Schlüsselbund geworfen. »Duduzile ist gekommen, um mich zum Essen einzuladen. Ihr Vater und ich müssen noch über die Lobola sprechen, es ging also um einen wichtigen Termin.« Sipho Godbless hat schon wieder so wichtigtuerisch geguckt. Dabei weiß ich nicht, warum uns ein Gespräch über Lobola beeindrucken sollte.

Lobola ist, wie Sie sicher wissen, der Brautpreis. Ich weiß nicht, wie hoch der Brautpreis in Ihren Ländern ist, in Miss Agathas Filmen ist davon nie die Rede. Aber auch bei Ihnen wird der Brautpreis höher sein, je reicher der Bräutigam ist und je besser ausgebildet die Braut. Eine gut ausgebildete Braut hat ihre Familie viel Geld gekostet, das ist ein Fakt. Darum gehört es sich, dass der Bräutigam reichlich zahlt. Er wird ja auch an ihr verdienen, wenn sie erst einmal seine Frau ist! Eine Ärztin oder eine Lehrerin bekommen Sie sicher auch in Ihren Ländern nicht für wenige Rinder.

Und eine schöne Frau auch nicht. Ich habe versucht, mich

zu erinnern, wie das Mädchen in der Arrestzelle ausgesehen hatte, aber wegen der Küsserei war ihr Gesicht die ganze Zeit kaum zu sehen gewesen. Und als sie weggerannt war, hatte ich auch nicht genau hingeguckt. Aber ich konnte mir nicht vorstellen, dass PC Sipho mehr als ein oder zwei Rinder für seine Verlobte zahlen konnte. Höchstens.

(Darüber, wie viel Lobola Ms Wendy Chapman verlangen wird, wenn ich mich tatsächlich dafür entscheide, Emma zu heiraten, will ich noch nicht nachdenken. Im Augenblick hätte ich kein einziges Rind. Aber da ich zu dem Zeitpunkt vermutlich ein erfolgreicher privater Ermittler sein werde, klärt sich das Problem bis dahin vielleicht von selbst.)

»Ja, Lobola, okay!«, hat Emma ungeduldig gesagt. »Und darüber habt ihr euch dann sehr intensiv in der Arrestzelle unterhalten, Duduzile und du.«

Sipho hat böse geguckt. »Keineswegs!«, hat er gesagt. »Das – Gespräch in der Arrestzelle kam erst hinterher. Ich habe meiner Verlobten von Inspector Gwebus Dienstpflicht in Ludziwana erzählt, und meine Verlobte hat gesagt, da könnte sie vielleicht helfen. Zufällig hätte sie Informationen. Zu der Frage, wohin die Kinder verschwinden.«

Jetzt hat Sipho Godbless wirklich ein so wichtiges Gesicht gemacht, dass ich es kaum noch ertragen konnte. Es war ein Elend, dass wir nicht Inspector Gwebu selbst im Polizeiposten angetroffen hatten. Auch wenn er nicht immer sofort in die richtige Richtung ermittelt, verhält er sich doch wenigstens nicht so wichtigtuerisch wie PC Sipho.

»Sie hat gesagt«, hat Sipho geflüstert und sich über seinen Schreibtisch zu uns hin gebeugt (er hat wirklich geflüstert! Wozu, das frage ich Sie? Wir waren schließlich allein im Polizeiposten Debedebe!), »dass ihr Bruder mit dem Cousin des Schwagers einer Kellnerin von Lion Lodge Fußball spielt!« Und er hat triumphierend genickt wie ein Specht, der im Baum nach Insekten pickt. »Yebo, das hat Duduzile erzählt.«

»Wie schön für den Bruder«, hat Emma gesagt. »Da bleibt er in Form, oder? Stramme Waden? Ich rede immer gerne über Fußball, Sipho Godbless, aber mir ist nicht ganz klar, was das mit den verschwundenen Kindern zu tun hat!«

Mir war es auch nicht klar. Aber in meinem Hinterkopf ist allmählich eine Vermutung aufgestiegen. Es war keine schöne Vermutung.

»Sandile!«, hat Sipho gerufen. »Sandile war es! Die Kellnerin hat es beim Abendessen gehört! Von Leuten, die überall im Land herumkommen!«

»In Lion Lodge hat sie das gehört?«, hat Emma gefragt. »Niemals!«

Sipho hat sich wieder aufgerichtet. Man konnte sehen, wie wichtig es ihm war, seine Autorität in die Waagschale zu werfen. »Die Kellnerin hat es dann ihrem Schwager erzählt, und der hat seinen Cousin getroffen!«, hat Sipho gesagt. »Und natürlich hat er es seinem Cousin sofort weitergesagt. Und als der heute Morgen Duduziles Bruder zum Fußball abgeholt hat, hat der Cousin es ihm erzählt. Meine Verlobte ist eine wichtige Zeugin!«

»Das meinst du jetzt nicht ernst, Sipho!«, hat Emma gerufen. »Cha! Ich bin ziemlich sicher, ich weiß, woher das Gerücht stammt, und ich …«

»Water WiZZard!«, habe ich auch gerufen. »Welche von den Kellnerinnen war es denn? Wahrscheinlich ist sie gerade am Tisch von Water WiZZard vorbeigekommen, als dieser schreckliche Grateful …«

»Nach der Aussage meiner Verlobten handelt es sich nicht um Vermutungen, sondern um eine Tatsache!«, hat PC Sipho böse gesagt. Er hatte nicht vor, sich seine Theorie zerstören zu lassen. »Und sobald Inspector Gwebu zurück ist, werde ich ihn informieren.«

»Sipho!«, habe ich gesagt. »Das ist doch Unsinn! Diese Kellnerin hat gehört, was Emma und ich auch gehört haben! Nämlich, dass Grateful eine Vermutung hatte! Und diese Vermutung hat die Kellnerin dann ihrem Schwager weitererzählt, und dabei ist aus der Vermutung eine Tatsache geworden! Oder vielleicht ist auch erst eine Tatsache daraus geworden, als der Schwager seinem Cousin davon erzählt hat! Oder noch später! Aber die Wasserleute wissen nicht mehr als wir auch! Glaub uns doch!«

Einen Augenblick hat es ausgesehen, als ob Sipho bereit wäre, wenigstens einen winzigen Zweifel zuzulassen. Dann hat er den Kopf geschüttelt. »Ich werde Inspector Gwebu informieren!«, hat er gesagt. »Das ist meine Pflicht.«

Emma hat mir ein Zeichen gegeben. »Ja, dann sala kahle, Sipho!«, hat sie gesagt. »Dann wünschen wir viel Glück!«

Ich habe nur kurz meine Hand zum Abschied gehoben.

»Ich meine, viel Glück, dass wenigstens die Lobola nicht

zu hoch ist!«, hat Emma über ihre Schulter zurückgerufen, als wir schon durch die Tür waren. »Für diesen Kriminalfall lohnt es nämlich gar nicht erst, euch viel Glück zu wünschen! Da seid ihr wie üblich auf der vollkommen falschen Fährte!«

Ich habe geseufzt. Siphos Verdacht war für Sandile trotzdem sehr gefährlich. Aber welche Spur sollte die Polizei sonst auch verfolgen? Ein Krokodil war ganz sicher nicht schuld, nicht, wenn inzwischen schon *drei* Kinder verschwunden waren. Es wäre gut gewesen, wenn wir Inspector Gwebu wenigstens irgendeinen anderen Verdächtigen hätten nennen können. Aber mir ist niemand eingefallen.

21

Vom Polizeiposten Debedebe sind wir an der Straße entlanggegangen, Emma und ich. Wir mussten zu Sandile, und das sofort. Wir mussten ihn warnen.

Gerannt sind wir diesmal nicht. Inzwischen stand die Sonne so hoch, dass nicht mal mehr Richard »Concorde« Mavuso, der den Namen unseres Landes in der ganzen Welt des Sports berühmt gemacht hat, irgendwen mit seinem Tempo beeindruckt hätte.

»Verdammte Stille Post!«, hat Emma gesagt. »Verdammte Gerüchteküche!«

Ich muss mich natürlich für Emma entschuldigen, dass sie »verdammt« gesagt hat. Eine Lady tut das nicht. Aber in dieser Situation ist mir selbst auch kein besseres Wort eingefallen.

In Ihren Ländern nennt man es »Stille Post«, und Kinder spielen es, das weiß ich von Emma. In Ihren Ländern ist es nur ein Spiel. Aber bedenken Sie, es kann leicht Ernst daraus werden! Eine Kellnerin erzählt ihrem Schwager ein Gerücht, und wenn es nur interessant genug ist, erzählt der es seinem Cousin, der es seinem Fußballfreund erzählt, der es seiner Schwester erzählt: Und irgendwo auf dem Weg zwischen der Kellnerin und der Schwester wird aus dem Gerücht eine Tatsache.

»Wenn dieser angeberische Sipho das jetzt Inspector Gwebu erzählt, ist Sandile geliefert!«, hat Emma gesagt. »Falls Inspector Gwebu Sandile findet, heißt das.«

Vielleicht denken Sie jetzt, dass ein Inspector der Polizei doch ganz sicher nichts auf Gerüchte geben wird. Dass ein Inspector der Polizei Beweise braucht, bevor er einen Menschen verhaftet, auch bei uns im Land.

Inspector Quinton Gwebu ist ein guter Polizist, das ist bekannt. Aber es sind ihm schon Fehler unterlaufen, das ist ein Fakt. Wenn PC Sipho Godbless Inspector Gwebu von dem Verdacht der Kellnerin (und so weiter) erzählte, würde Inspector Quinton Gwebu nichts Besseres zu tun haben, als Sandile zu suchen, um ihn zu verhören. Und wenn er Sandile fand und der seine Unschuld nicht haarklein beweisen konnte mit einem Alibi für jede Minute der vergangenen Tage (und wie sollte er das wohl?), würde Inspector Gwebu ihn vielleicht sogar in seine Arrestzelle sperren, damit er nicht verschwinden konnte, solange der Fall noch nicht geklärt war. Ähnliches war schon geschehen.

Und wenn Sandile verschwunden blieb, machte ihn das für Inspector Gwebu natürlich noch verdächtiger. Darum mussten Emma und ich jetzt nachsehen, ob Sandile vielleicht inzwischen zurück war in seinem Haus. Und wenn er zurück war, mussten wir ihn warnen.

Es waren nur wenige Autos unterwegs an diesem Morgen, vielleicht waren die Menschen, die ein Auto hatten, alle beim Endspiel. Oder sie schonten ihr Auto an einem Samstagmorgen, wenn sie nicht zur Arbeit mussten, Benzin kostet Geld. Trotzdem mussten Emma und ich manchmal zur Seite springen, wenn ein Wagen in Schlangenlinien angefahren kam.

Ich weiß nicht, wie es in Ihren Ländern mit den Schlaglöchern aussieht, meine Damen und Herren, aber bei uns könnte man glauben, sie bekämen nach jedem Regenguss so viele Junge wie ein Warzenschwein, sagt Onkel Vusi. In Lion Park gibt es natürlich sowieso viele Schlaglöcher, da ist es nicht von Bedeutung. In Lion Park fahren die Safari-Jeeps langsam, damit die Touristen während der Fahrt in Ruhe fotografieren können. Und außerdem sind die Safari-Jeeps für abenteuerliche Straßen gebaut.

Aber überall sonst im Land, auf den großen Straßen? Manche Autofahrer klagen. Sie sagen, sie würden auf den großen Straßen gerne geradeaus fahren können, ohne immerzu im Zickzack den tieferen Schlaglöchern ausweichen zu müssen. Es hat schon Zusammenstöße gegeben, weil ein Auto ein Schlagloch rechts und das entgegenkommende ein Schlagloch links umfahren hat, da haben sie sich in der Mitte getroffen. Das ist dann ungünstig.

Die rote Sandpiste zwischen dem Polizeiposten Debedebe und Sandiles Haus ist so eine große Straße. Aber sie ist eben auch eine rote Sandpiste. Mehr muss ich dazu nicht erklären.

Vor Sandiles Haus stand wie bei unserem letzten Besuch kein Auto. Nur der Skink saß in der Sonne, an haargenau derselben Stelle, und wieder ist er ins hohe Elefantengras gehuscht, bevor unsere Schatten auf ihn fallen konnten.

»Sandile?«, hat Emma gebrüllt wie bei unserem ersten Besuch auch schon. »Sandile, bist du da?«

Ich habe einen Blick durchs Fenster geworfen. Obwohl ich schon wusste, was ich da sehen würde. Es gibt eine besondere Art von Stille, die erzählt, dass ein Ort menschenleer ist. Es ist etwas in der Luft. Man spürt es dann einfach.

Sandiles Hütte hat von innen ausgesehen wie am Tag zuvor, aufgeräumt, die Decke auf dem Bett glatt gestrichen. Ich habe versucht, mich an alle Einzelheiten zu erinnern. War Sandile in der Zwischenzeit vielleicht zu Hause gewesen? Hatte sich irgendetwas in diesem Raum verändert, eine kleine Kleinigkeit nur? Standen die Gläser mit dem Muti anders als vorher? Lag etwas auf dem Boden, was dort vorher nicht gelegen hatte, hing ein Zipfel der Bettdecke über den Holzrahmen, lag irgendwo ein Kleidungsstück? Ein Privatdetektiv braucht ein gutes Gedächtnis.

Es war ungünstig, dass ich gestern nicht gewusst hatte, wie wichtig diese Kleinigkeiten sein konnten. Da hatte ich nur nach Sandile gesucht, um seine Hilfe zu erbitten. Trotzdem hatte ich das Gefühl, dass nichts verändert war. Dass Sandile also in der Zwischenzeit sein Haus nicht betreten hatte.

»Lass mich auch mal!«, hat Emma gesagt und mich ein bisschen unsanft zur Seite geschoben. »Ist da was?«

Ich habe ihr Platz gemacht. »Sieht es für dich so aus, als

ob er da gewesen wäre?«, habe ich gefragt. »Ist irgendwas anders?«

Emma mit ihrer Ungeduld hat nicht lange geguckt.

»Keine Ahnung!«, hat sie dann gesagt. »Aber jetzt jedenfalls ist er nicht da. Und nun, Thabo? Was machen wir nun?«

Dass Emma *mich* gefragt hat! Ich war verblüfft. Sonst glaubt Emma immer, dass *sie* alles bestimmen muss. Es hat mir gezeigt, wie kompliziert unsere Situation war. Wir mussten unbedingt das Verschwinden von Delighty aufklären. Und jetzt mussten wir auch noch nach Sandile suchen, um ihn vor der Gefahr zu warnen. Und ich konnte nur hoffen, dass zwischen den beiden Aufgaben nicht doch ein Zusammenhang bestand.

Ich habe die Achseln gezuckt. Im Film kommt ein guter Privatdetektiv meist systematisch voran in seinen Ermittlungen. Er erfährt jeden Tag ein bisschen mehr. Ein Hinweis führt ihn zum nächsten, und Schritt für Schritt wird der Fall aufgerollt. Denken Sie an Miss Marple in ›16 Uhr 50 ab Paddington‹.

Aber bei unserem Fall war es leider nicht wie im Film. Bei unserem Fall fehlten uns einfach die Hinweise, um Schritt für Schritt voranzukommen. Anstatt einfacher zu werden, wurde alles immer nur komplizierter. Wir wussten auch am dritten Tag so wenig wie am Anfang, wo Delighty sein konnte; und jetzt war auch noch Sandile verschwunden.

In diesem Augenblick ist mit viel zu hoher Geschwindigkeit ein Auto auf Sandiles Parkplatz gefahren und mit quietschenden Reifen dicht hinter uns zum Stehen gekommen. Auf der Fahrerseite hat ein Mann seinen grauhaarigen Kopf aus dem heruntergekurbelten Fenster gesteckt.

»Emma! Thabo! Kinder!«, hat er gerufen. »Ihr seid doch nicht krank? Ist irgendetwas nicht in Ordnung, dass ihr zu Sandile wollt?«

Ich hätte gerne gesagt, dass gar nichts in Ordnung war. Aber Reverend Hlophe meinte seine Frage natürlich vollkommen anders.

22

Reverend Hlophe fährt einen alten hellblauen Morris Minor 1000, Baujahr 1967, den er mehr liebt, als ein Pastor sein Auto lieben sollte, sagt Miss Agatha. Ein Pastor sollte Gott den Herrn lieben und natürlich die Menschen, seine Schäfchen. Und auch in seiner Freizeit (ich weiß aber nicht, ob ein Pastor nicht eigentlich immer irgendwie im Dienst ist) sollte ein Pastor nicht über Nockenwellen und Auspuff reden, sondern über Jesus.

Aber was soll ein Pastor tun, wenn es an seinem alten Morris Minor ständig Probleme mit der Nockenwelle und dem Auspuff gibt? Es ist schon verständlich, dass Gott der Herr sich um dringendere Probleme kümmern muss, selbst wenn der Morris Minor einem Pastor gehört; darum muss Reverend Hlophe sich seiner Nockenwelle selbst annehmen. Zum Glück ist er gut befreundet mit Bongie Philemon Zulu, dem »Always Beautiful Cars« gehört, die Autowerkstatt in Hlatikulu. Bongie würde noch einen alten Eimer zum Fahren bringen, sagt Reverend Hlophe. (Allerdings müsste es ein alter Zinkeimer sein. Einem Plastikeimer, wie sie jetzt überall benutzt werden, könnte selbst Bongie Philemon Zulu kein Leben einhauchen.)

»Reverend Hlophe!«, hat Emma gerufen. Sie hat nicht gesagt, dass auch ein Pastor vielleicht nicht so haarscharf hinter seinen Schäfchen bremsen sollte. Wenn er das auf dem Parkplatz vor Sandiles Haus tut, sind die Schäfchen hinterher staubig von Kopf bis Zeh. »Nein, uns geht es gut! Wir suchen nur nach Sandile! Wissen Sie vielleicht, wo er sein könnte?«

Reverend Hlophe ist nicht ausgestiegen. »Wieso sucht ihr denn nach Sandile, wenn es euch gut geht?«, hat er gefragt. Das war ja eine ganz vernünftige Frage, wenn man es recht bedenkt.

»Es ist wegen Delighty!«, hat Emma gerufen, und: »Es ist wegen den Wasserleuten!«, habe ich gleichzeitig gesagt.

Reverend Hlophe hat auf seine Uhr gesehen. Ein Pastor sollte eigentlich geduldig sein und immer Zeit für die Sorgen seiner Schäfchen haben, aber heute lag der Fall ein bisschen anders, das haben wir sofort begriffen. »Los, steigt ein, sonst verpasse ich noch den Anpfiff!«, hat Reverend Hlophe gerufen. »Dann erzählt ihr mir alles auf der Fahrt! Ich setze euch in Lion Lodge ab.«

Ich habe Emma angesehen, und Emma hat mich angesehen. Ich jedenfalls war mir gar nicht so sicher, ob ich in Lion Park abgesetzt werden wollte, wenn Reverend Hlophes Ziel ausgerechnet das Zonkizizwe-Stadion war.

Natürlich mussten wir ganz unbedingt Delightys Verschwinden aufklären, und natürlich mussten wir nach Sandile suchen, aber konnte man nicht vielleicht die Vermutung haben, dass Gott der Herr geradezu wollte, dass

Emma und ich das Finale auf keinen Fall versäumten? (Warum auch immer Gott der Herr das wollen sollte. Wir sollen nicht versuchen, die Wege Gottes des Herrn zu begreifen, sie sind unergründlich, sagt Reverend Hlophe.) Wenn Gott der Herr uns nun, nachdem Miss Agatha uns nicht zum Stadion hatte fahren wollen, in der letzten Sekunde doch noch ein Fahrzeug schickte? Und wenn dieses Fahrzeug sogar noch von einem Hirten seiner Kirche gesteuert wurde? Konnte das dann noch ein bedeutungsloser Zufall sein?

Man soll nicht zu häufig vom Zufall reden, sondern lieber öfter mal vom Eingreifen des Himmels, das sagt Reverend Hlophe selbst. Ich war mir nicht sicher, ob der Himmel nicht vielleicht ärgerlich gewesen wäre, wenn wir sein so offensichtliches Angebot jetzt nicht annahmen. Es konnte doch sein, dass diese unerwartete Möglichkeit zu einem Besuch des Finales eine Belohnung dafür war, dass wir uns in den letzten Tagen so unermüdlich auf die Suche nach Delighty gemacht hatten!

Niemand im Königreich fährt so kühn wie Reverend Hlophe mit seinem alten hellblauen Morris Minor 1000 (und ein Morris Minor 1000, Baujahr 1967, kann bis zu 124 km/h erreichen, das sagt Sifiso). Nicht einmal Miss Agatha fährt so kühn, und das will etwas heißen. Aber Reverend Hlophe kann sich natürlich auch darauf verlassen, dass der Himmel ihn beschützt. Da ist es klar, dass für ihn andere Verkehrsregeln gelten als für seine Schäfchen.

Der Wagen zischte im Slalom an den Schlaglöchern vorbei, dass Emma und ich auf der Rückbank hin und her geschleudert wurden. Manchmal sauste er auch mitten durch ein Schlagloch hindurch, wenn es sich nicht vermeiden ließ. Dann wurden Emma und ich nach oben gegen die alte hellblaue Stoffbespannung des Wagendachs geschleudert.

»Also?«, hat Reverend Hlophe gefragt.

Ich habe tief Luft geholt. Wenn der Himmel Reverend Hlophe auf dieser Fahrt beschützte, egal, wie abenteuerlich sie sich anfühlte, würde der Himmel auch Emma und mich beschützen, solange wir mit dem Reverend in seinem alten hellblauen Morris Minor saßen. Ich durfte also ruhig einen Teil meiner Konzentration von einer sicheren Sitzhaltung abziehen und Reverend Hlophe von Delighty und Sandile erzählen.

Im Rückspiegel konnte ich nur einen Teil von Reverend Hlophes Gesicht sehen, aber dass er immer wieder den Kopf geschüttelt hat, war an seinem Hinterkopf ohnehin zu erkennen.

»Was für ein Unfug!«, hat er gerufen, als ich von dem Verdacht der Wasserleute berichtet habe. »Was für ein gotteslästerlicher Unfug!«

Reverend Hlophe kennt Sandile schon immer, und vielleicht ist er sogar ein wenig sein Freund. Wenn Reverend Hlophe mit seinem Morris Minor an Sandiles Haus vorbeifährt und wenn Sandile dann vielleicht gerade davor im Schatten sitzt und nachdenkt, dann hält Reverend Hlophe manchmal an, um sich mit Sandile auszutauschen. Ich weiß, dass er Sandile auch manchmal seine Schäfchen schickt, wenn das Gebet allein bei einem Problem nicht geholfen hat. Wenn Sandiles Muti und Tänze den Menschen helfen, ist es schließlich auch Gott der Herr, der Sandile die Kraft dazu gegeben hat, sagt Reverend Hlophe. Warum soll Gott der Herr nicht auch Sandile als sein Werkzeug wählen können? Gottes Wege sind unergründlich.

Wir verstehen darum nicht, warum Sie in Ihren Ländern glauben, man müsste sich zwischen Gott dem Herrn und dem Sangoma entscheiden. Eish! Kann Gott der Herr seine Wunder nicht wirken, wie und durch wen er mag?

»Natürlich ist das Unfug!«, hat Emma jetzt gesagt. Ich glaube, inzwischen hatte sie sich auch besser an Reverend Hlophes Fahrstil gewöhnt. »Aber das ist ja ganz egal! Wenn PC Sipho Godbless Inspector Gwebu von dem Verdacht der Wasserleute erzählt und wenn er ihn außerdem als Tatsache hinstellt …«

»Und wenn Sandile dazu noch die ganze Zeit verschwunden ist!«, habe ich gerufen.

»… dann sperrt Inspector Gwebu Sandile jede Wette sofort in seine Arrestzelle, sobald er ihn findet!«, hat Emma den Satz beendet.

»Und das Schlimmste ist«, habe ich gesagt und mich vorgebeugt, »dass die Polizei dann nicht mehr nach Delighty suchen wird, weil sie ja glaubt, dass sie den Täter längst hat! Und weil sie auch glaubt, dass Delighty sowieso nicht mehr am Leben …« Mir ist ganz kalt geworden. Denn natürlich konnte ich mir nicht vorstellen, dass Sandile solche Dinge tat, natürlich konnte ich mir das nicht vorstellen.

Aber konnte ich wirklich sicher sein? Wirklich sicher

ist man niemals im Leben. Wo, verdammt (ngiyacolisa!), waren Delighty und die anderen beiden verschwundenen Kinder?

Rechts von uns tauchte jetzt die Abzweigung nach Lion Lodge auf. Reverend Hlophe hatte abgebremst. Emma und ich haben uns einen Blick zugeworfen. »Wir fahren gerne noch weiter mit, Reverend!«, hat Emma gesagt. »Wenn es Ihnen recht ist.«

Reverend Hlophe hat genickt und wieder beschleunigt. Egal, welche Sorgen wir uns um Delighty gemacht haben, ich schäme mich, es zu gestehen: Keiner von uns wollte den Anpfiff verpassen.

23

Wir haben Glück, dass das Zonkizizwe-Stadion bei uns in der Nähe liegt. Zonkizizwe heißt »alle Nationen«, das wissen Sie vielleicht. Ich habe dort aber noch nie Mannschaften anderer Nationen spielen sehen. Obwohl das Stadion eine Tribüne hat und fünftausend Menschen fasst.

Fünftausend Menschen in einem einzigen Stadion! Eish! Vielleicht glauben Sie, so viele Menschen lebten bei uns nicht einmal im ganzen Land.

Aber heute hatten sich mindestens fünftausend beim Stadion eingefunden. Das Finale um den Wohltätigkeitspokal der königlichen Brauerei ist eins der wichtigsten Spiele im Jahr. Sie kennen das aus Ihren Ländern, das weiß ich: Es gibt die erste Liga (und bei Ihnen, weil Ihre Länder größer sind, vielleicht noch eine zweite oder sogar eine dritte), und dann gibt es noch alle möglichen Pokalspiele. Bei uns sind das der Wohltätigkeitspokal der königlichen Brauerei und der Banken-Pokal der Nationalbank und der Pokal der Telekommunikationsgesellschaft. Weil es genügend Pokale gibt, ist an jedem Wochenende irgendwo ein wichtiges Spiel. Im Königreich lieben wir wichtige Spiele.

Und natürlich lieben wir auch unsere Spieler, viele von ihnen sind sehr bekannt. Sibusiso »Bomber« Dlamini, zum Beispiel, von dem Sie vielleicht schon gehört haben, so wie wir von Ihrem großen Spieler Beckham. Ich zweifle nicht, dass Sibusiso »Bomber« Dlamini es mit dem großen Spieler Beckham jederzeit aufnehmen würde, wenn der Spieler Beckham nicht inzwischen leider zu alt dafür wäre. Wir haben Respekt vor dem Alter, und wir lieben auch die Fairness. Und es ist nicht fair, wenn ein junger Spieler gegen einen alten Spieler spielt. Ihr großer Spieler Beckham hätte gegen Sibusiso »Bomber« Dlamini keine Chance. (Ngiyacolisa.)

Sibusiso »Bomber« Dlamini spielt bei den Manzini Leopards im Sturm. Dass er im Endspiel gegen die Mambas wieder zu großer Form auflaufen würde, war klar. In Lion Park hatten die Ranger gewettet, wie viele Tore »Bomber« schießen würde. Es war bis zu sieben Toren hochgegangen. (Aber das hatte Sipho Joyful gewettet, der, wie Sie wissen, immer zu viel Buganu trinkt.)

Weil es heute eins der wichtigsten Fußballspiele des Jahres geben sollte, war das Gedränge vor dem Stadion unbeschreiblich. An den Kassen kauften sich Menschen ihre Karten, und andere Menschen, die schon Karten besaßen, drängten durch den schmalen Eingang, wo zwei Kontrolleure prüften, ob diese Karten auch echt waren. Am Straßenrand waren in einer Schlange, so lang, dass ihr Ende kaum zu erkennen war, unzählige Autos und Minibus-Taxis geparkt, die die Zuschauer zum Stadion gebracht hatten. In fast allen Taxis war der Fahrersitz leer. Welcher Fahrer wäre auch wohl so dumm gewesen, sich das Spiel entgehen zu lassen, wenn er schon einmal hier war?

»Steigt aus, ich suche mir einen sicheren Parkplatz!«, hat Reverend Hlophe gesagt. »Ich will nicht, dass ich hinterher womöglich mein Auto nicht mehr wiederfinde!«

Was er damit gemeint hat, ist Ihnen klar. Reverend Hlophe wollte nicht, dass sein Auto während des Spiels gestohlen wurde. Dass während eines Fußballfinales zwielichtige Gestalten unterwegs sind, muss ich nicht extra betonen. Das kennen Sie bestimmt auch aus Ihren Ländern. Aber ich betone, dass Reverend Hlophe sich in dieser Frage ausnahmsweise nicht allein auf Gott den Herrn verlassen hat. Das war sicher klug von Reverend Hlophe. Gott der Herr hat bei einem Finale ohnehin genug zu tun.

»Hast du Geld dabei?«, hat Emma gefragt und mich in die Seite geboxt. »Für die Tickets?«

Ich habe sie angestarrt. Wie konnte Emma so etwas fragen? Ich hatte nie Geld dabei. Der Grund ist, ich *habe* kein Geld, meine Damen und Herren.

»Verdammter Mist!«, hat Emma gerufen, und die Leute haben sich zu uns umgedreht. »So ein bescheuerter Dreck!«

Und ein bescheuerter Dreck (ich will das andere Wort nicht gebrauchen) war es natürlich. Jetzt hatten wir es entgegen allen Befürchtungen doch noch zum Zonkizizwe-Stadion geschafft, und dann hatten wir kein Geld für die Eintrittskarten! Eish! Wie unermesslich dumm!

Aber natürlich hatten wir, als wir von Lion Lodge aufgebrochen waren, auch noch nicht ahnen können, dass wir durch eine glückliche Fügung beim Stadion landen würden.

»Wir müssen einfach gucken, ob wir irgendwen kennen!«, hat Emma entschlossen gesagt. »Jemanden, der uns Geld leihen kann! Wir zahlen es dann später zurück.«

Ich habe nicht gesagt, dass ich nicht wusste, wovon ich das geliehene Geld zurückzahlen sollte. Ich habe auf Miss Agatha gehofft.

Wir haben uns umgesehen. Das Gedränge war so groß, dass es schon ein Wunder gewesen wäre, wenn wir in den Menschenmassen nicht irgendwo jemanden entdeckt hätten, der uns vertraut war. Eigentlich mussten wir nur Reverend Hlophe wiederfinden.

Da hat Emma mich plötzlich am Arm gepackt. »Da ist er!«, hat sie gezischt. »Siehst du nicht? Ganz vorne, in der Schlange rechts! Verdammt!« (Für eine Lady hat sie das Wort eindeutig ein bisschen zu häufig gebraucht.)

Darum wollte ich zuerst sagen, sie sollte nicht fluchen und »verdammt« sagen, wenn sie von einem Reverend sprach; aber dann habe ich plötzlich gesehen, wen Emma gemeint hatte.

Die Wege des Herrn sind unergründlich, halleluja! Hatte ich nicht gesagt, dass Gott der Herr vermutlich einen bestimmten Zweck damit verfolgt hatte, als er Emma und mir Reverend Hlophe schickte, damit der uns zum Finalspiel fahren konnte? Hatte ich nicht sogar vermutet, Gott der

Herr würde uns zürnen, wenn wir die Gelegenheit nicht beim Schopfe packten?

Ich hatte recht gehabt. Aber es war Gott dem Herrn nicht um das Finale gegangen.

24

»Sangoma Sandile!«, habe ich geflüstert. Aus all den Köpfen in dem Gedränge vor der rechten Kasse stach einer mit dem Siyendle hervor, den typischen ockerroten Zöpfen der Tangoma. »Hier ist Sandile also!«

Das Erste, was mir durch den Kopf geschossen ist, war, dass ein Sangoma, der gerade eine Reihe von Muti-Morden begangen hat, doch wohl nicht so dreist sein würde, danach ganz offen bei einem Fußballspiel aufzutauchen. Und dass das eigentlich auch Inspector Gwebu begreifen musste, falls Sandile hier geschnappt würde.

Aber natürlich konnte Inspector Gwebu es auch einfach nur für eine kluge Tarnung halten. »Sandile ist schlau! Ja, das denkt natürlich jeder, dass ein Sangoma, der gerade eine ganze Reihe Muti-Morde begangen hat, niemals so dreist sein würde, hinterher ganz ungeniert beim Endspiel Manzini Leopards gegen Mbabane Mambas aufzutauchen!«, würde Inspector Gwebu vielleicht sagen. »So schlägt er zwei Fliegen mit einer Klappe! Er verpasst das Finale nicht, und er tut so harmlos, dass wir uns unmöglich trauen, ihn weiter zu verdächtigen! Aber so naiv bin ich nicht!«

So würde Inspector Gwebu denken, ich war mir sicher.

Und seine Kollegen auch. (Ich hätte gerne gewusst, wie Miss Marple gedacht hätte. Ich bedauere es sehr, dass ich sie niemals fragen kann.) Und darum mussten Emma und ich Sandile so schnell wie möglich warnen. Bevor der dumme, wichtigtuerische PC Sipho Godbless womöglich noch seine Kollegen im Stadion auf dem Handy anrief und von dem Gerücht der Wasserleute berichtete; und dann würden seine Kollegen den roten Schopf von Sandile vielleicht unter den Zuschauern entdecken und unseren Sangoma in ein Polizeifahrzeug verfrachten. (Wahrscheinlich aber nicht vor dem Ende des Spiels. Auch ein Polizist lässt es sich ja nicht gerne entgehen, bis zum Abpfiff dabei zu sein.) Wir mussten uns also beeilen.

Ich habe mich durch das Gedränge vor der rechten Kasse geschoben. »Ngiyacolisa!«, habe ich die ganze Zeit gesagt. »Ngiyacolisa!« Aber wenn ich nicht mit meinen Schultern ordentlich gerempelt hätte, wäre ich trotz meiner höflichen Entschuldigungen nicht so schnell vorangekommen.

In der Zeit, als die Engländer bei uns im Land waren und in der Hauptstadt rauschende Feste gefeiert haben, dass man hätte glauben können, Mbabane wäre London (sagt Miss Agatha), haben sie verlangt, dass die Menschen sich beim Warten immer in einer ordentlichen Schlange anstellen sollten. Wir haben es auch versucht. Aber es ist nicht unsere Art. Uns gelingen viele Dinge auch ohne Schlange.

Es hat also einen Augenblick gedauert, bis ich zwischen den vielen Menschen bei dem roten Haarschopf angekommen war. Er gehörte tatsächlich Sandile.

»Sandile!«, habe ich gesagt. »Sawubona, Nkhosi! Du musst weg! Sofort! Komm bitte mit!«

Sandile hat mich verblüfft angesehen. Aber ich konnte ihm ja hier, wo uns jeder hören konnte, unmöglich erklären, warum er jetzt (wo er schon fast an der Kasse angekommen war!) seinen Platz aufgeben sollte.

Sandiles Blick war darum auch nicht wirklich freundlich. »Thabo?«, hat er gefragt. »Bist du nicht Thabo, der Neffe von Vusi Shongwe von Lion Park? Wie geht es Babe Vusi?«

In jeder anderen Situation wäre ich stolz gewesen, dass Sangoma Sandile sich an mich erinnerte. Onkel Vusi und ich hatten ihn nur ein Mal besucht, als Onkel Vusi sich seinen Knöchel verstaucht hatte. (Darum war ich damals dabei gewesen. Irgendwer musste Onkel Vusi schließlich mit seinem Safari-Jeep zu Sandile fahren, wegen seines Knöchels konnte er ja leider das Gaspedal nicht treten.)

Aber jetzt war keine Zeit für freundliches Gerede. »Es geht ihm gut, ngiyabonga, Babe Sandile Nkhosi!«, habe ich gesagt. »Aber du musst jetzt bitte mitkommen! Es ist ...«

Sandile hat nach wie vor nicht sehr freundlich geguckt. Vor allem hat er sich keinen Millimeter vom Fleck gerührt. Er hat gar nicht dran gedacht, seine Chance auf ein Ticket sausen zu lassen.

In diesem Augenblick hatte Emma es zum Glück auch endlich bis zu uns nach vorne geschafft. Ich hatte mich schon gewundert, dass sie so lange brauchte. Emma ist sonst nicht zimperlich.

»Es geht um Leben und Tod, Babe Sandile, Sir!«, hat sie gezischt. Laut reden konnte sie ja nicht. Schließlich sollten nicht mehr Menschen als nötig auf Sandile aufmerksam werden. »Und es geht um jede Sekunde! Sie müssen kommen, Babe Sandile, Sir!«

Sandile hat die Stirn gekräuselt. Auf diese Weise war er vielleicht noch nie angesprochen worden. Emma war zwar irgendwie Bürgerin unseres Landes, aber irgendwie war sie doch auch immer noch Engländerin. Man konnte nicht erwarten, dass sie im Umgang mit einem Sangoma alles richtig machte.

»Um Leben und Tod?«, hat Sandile gefragt. Gerührt hat er sich noch immer nicht, im Gegenteil. Er hat sich von der Menge noch einen Schritt weiter auf die Kasse zuschieben lassen.

»Es geht um jede Sekunde!«, hat Emma gezischt. »Thabo, sag du doch auch mal was!«

»Bitte, Babe Sandile, Nkhosi!«, habe ich gefleht. »Bitte! Wir würden das Endspiel natürlich auch gerne sehen, aber jetzt sind andere Dinge wichtiger!« (Ich habe ihm nicht gesagt, dass wir sowieso gar kein Geld hatten, um das Spiel zu sehen. Diese Information war jetzt nebensächlich.)

Vielleicht war es etwas in meinen Augen. Vielleicht hat Sandile an meinen Augen gesehen, dass es wirklich wichtig war. Schließlich würde ein Junge sich doch sonst kaum trauen, einen Sangoma von einem entscheidenden Fußballspiel wegzulocken, das ist ein Fakt.

»Um Leben und Tod?«, hat Sandile gefragt. Die Menschen haben sich an ihm vorbei weiter nach vorne geschoben. Sandile ist stehen geblieben.

»Und um jede Sekunde, Babe Sandile!«, habe ich gesagt. »Bitte!«

Da hat Sandile geseufzt. Er hat sich umgedreht und sich mit Emma und mir gegen den Strom aus der Menschenmenge vor den Kassen gekämpft.

»Ich habe geschworen, den Menschen zu helfen«, hat er gemurmelt. »Yebo!« Es klang ein bisschen, als wollte er vor allem sich selbst überzeugen. »Jederzeit und überall. Da muss ich wohl auch bereit sein, auf ein Finale zu verzichten, das ist wahr. Worum geht es? Bei meiner Kuphotfulwa habe ich geschworen, den Menschen zu helfen, jederzeit und überall.«

Ich habe Emma einen Blick zugeworfen. Ich habe Sandile nicht gesagt, dass der Mensch, dem er helfen sollte, in diesem Fall zuallererst er selbst war. Und dass wir vom Zonkizizwe-Stadion verschwinden mussten, bevor PC Siphos Kollegen ihn entdeckten.

In diesem Moment ertönte hinter uns der Anpfiff. Sandile warf einen enttäuschten Blick zurück zum Stadion. Ich habe auch einen enttäuschten Blick zurück zum Stadion geworfen. Aber ich war vor allem erleichtert. Sobald die Manzini Leopards und die Mbabane Mambas angefangen hatten zu spielen, würden die Polizisten sich sicher nicht mehr nach einem verdächtigen Sangoma umsehen. Da hatten sie Wichtigeres zu tun.

25

»Babe Sandile!«, habe ich gesagt, als wir endlich bei der Schlange der Minibus-Taxis angekommen waren. »Babe Sandile, wir haben leider ein bisschen geschwindelt.«

Sandile ist stehen geblieben.

»Es geht nicht wirklich um Leben oder Tod!«, hat Emma gesagt. »Nicht direkt jedenfalls! Es …«

»Inspector Gwebu sucht nach dir, Babe Sandile!«, habe ich gerufen, bevor Sandile vielleicht ärgerlich werden konnte. »Wegen der verschwundenen Kinder!«

»Was?«, hat Sandile gefragt. Vielleicht hatte er noch nicht mal davon gehört. Er war ja nicht zu Hause gewesen in den letzten Tagen.

»Drei Kinder sind spurlos verschwunden!«, habe ich gesagt. »Sifisos Schwester Delighty, ein Mädchen aus Gege und ein Junge aus Ludziwana! Und es gibt das Gerücht, dass du es warst, Babe Sandile! PC Sipho hat gehört, dass du die Kinder entführt haben sollst. Und Inspector Gwebu ist nicht zimperlich, wenn es darum geht, jemanden einzusperren, wie wir wissen.«

Sandile hat uns angestarrt. »Ihr meint, die glauben …?«, hat er gefragt. Er hat natürlich sofort begriffen, was wir meinten. *Dass ich die Kinder getötet habe,* hat er trotzdem nicht gesagt. *Muti-Mord* auch nicht. »Aber das ist doch Wahnsinn! Das ist doch Wahnsinn!«

Ich habe darauf gewartet, dass Sandile »Wir leben doch nicht mehr im Mittelalter!« sagen würde, alle hatten das schließlich bisher gesagt. Das hat er aber nicht getan.

Emma hat die ganze Zeit die Schlange der Minibus-Taxis mit den Augen abgesucht. »Wir müssen hier weg!«, hat sie gezischt. »Plaudern könnt ihr später auch noch!«

Und wegzukommen war im Augenblick natürlich das Problem. Die Fahrer saßen alle im Stadion, um zuzusehen, wie Sibusiso »Bomber« Dlamini gegen die Mbabane Mambas zu großer Form auflief.

Aber Gott der Herr hatte beschlossen, uns auch jetzt wieder zu helfen. Wahrscheinlich wollte er nicht, dass sein ganzer Aufwand vorher umsonst gewesen war.

Mit einem aberwitzigen Tempo kam auf dem Zufahrtsweg zum Stadion ein Wagen auf uns zugeschossen und hielt mit quietschenden Reifen. Es war ein VW Golf, ein sehr altes Modell. Wenn Sifiso bei uns gewesen wäre, hätte er mehr sagen können.

Der Fahrer blieb sitzen, während sechs Männer nach draußen sprangen, kaum war der Wagen zum Stillstand gekommen. Vermutlich war ihnen klar, dass sie den Anpfiff schon verpasst hatten.

Fragen Sie nicht, wie neben dem Fahrer noch sechs Fahrgäste in den Wagen gepasst hatten! Ich kann es nicht sagen. Es scheint, dass sich bei uns im Königreich mehr Menschen in ein Auto zwängen können als in manchen anderen Ländern.

Der Fahrer hat einen irren Blick auf die Schlange der übrigen Wagen geworfen. Wahrscheinlich suchte er nach einer Lücke, in der er seinen Wagen abstellen konnte. Ziemlich sicher wollte er auch noch ins Stadion.

Aber das sollte ihm an diesem Tag nicht beschieden sein.

»Halt!«, hat Emma gebrüllt und wild mit den Armen gewedelt. »Halt, Taxi!«

Der Fahrer hat gezögert. Natürlich wollte er das Spiel nicht verpassen.

»Du musst uns ganz schnell von hier wegbringen!«, hat Emma gesagt. (Ohne Gruß.) »Das ist deine Chance auf doppelten Verdienst! Falls du vor dem Ende des Spiels wieder hier bist, kannst du danach auch noch eine Fuhre Leute nach dem Abpfiff nach Hause fahren! Verstehst du? Doppelter Verdienst!«

»Yebo!«, habe ich gerufen.

Der Fahrer hat gezögert. Er war sehr jung, und bestimmt war er auch sehr fußballbegeistert. Mit der Herfahrt hatte er sich das Geld für sein Ticket verdient, und er sah nicht so aus, als wollte er jetzt auf das Spiel verzichten.

Aber da ist Sandile ans Fahrerfenster getreten.

»Sawubona, mein Freund«, hat er gesagt. Der Fahrer ist zusammengezuckt. Ein Sangoma ist immerhin ein Sangoma. »Die Kinder sagen die Wahrheit. Wir brauchen dringend ein Fahrzeug.«

»Yebo«, hat der Fahrer gemurmelt. Vielleicht hat er an die Geister seiner Ahnen gedacht. Er hat eine Geste nach hinten gemacht (das Wort ist: resigniert), wo seine vorherigen Fahrgäste nicht mal die Türen zugeschlagen hatten. »Steigt ein, Nkhosi.«

Damit hatten wir also ein Auto, um Sandile vor der Polizei zu retten. Nur, dass wir bis jetzt noch nicht darüber nachgedacht hatten, wohin wir ihn bringen sollten.

»Wohin jetzt also?«, hat Sandile da auch schon gefragt. Was mir ein bisschen seltsam vorgekommen ist. Ein Sangoma sollte die Antwort eigentlich wissen. Man würde doch erwarten, dass die Geister der Ahnen ihm Bescheid geben. Das haben sie in diesem Fall leider nicht getan.

Aber mir ist plötzlich eingefallen, wo die Polizei ganz bestimmt nicht nach Sandile suchen würde. »Miss Agatha!«, habe ich gesagt. »Nach Lion Cottage, bitte.«

Der Fahrer hat genickt und aufs Gas getreten. Vielleicht hat er gehofft, dass er es so sogar bis zur zweiten Halbzeit zurück zum Stadion schaffen könnte. An diesem Tag erlebten wir eine rasante Autofahrt nach der anderen.

»Emma, Thabo, seid ihr wieder zurück?«, hat Miss Agatha gesagt, als wir vor ihrem Cottage aus dem Auto gestiegen sind. Sandile hat dem Fahrer Geld gegeben, und der Wagen ist schon wieder angefahren, zurück zum Stadion, bevor wir auch nur die hinteren Türen zuschlagen konnten. »Sandile! Wie nett, dass Sie mitkommen! Und, Kinder, wart ihr bei der Polizei?«

Sandile hat Miss Agatha auf traditionelle Weise begrüßt, und Miss Agatha hat Sandile auf traditionelle Weise begrüßt, das gebietet die Höflichkeit. Sie haben einander die Hand gegeben und dabei die linke Hand auf den rechten Unterarm gelegt, wie es sich gehört, und dann haben sie alles gesagt, was gesagt werden muss, von »Sawubona!« bis »Ngiyaphila nami«.

»Kommt nach hinten!«, hat Emma ungeduldig gerufen. Sie kann nicht mal eine Begrüßung abwarten. »Auntie Agatha, wegen Delighty ist es alles noch viel komplizierter!«

Am Tisch auf dem Rasen haben wir Miss Agatha dann erzählt, was wir bisher erlebt hatten. Vor allem, was der dumme PC Sipho behauptet hat mit seiner Verlobten. Davon wusste Miss Agatha bisher ja noch nichts.

Ich habe genau gesehen, wie Miss Agathas Augen bei unserem Bericht angefangen haben zu leuchten. »Ja, da müssen Sie sich wohl vor Quinton Gwebu in Acht nehmen, Babe Sandile!«, hat sie gesagt. »Bis wir die verschwundenen Kinder gefunden haben und damit Ihre Unschuld bewiesen ist! Noch ein Tässchen Tee?«

Miss Agatha, Sie merken es, hat also nicht eine Sekunde an Babe Sandiles Unschuld gezweifelt. Sandile hat genickt und »Gerne ein Tässchen« gesagt, und Miss Agatha hat eingeschenkt.

»Wo waren Sie denn in den letzten Tagen nun wirklich? Und sehen Sie eine Möglichkeit herauszufinden, wo die drei Kinder sind? Ich meine« – sie hat einen kurzen Blick zu Emma hingeworfen –, »mit Ihren speziellen Möglichkeiten? Knochen? Geister der Ahnen?«

Emma hat geschnaubt, aber nicht allzu laut. Wenn wir nur Delighty wiederfanden, war es ihr sogar recht, wenn das mit Hilfe der Ahnen geschah.

Sandile hat genickt. »Natürlich könnte ich versuchen, es aus den Knochen zu lesen!«, hat er gesagt. Er hat gezögert. »Ich müsste dann allerdings erst mal zurück zu meiner Hütte. Und wenn die Polizei dort nach mir sucht …«

»Mein Gott!«, hat Miss Agatha gerufen. »Das hätte ich ja fast vergessen! Haben Sie ein Handy dabei, Babe Sandile? Sie müssen es sofort ausschalten! Ich habe im Internet gelesen, dass die Polizei jeden Verdächtigen über sein Handy orten kann!«

Ich habe Miss Agatha angestarrt. Also kam sie jetzt tatsächlich mit Leichtigkeit alleine ins Internet! Damit brauchte sie mich nicht mehr dafür. Und offenbar hatte sie damit auch gleich eine neue Leidenschaft entdeckt.

Sie hatte nicht bei der Suche nach Rosenläusen haltgemacht, sie hatte gleich unter dem Stichwort »Handy« weitergesucht. Ein privater Ermittler der neuen Zeit muss es wahrscheinlich so machen, Miss Marple hätte es ganz sicher auch so gemacht. Aber es wäre mir lieber gewesen, wenn *ich* der private Ermittler der neuen Zeit hätte sein können, der all diese Dinge im Internet aufstöberte.

Sandile hat sein Handy aus der Tasche gezogen. »Dann kann mich natürlich auch niemand mehr erreichen, der meine Hilfe braucht!«, hat er zögernd gesagt.

Miss Agatha hat abgewinkt. »Es ist ja nur, bis wir die Kinder gefunden haben! Und wo waren Sie nun die ganze Zeit, als alle nach Ihnen gesucht haben?«

Das hätte ich auch gerne gewusst.

26

Sandile hat sein Handy ausgeschaltet.

»In Durban«, hat er gesagt. »Auf einer Tagung des Verbands der südafrikanischen Tangoma! Wir haben uns mit dem südafrikanischen Ärzteverband beraten, wie Ärzte und Tangoma besser zusammenarbeiten können. Ich wollte danach dem Gesundheitsministerium bei uns im Königreich Vorschläge unterbreiten, wie das auch bei uns geschehen kann.«

Da hatte Miss Agatha mit ihrer Vermutung heute Morgen also tatsächlich richtiggelegen! Ich will Ihnen meine Erleichterung nicht beschreiben.

Unsere Tangoma und unsere Ärzte sprechen sich ab, das ist bekannt (vielleicht nicht in Ihren Ländern und vielleicht auch nicht bei den Leuten von Water WiZZard). Vor allem bei der furchtbaren Krankheit Aids, die den Kindern die Eltern raubt. Deshalb kommt Dr. Smythe-Kellington vom Krankenhaus in Mbabane ja auch öfter zu uns, um mit Sandile zu sprechen.

»Aber das ist doch ganz wunderbar!«, hat Miss Agatha gesagt. »Haben Sie ein abgestempeltes Ticket für die Tagung, Babe Sandile? Dann können wir damit beweisen, dass

Sie in der Zeit, während hier die drei Kinder verschwunden sind, in Durban waren! Ein perfektes Alibi!«

Sandile hat den Kopf geschüttelt. »Bei derartigen Veranstaltungen werden keine Tickets abgestempelt, Make Chapman!«, hat er gesagt. »Leider. Es gibt natürlich meine schriftliche Anmeldung. Ich könnte beweisen, dass ich mich angemeldet habe.«

Ich habe sofort begriffen, wo dabei der Haken war, ein Privatdetektiv ist ja im kriminalistischen Denken geschult. »Aber solange du nicht beweisen kannst, dass du dann auch wirklich da warst, könnte Inspector Gwebu natürlich glauben, dass die Anmeldung nur ein Trick war, Babe Sandile!«, habe ich gerufen. »Verstehst du? Dass du dich bei dieser Tagung nur angemeldet hast, um während der Zeit dann ganz in Ruhe Kinder entführen zu können! Die Anmeldung wäre dann ein fingiertes Alibi, so nennen wir privaten Ermittler das!«

Die Überprüfung von Alibis spielt bei Miss Marple für die Aufklärung ihrer Fälle immer eine große Rolle. Oft muss Mr Stringer ihr dabei helfen. Und ein fingiertes Alibi ist natürlich schlimmer als gar kein Alibi. Ein fingiertes Alibi lenkt den Verdacht immer sofort auf den, der es fingiert hat.

Sandile hat nachdenklich geguckt. »Beweisen, dass ich wirklich da war?«, hat er gemurmelt. »Da waren Tangoma aus ganz Südafrika! Von denen kannte ich keinen einzigen! Natürlich habe ich mit einigen geredet …«

»Haben Sie Adressen ausgetauscht?«, hat Emma gefragt.

»Handynummern? Facebook?« Manchmal kann Emma denken wie ein echter Privatdetektiv, das muss man zugeben. Aber vielleicht war es auch gar kein detektivischer Gedanke, sondern nur ein Mädchen-Gedanke. Mädchen tauschen ständig Handynummern und Facebook-Adressen aus, das habe ich gehört.

Sandile hat wieder den Kopf geschüttelt. »Mit dem Protokoll soll ja ohnehin eine Liste der Teilnehmer verschickt werden!«, hat er gesagt. »Da steht dann alles drauf. Da mussten wir vorher gar nichts austauschen.«

»Ha!«, hat Miss Agatha gerufen. »Das ist es doch, Babe Sandile! Sobald Sie das Protokoll mit der Liste haben, könnten Sie dann ja einen Ihrer südafrikanischen Kollegen bitten zu bestätigen, dass Sie in Durban waren! Das wäre dann doch ein Beweis für Inspector Gwebu! Da hätten Sie dann doch noch Ihr Alibi, Babe Sandile!«

»Aber wie schnell geht das wohl, Miss Agatha?«, habe ich gefragt. »Bis das Protokoll kommt?« Bei uns dauern die Dinge manchmal etwas länger, meine Damen und Herren. Wir haben nicht die gleiche Angst vor dem Verstreichen der Zeit wie Sie in Ihren Ländern. Aber in diesem Fall war diese Furchtlosigkeit natürlich nicht so günstig. Sandile brauchte sein Alibi möglichst schnell.

Und gerade als wir alle vier darüber nachgegrübelt haben, was man da tun könnte, haben wir gehört, wie vor dem Cottage ein Auto gebremst hat.

»Sandile!«, hat Miss Agatha geflüstert. »Ins Haus bitte, schnell! Emma, zeig Babe Sandile die Vorratskammer!«

Sandile ist aufgestanden, aber er hat ein bisschen verwirrt ausgesehen. Vielleicht hat er überlegt, ob er einen so hungrigen Eindruck gemacht hat.

»Die Vorratskammer hat keine Fenster!«, hat Miss Agatha gezischt. Oh, Miss Agatha ist so schlau! Ich bin sicher, Miss Marple hätte sich gut mit ihr verstanden. Von draußen konnte dort niemand Babe Sandile entdecken.

Vor dem Haus wurden Autotüren zugeschlagen. Also waren es mehrere Personen. Wenn wir Pech hatten, war es sogar die Polizei. Das Finale musste inzwischen zu Ende sein, da konnte die Polizei endlich nach verdächtigen Tangoma suchen, ohne etwas zu verpassen.

Emma hat Sandile schon von der Terrassentür aus zu sich gewinkt. »Schnell!«, hat sie geflüstert. »Schnell, Babe Sandile, Sir!«

Gerade noch rechtzeitig konnten die beiden im Haus verschwinden.

Um die Ecke kam Reverend Hlophe.

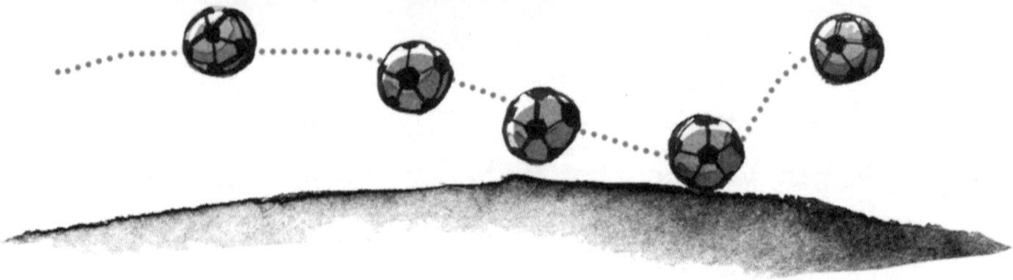

27

Ein Besuch von Reverend Hlophe war in dieser Situation zwar nicht ganz so schlimm wie ein Besuch der Polizei, aber trotzdem: Geistliche sollten möglichst nicht allzu viel lügen, und wir wussten nicht, wie Reverend Hlophe es damit hielt. Darum war es besser, wenn er nicht wusste, wo Sandile zu finden war.

»Reverend Hlophe, wie schön!«, hat Miss Agatha gerufen und ist aufgesprungen. So eine Heuchlerin!

Hinter Reverend Hlophe kam Lemonade mit seitlich ausgestreckten Armen und einem lauten Brummgeräusch um die Ecke gerannt und gleich hinter ihr auch Sibusiso Pilot. Offenbar waren die beiden gerade Hubschrauber im Einsatz.

»Miss Agatha!«, hat Reverend Hlophe gesagt und dabei einen Blick zu mir hin geworfen. »Ach, da bin ich ja erleichtert! Als ich nach dem Spiel nach Emma und Thabo gesucht habe, um sie in meinem Wagen mit zurückzunehmen, konnte ich sie nirgendwo entdecken! Und Ms Chapman in Lion Lodge wusste auch nicht, wo sie sind. Deshalb bin ich nun hier, um mich zu vergewissern, dass die beiden heil angekommen sind!«

Ich habe gar nicht mehr richtig zugehört. Während er mit Miss Agatha gesprochen hat, konnte Reverend Hlophe natürlich den Tisch nicht genauer inspizieren. Aber gleich würde er sich vielleicht sogar setzen. (Das anzubieten, gebietet die Höflichkeit. Wir sind sehr gastfreundlich bei uns im Königreich.) Dann würde er unsere benutzten Teetassen entdecken: Und das waren vier. Da konnte es doch sein, dass Reverend Hlophe sich im Stillen fragte, wem denn wohl die vierte Tasse gehörte.

Ich liebe den Tee bei Miss Agatha. Wenn ich ihn trinke, spüre ich immer, dass ich wirklich fast schon ein Gentleman bin. Aber Teetassen können verräterisch sein. Jetzt gerade wäre es besser gewesen, es hätte keine verräterischen Teetassen gegeben.

Zum Glück kam wenigstens Emma (Tasse Nummer drei!) jetzt wieder aus dem Haus.

»Hallo, Reverend Hlophe!«, hat sie gerufen. Als ob sie ganz begeistert war, ihn zu sehen. »Wie ist das Spiel ausgegangen? Thabo und ich haben an der Kasse plötzlich gemerkt, dass wir gar kein Geld für die Karten hatten! Das war Mist!«

Ich war so stolz auf Emma, sie war so geistesgegenwärtig! Ein kluger Mann wie Reverend Hlophe hätte sich schließlich fragen können, warum wir erst mit ihm zum Zonkizizwe-Stadion gefahren waren, nur um dann doch mit Miss Agatha auf ihrem Rasen Tee zu trinken. Das hätten wir ja einfacher haben können.

Reverend Hlophe hat abgewinkt. »1:0 für die Leopards

nach Verlängerung!«, hat er gesagt. »Ihr habt nichts verpasst, sie haben gespielt wie Kinder! Ein Freistoß für die Leopards in der zwanzigsten Minute und eine gelbe Karte für Dlamini. Und das Tor erst in der Verlängerung! Eish!«

»Trotzdem Mist!«, hat Emma gesagt. Das fand ich auch. Erst jetzt habe ich gesehen, dass Reverend Hlophe auch Sifiso mitgebracht hatte. Sifiso ist als Letzter um die Hausecke gekommen, und an seinem Gesicht habe ich gesehen, dass Delighty noch immer nicht wiederaufgetaucht war.

Lemonade war inzwischen bei Miss Agathas Tisch angekommen und hat ihren Hubschraubermotor ausgeschaltet. Das hätte mich sonst auch gewundert. Lemonade geht immer zuerst dahin, wo sie etwas zu essen vermutet. Aber heute standen ausnahmsweise nicht mal Miss Agathas Scones auf dem Tisch.

Und mir hat Lemonade endlich einen guten Grund gegeben, unauffällig die verräterische vierte Tasse verschwinden zu lassen. »Pass doch auf, Lemonade!«, habe ich gerufen, als hätte Lemonade gerade fast die Teekanne umgeschmissen. »Wirf nichts runter!« Dabei habe ich eilig Untertassen und Tassen gestapelt und zur Seite gestellt, jetzt erkannte man ihre Zahl wenigstens nicht mehr auf den ersten Blick.

Miss Marple hätte die Tassen natürlich trotzdem gezählt. Ich auch. Es sind oft die nebensächlich erscheinenden Kleinigkeiten, die zur Aufklärung eines Falles führen können, das wissen wir aus Miss Agathas Filmen. Miss Marple ist zum Beispiel einmal dem Täter auf die Spur gekommen, weil sie beim heimlichen Blick durch ein Fenster eine Prise verschütteten Schnupftabak entdeckt hat. Gerade solche Kleinigkeiten können am verdächtigsten sein, und vier Tassen bei nur drei Menschen hätten Miss Marple ganz sicher aufmerken lassen.

»Ich werf doch nichts runter, Dummi!«, hat Lemonade empört zu mir gesagt. »Ist da kein Kuchen, Miss Agatha? Und kriegst du auch einen Strumpf wie Emma?«

Miss Agatha hat ein bisschen verwirrt ausgesehen, aber Reverend Hlophe hat gelacht. »Ich habe Sifiso und seine beiden Geschwister an der Straße aufgelesen!«, hat er gesagt. »Sie wollten ohnehin zu Ihnen, Miss Agatha. Wir haben uns unterwegs über Weihnachten unterhalten. Weil Emma doch jetzt gerade hier ist, weil sie Weihnachtsferien hat.«

»Da kriegt sie einen Strumpf!«, hat Lemonade begeistert gerufen und auf ihre bloßen Füße geguckt.

»Ich musste den beiden Kleinen erst mal erklären, warum wir überhaupt Weihnachten feiern!«, hat Reverend Hlophe gesagt und bekümmert den Kopf geschüttelt. »Sie waren ahnungslos wie die Heidenkinder!«

»Ich nicht!«, hat Sifiso gesagt. Man konnte sehen, dass es ihm peinlich war.

»Da ist einer geboren!«, hat Lemonade wichtig gesagt. »Ein Baby, wusstest du das, Thabo?«

»Jesus!«, hat Pilot gesagt. »Der aus dem Gottesdienst. Wo wir singen.«

»Nein!«, hat Lemonade empört gerufen. »Der, wo wir singen, ist ein Mann, der ist tot! Ein Baby war das, Dummi!«

Reverend Hlophe hat geseufzt. »Sifiso, du kannst deinen Geschwistern die Zusammenhänge ja noch mal erklären!«, hat er gesagt. »Ich bin jedenfalls froh, dass Thabo und Emma heil hier angekommen sind. Ich mache mich dann mal wieder auf den Weg. Sala kahle, Miss Agatha.«

»Hamba kahle, Reverend!«, hat Miss Agatha gesagt. »Danke, dass Sie sich Gedanken um die Kinder gemacht haben!«

Das finde ich für einen Reverend aber nur normal.

28

Nachdem Reverend Hlophe verschwunden war, hat Lemonade Miss Agatha streng angesehen. »Ich will auch einen Strumpf!«, hat sie energisch gesagt. »Wie das Baby da!«

Da hatte Lemonade natürlich etwas nicht richtig verstanden.

Den Strumpf hatte ja nicht Jesus gekriegt, den kriegen die englischen Kinder am Weihnachtsmorgen. Ich weiß das natürlich, meine Damen und Herren. Miss Agatha hat es mir genau erklärt. Wenn die englischen Kinder am Weihnachtsmorgen aufwachen, hängt ein Strumpf an ihrem Bettpfosten, da sind Süßigkeiten und Geschenke drin.

Es ist ja klar, dass das bei uns nicht geht. Erstens haben die meisten Kinder keinen Strumpf, nicht mal, wenn sie Schuhe haben. Und zweitens schlafen wir auf Matten auf dem Boden. Wo sollte man da wohl einen Strumpf aufhängen, wenn es keinen Bettpfosten gibt? Aber so weit hat Lemonade nicht gedacht. Lemonade denkt immer nur ans Essen.

»Hör auf zu betteln, Lemonade, sonst gibt es was auf die Ohren!«, hat Sifiso böse gesagt. Wirklich, er ist sonst netter zu seinen kleinen Geschwistern, selbst wenn sie ihm peinlich sind. Daran konnte man deutlich merken, wie schlecht es ihm gerade ging.

Nun hätten wir uns gut alle mit Sandile zusammensetzen und planen können, was wir als Nächstes tun mussten, um Delighty wiederzufinden. Aber genau wie Reverend Hlophe durften auch Pilot und Lemonade auf keinen Fall wissen, dass Sandile sich in Miss Agathas Vorratskammer versteckte. Beide waren mindestens so gefährlich wie der Pastor. Vor allem Lemonade ist eine richtige Plaudertasche.

Jetzt gerade ist sie von einem Fuß auf den anderen getrippelt, als wäre etwas sehr dringend. (Sie wissen schon was, meine Damen und Herren.)

»Miss Agatha?«, hat Lemonade gesagt und Miss Agatha am Ärmel gezupft. »Guck mal, Miss Agatha!«

Jetzt ist sie noch mehr getrippelt. Geradezu getrampelt. Es hat ausgesehen, als ob ihr jede Sekunde ein Unglück geschehen konnte.

Aber Miss Agatha hat ja keine Kinder. (Sie hören es am Namen. »Miss« bedeutet, dass sie keinen Mann hat. Und in Ihren Ländern, habe ich gehört, bekommt man Kinder nur, wenn man verheiratet ist.) Und weil sie keine Kinder hat, hat Miss Agatha auch nicht verstanden, was Lemonades Getrippel bedeuten sollte.

»Ja, Lemonade?«, hat sie freundlich gesagt. »Soll ich dir das mit Weihnachten noch mal erklären?«

Aber da habe ich gedacht, dass ich Miss Agatha doch besser schnell aufklären sollte, bevor das Unglück noch wirklich geschah. Hier auf ihrem Rasen.

»Lemonade muss …«, habe ich gesagt. »Lemonade sollte ganz schnell …«

»Sie muss pinkeln, Auntie, siehst du das nicht?«, hat Emma gesagt. Emma ist ja gar nichts peinlich auf der Welt. »Lemonade, du weißt doch, wo Auntie Agathas Klo ist?«

Aber Lemonade war schon in Richtung Haus verschwunden. Soll ich ehrlich sein? Ich habe sogar den Verdacht gehabt, dass sie den genannten Ort vielleicht gar nicht wirklich aufsuchen *musste*. Dass es gar nicht so dringend war. Aber Lemonade findet Miss Agathas Wasserspülung so schön. Jedes Mal, wenn sie bei Miss Agatha ist, versucht Lemonade, der Wasserspülung einen Besuch abzustatten.

Und deshalb kannte sie sich aus, und keiner von uns musste sie begleiten. Offen reden konnten wir trotzdem nicht. Pilot stand ja immer noch da.

Ich habe gesehen, dass Emma haargenau dasselbe gedacht hat. »Tja, Pilot!«, hat sie gesagt und nachdenklich geguckt. Bestimmt hat sie überlegt, wie wir auch Pilot noch loswerden konnten. »Und du musst gar nicht?«

Pilot hat den Kopf geschüttelt. Wenigstens hatte Emma es versucht.

Und wenn Pilot gegangen wäre, hätte es außerdem gar nichts genützt. Denn gerade als er den Kopf geschüttelt hat, kam Lemonade schon wieder aus dem Haus gestürmt, lange bevor wir mit ihr gerechnet haben (sie bleibt sonst immer eine ganze Weile bei Miss Agathas Wasserspülung).

»Da ist einer!«, hat Lemonade gebrüllt. »Da ist einer in deinem schönen Zimmer mit den Ess-Sachen, Miss

Agatha!« Sie hat sich schnaufend am Tisch vor uns aufgebaut. »Aber ich hab den eingesperrt!« Und sie hat Miss Agatha einen Schlüssel hingehalten. »Jetzt kann der nicht mehr raus! Der Räuber.« Und sie hat ganz begeistert auf Beifall gewartet.

Nach Beifall war uns allerdings überhaupt nicht zumute. Sifiso hat ausgesehen, als ob er absolut nichts versteht, aber Emma und ich haben uns schnell einen Blick zugeworfen. Lemonade war ja noch viel schlimmer, als ich vermutet hatte! Sie hatte nicht nur so getan, als ob sie Sie-wissen-schon-was musste, um zu Miss Agathas *Wasserspülung* zu kommen – sie hatte so getan, als ob sie Sie-wissen-schon-was musste, um sich in Miss Agathas *Vorratskammer* zu schleichen! Wasserspülung ist natürlich toll, aber Essen ist toller. Darauf hätten wir doch kommen können! Eish! Ich wusste, dass es deswegen nachher für Lemonade noch richtig Ärger mit Sifiso geben würde. Aber das hat mich im Augenblick gar nicht interessiert.

Mich hat interessiert, ob Lemonade vielleicht sogar erkannt hatte, *wer* sich da gerade in der Vorratskammer aufhielt. Genau das war jetzt von ganz entscheidender Bedeutung, ich muss es Ihnen nicht erklären.

»Und wer ist das, Lemonade?«, habe ich also gefragt, während Miss Agatha ihr den Schlüssel abgenommen hat. »Sag mal? Wen hast du da in der Vorratskammer eingesperrt?«

»Den Räuber!«, hat Lemonade gerufen, als ob sie mich für einen hielt, der ein mindestens so langsames Gehirn besitzt wie mein Onkel Vusi. »Das hab ich doch gesagt, Dummi! *Der Räuber* sitzt in der Vorratskammer und futtert! Der futtert alles weg!« Und sie hat wirklich erschüttert ausgesehen.

»Was hattest du denn in der Vorratskammer zu suchen?«, hat Sifiso gezischt. Er hat Lemonade an der Schulter gepackt und geschüttelt. »Lungile Lemonade! Man muss sich für dich schämen! Entschuldigen Sie bitte, Make Agatha! Leider gelingt es mir nicht immer ...«

Miss Agatha hat abgewinkt.

»Ich glaube, das war nur der neue Küchenhelfer, Lemonade!«, hat sie energisch gesagt. »Danke, dass du so gut aufgepasst hast! Aber ich glaube, das war nur mein neuer Küchenhelfer!«

Lemonade hat die Augen zusammengekniffen und böse geguckt. Man konnte nicht sagen, ob sie böse geguckt hat, weil sie ärgerlich war, dass sie nun nicht für eine Heldentat belobigt wurde; oder ob sie Sandile vielleicht doch erkannt hatte.

»Klar, der neue Küchenhelfer!«, hat Emma auch gesagt. »Wollt ihr fernsehen, Lemonade? Wollt ihr, Pilot? Ich glaube, Auntie Agatha hat nichts dagegen!«

Und ich war schon wieder so unglaublich stolz auf Emma! (Ich glaube wirklich, ich werde sie zu meiner ersten Frau nehmen. Egal, wie hoch die Lobola ist, die Ms Wendy Chapman für sie verlangt. Bestimmt zahlt sich bei Emma auch eine hohe Lobola eines Tages wieder aus.)

»Natürlich, fernsehen!«, hat Miss Agatha gerufen. »Das

möchtet ihr doch bestimmt, was? Ich gucke mal, ob es ein schönes Programm für euch gibt.«

Miss Agatha hat eine Satellitenschüssel, die es ihr gestattet, auch die Programme anderer Länder zu empfangen, nicht nur das Programm des Königreichs. (Das Programm des Königreichs ist leider nicht so sehr abwechslungsreich. Es zeigt vor allem den König. Der König tut immerzu viele wichtige Dinge, das muss das Volk natürlich sehen.)

Aber ich wusste, dass das Programm für Lemonade und Pilot ganz gleichgültig war. Wichtig für Lemonade und Pilot war nur, dass sie überhaupt Bilder sehen konnten, die sich bewegten. Das konnten andere Kinder nicht.

Wer hat denn bei uns schon einen Fernseher, Eish! Die meisten Kinder bei uns wissen gar nicht, was ein Fernseher ist. Lemonade und Pilot hatten wirklich Glück.

Und uns gab das endlich die Möglichkeit, Sandile aus dem Gefängnis zu befreien, in das Lemonade ihn gesperrt hatte, und endlich mit ihm gemeinsam zu überlegen, was wir tun konnten, um Delighty zu finden. Darum ging es doch schließlich vor allem!

»Hol ihn aus der Vorratskammer, Thabo!«, hat Miss Agatha gezischt, kaum dass die beiden Kleinen mit Emma durch die Terrassentür nach drinnen verschwunden waren. Irgendwer musste ihnen schließlich den Fernseher einschalten. »Hol den Küchenhelfer! Und dann bring ihn in mein Schlafzimmer.«

Ich bin losgeflitzt, und Sifiso ist mitgekommen. Er hat sehr verwirrt ausgesehen.

Als er Sandile erkannt hat, hat Sifiso noch verwirrter ausgesehen. »Was macht Sandile denn in Miss Agathas Vorratskammer?«, hat er geflüstert. (Dass dies eine heimliche Aktion war, von der seine Geschwister nichts mitbekommen durften, hatte Sifiso schon begriffen.)

Am allerverwirrtesten war Sifiso, als wir in Miss Agathas Schlafzimmer endlich die Tür hinter uns zugezogen haben. So ein Schlafzimmer hatte Sifiso natürlich noch nie gesehen. Ich war vorher auch noch nie in Miss Agathas Schlafzimmer gewesen, aber ich sage Ihnen: Es ist das schönste Zimmer im ganzen Haus. Und Miss Agathas Wohnzimmer ist auch schon sehr schön mit seinen englischen Seiden-Chintz-Möbeln und dem Fernseher und dem DVD-Player! Aber das Schlafzimmer hat ein breites Bett mit einem rosa Himmel darüber, der Miss Agatha nachts vielleicht vor den Moskitos schützt, und es hat Tapeten mit einer Million kleiner rosa Rosen darauf. Die kleinen Rosen waren auch auf dem Bettüberwurf und auf dem Deckchen, das vor dem Spiegel auf der Kommode lag. Die oberste Schublade der Kommode stand ein bisschen offen, darum habe ich sie zugeschoben. Eigentlich ist Miss Agatha sonst immer sehr ordentlich.

Sifiso ist in der Tür stehen geblieben vor lauter Staunen.

»Ja, ein bisschen eng ist es hier für uns alle!«, hat Miss Agatha geseufzt. Inzwischen war nämlich auch Emma reingekommen. »Am besten, die Kinder setzen sich auf den Boden!«

Da sitzen Sifiso und ich ja sowieso meistens, jedenfalls zu

Hause. Und hier gab es sogar einen flauschigen, weichen Teppich. Miss Agatha und Sandile haben sich auf das Rosenbett gesetzt.

»Also, Babe Sandile!«, hat Miss Agatha gesagt. »Ich hoffe, Sie konnten sich in der Vorratskammer wenigstens ein bisschen verköstigen? Wo waren wir vorhin stehen geblieben, als der Reverend uns unterbrochen hat?«

29

»Bei meinem Alibi waren wir stehen geblieben!«, hat Sangoma Sandile gesagt.

»Alibi?«, hat Sifiso verwirrt gefragt.

Da mussten wir ihm nun doch endlich von dem schrecklichen Verdacht erzählen, den die Leute von Water WiZZard gehabt hatten. Und von dem dummen Sipho Godbless und seiner Verlobten mit der Stillen Post. Ich hatte Angst, dass Sifiso jetzt vielleicht ganz zusammenbrechen würde. Denn Sandile war ja nicht der einzige Sangoma im Land. Und der Gedanke an Muti-Mord war einfach zu schrecklich.

Aber stattdessen hat Sifiso gelacht, dass es ihn geschüttelt hat. So hatte er nicht mehr gelacht, seit Delighty verschwunden war.

»Babe Sandile?«, hat er gerufen. »Niemals!« Er hat energisch den Kopf geschüttelt.

Sandile hat den Kopf hin- und hergewiegt. »Ganz so einfach ist es nicht, Sifiso!«, hat er gesagt. »Natürlich gibt es auch ab und zu Umtsakatsi. Die ihre Macht missbrauchen. Die Menschen durch ihre Magie schädigen oder töten.«

Es hat sich angefühlt, als hätte eine eiskalte Hand nach

meinem Herzen gegriffen. Was war bloß mit Delighty passiert?

»Phhht!«, hat Emma gesagt. »Magie!« Sie wissen ja, dass Emma nicht an Magie glaubt, das war jetzt gut für sie. Aber Miss Agatha hat nachdenklich geguckt.

»Aber auf die Idee mit dem Muti-Mord konnten doch nur Weiße kommen!«, hat Sifiso gesagt. »Das sind doch Weiße, diese Leute von Water WiZZard, oder? Weiße denken immer solche Dinge von uns. Weiße finden uns – merkwürdig. Weiße *wollen* uns merkwürdig finden.«

Das, meine Damen und Herren, ist vielleicht die Wahrheit; aber ich will nicht schlecht über die Menschen aus Ihren Ländern reden, ngiyacolisa. Nur habe ich auch schon die Erfahrung gemacht, dass den Touristen bei uns immer all das am besten gefällt, was sie merkwürdig finden. Sie suchen geradezu danach mit ihren Kameras. Dann filmen sie, wie wir tanzen, und unsere Hütten. Die großen Häuser mit Wasserspülung und die Männer mit den Aktenkoffern filmen sie nicht.

»Nur zwei von denen sind Weiße!«, hat Emma gesagt. »Der Große nicht. Grateful. Und genau *der* war es, der den Verdacht geäußert hat. Aber es ist ja typisch, dass du so denkst, Sifiso.«

Einen Augenblick lang waren wir alle still.

»Trotzdem hat Sifiso irgendwie recht!«, habe ich gesagt. »Das mit dem Muti-Mord ist schon so ein Gedanke, auf den meistens nur Weiße kommen würden! Denkt doch mal an all die Touristen! Die finden Tangoma doch immer absolut toll! Manche Tangoma leben doch sogar davon, dass die Touristen sie anglotzen!«

»Das sind dann keine wahren Tangoma, wenn sie nur für die Touristen tanzen und Knochen werfen«, hat Sandile gesagt.

Emma hat abgewinkt. (Ich hatte es Ihnen ja gesagt: kein Respekt. Nicht mal vor einem Sangoma.) »Sie tun aber so!«, hat sie gesagt. »Zum Beispiel dieser Lwasi Kaizer Masuku an der Straße nach Lavumisa!«

Sandile hat aufgestöhnt.

Lwasi Kaizer Masuku ist ein wirklicher Sangoma, das wird niemand bestreiten. Er hat seine inTfwasa durchlaufen und bei seiner Kuphotfulwa das Blut einer Ziege getrunken, das bestreitet auch Sandile nicht. Aber jetzt lebt Lwasi Kaizer Masuku nicht mehr wie ein echter Sangoma. Auf seinem großen Grundstück bei Lavumisa hat er Rundhütten mit elektrischem Strom gebaut, in denen leben Weiße, die ihm viel Geld dafür zahlen, dass er sie zu Tangoma ausbildet.

Weiße als Tangoma! Eish! Ich verstehe nicht, warum diese Weißen aus der ganzen Welt zu Lwasi Kaizer kommen. Miss Agatha sagt, die Weißen kommen mit einem Hunger der Seele, den sie in ihren reichen Ländern nicht stillen können. Sie kommen in Autos und mit großen Koffern, bis Lwasi Kaizer Masuku ihnen erklärt, dass ein Sangoma nicht reich sein darf. Die Geister der Ahnen mögen es nicht und schweigen, wenn ein reicher Sangoma sie ruft.

Darum lassen die Weißen ihre Autos und ihre Koffer bei Lwasi Kaizer Masuku stehen, damit er sie verkauft und das

Geld für gute Zwecke nutzt, und sie hoffen, dass die Geister der Ahnen nun ihr Schweigen brechen und zu ihnen in ihrer Armut sprechen. Ob die Geister der Ahnen das dann wirklich tun, kann ich nicht sagen.

»Genau!«, hat Emma gesagt. »Dieser Lwazi Kaizer Masuku ist ein Scharlatan, das weiß doch jeder! Dem traue ich alles zu!«

»Vielleicht ist er ja Nigerianer!«, habe ich gesagt. (Den Nigerianern trauen wir alles zu.)

»Thabo!«, hat Miss Agatha gerufen. »Ich verbitte mir diese diskriminierenden Äußerungen! Nigerianer sind Menschen wie wir auch!«

Miss Agatha sagt immer solche Dinge. Ich glaube, Miss Agatha hat vielleicht noch nicht viele Nigerianer getroffen.

»Lwasi Kaizer Masuku, natürlich!«, hat Sifiso geflüstert. »Der ist auf alle Fälle verdächtig!«

Vielleicht hat jetzt auch eine eiskalte Hand nach seinem Herzen gegriffen.

Miss Agatha hat die rosa Fransen des Bettüberwurfs zwischen ihren Fingern gezwirbelt. Dann hat sie sich geräuspert.

»Nigerianer oder nicht, wir sollten Quinton Gwebu vielleicht einen Tipp geben. Ihn auf diesen sogenannten Sangoma aufmerksam machen! Es könnte tatsächlich eine Spur sein! Obwohl ich nie und nimmer glauben will, dass irgendein Sangoma bei uns … Aber zumindest könnte es Quinton für eine Weile von Sandile ablenken. Dann haben wir wenigstens Zeit gewonnen, um Sandiles Unschuld zu beweisen!«

»Und wenn der Inspector Delighty da nicht findet?«, hat Sifiso gesagt. (Natürlich hat er wie wir alle gehofft, dass ihr Verschwinden nichts mit einem Sangoma und mit Muti-Mord zu tun hatte.) »Wo suchen wir dann weiter nach Delighty, Make?« Wirklich, wir waren schon wieder nur damit beschäftigt, darüber nachzudenken, wie wir Sandile helfen konnten!

Miss Agatha hat ihr Miss-Marple-Gesicht gemacht. Da wusste ich, dass sie beschlossen hat, die Dinge in die Hand zu nehmen (das Wort ist: resolut). Bei Miss Marple hat Mr Stringer dann keine Chance zu widersprechen.

»Wir teilen die Aufgaben jetzt mal systematisch auf!«, hat Miss Agatha gesagt. »Babe Sandile, Sie sollten möglichst unauffällig zu Ihrer Hütte zurückkehren und die Geister der Ahnen nach den verschwundenen Kindern befragen.«

Sandile hat genickt. »Wenn Sie mich fahren, Make Agatha?«, hat er gesagt.

Da stand Sandile an diesem Tag eine weitere abenteuerliche Autofahrt bevor, damit wollte ich ihn aber nicht beunruhigen. (Schließlich fährt Miss Agatha mit ihrem alten offenen Jeep fast so kühn wie Reverend Hlophe. Und der fährt ja mit der Hilfe von Gott dem Herrn.)

»Und ihr, Kinder, ihr geht noch mal zum Polizeiposten nach Debedebe und versucht herauszukriegen, ob Inspector Gwebu Siphos Verdacht gegen Sandile teilt. Und wenn Quinton es *überhaupt* für denkbar hält, dass es um Muti-Mord geht und ein Sangoma hinter dem Verschwinden der Kinder stecken könnte, redet ihr so ganz beiläufig von diesem Lwasi Kaizer Masuku. Dann wollen wir doch mal sehen!«

Emma, Sifiso und ich haben genickt.

»Bei der Gelegenheit solltet ihr außerdem nach Möglichkeit noch mehr über den Stand der polizeilichen Ermittlungen herausfinden«, hat Miss Agatha gesagt. »Vielleicht verfolgt die Polizei ja mittlerweile noch eine andere Spur? Allerdings solltet ihr euch beeilen, wenn ihr es bis zur Dämmerung nach Debedebe und zurück schaffen wollt!«

Das wollten wir. Darum haben wir ihr Rosen-Schlafzimmer verlassen.

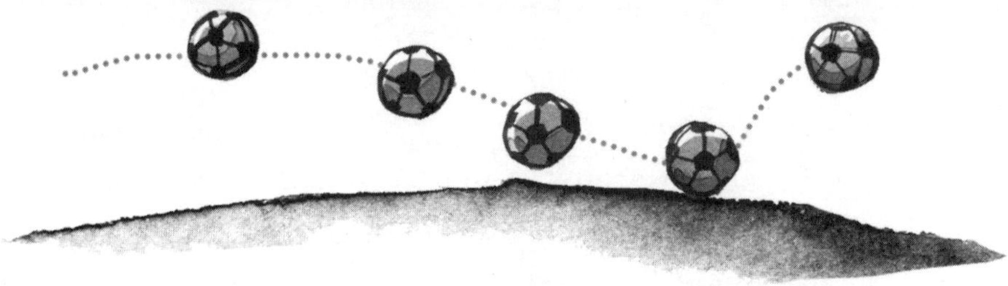

30

Pilot und Lemonade haben gebrüllt, als Emma den Fernseher ausgeschaltet hat. Vor allem Lemonade. Aber es half ihnen nichts. Miss Agatha würde Sandile mit ihrem Auto zu seiner Hütte zurückfahren, sobald es dämmerig genug war; und die beiden Kleinen konnten schließlich nicht allein in ihrem Wohnzimmer bleiben, wenn Emma, Sifiso und ich zusammen nach Debedebe gingen.

Die Hitze war schon aus der Sonne verschwunden, als wir aufgebrochen sind, aber mit zwei kleinen Kindern kommt man trotzdem nicht so schnell voran, das wissen Sie.

»Los, los, Lemonade!«, habe ich gesagt. Lemonades roter Rock hat sich vor ihrem Bauch so gebauscht, dass ich überlegt habe, ob sie heimlich die halbe Vorratskammer leer gegessen hatte.

Lemonade hat langsam einen Fuß vor den anderen gesetzt, als ob sie auf einem Strich balanciert ist, die Ferse des einen immer genau vor die Zehen des anderen Fußes. In diesem Tempo würden wir morgen früh noch nicht beim Polizeiposten Debedebe angekommen sein.

»Beeil dich!«

»Ich bin eine Schnecke!«, hat Lemonade gesagt und

auf ihre Füße geguckt, damit beim nächsten Schritt auch ja keine Lücke zwischen Zeh und Ferse blieb. »Schneck, schneck! Ich komm erst morgen um die Welt.«

»Du bist keine Schnecke!«, hat Pilot empört gesagt. »Eben wolltest du ein Hubschrauber sein!«

»Ich bin ein Hubschrauber, der eine Schnecke sein kann!«, hat Lemonade gesagt, ohne aufzusehen. »Das gibt es.«

»Du bist dumm!«, hat Pilot gesagt, und Sifiso hat Lemonade an der Schulter gepackt und gerüttelt.

»Jetzt beeil dich gefälligst!«, hat er gezischt.

Es war gut, dass Miss Agatha Sifiso nicht dabei beobachtet hat. Miss Agatha denkt anders über Erziehung als Sifiso. Miss Agatha liest Magazine aus der ganzen Welt, in denen steht, wie man Kinder erziehen soll. Man soll sie nicht schlagen, und man soll sie nicht anschreien, und man soll sie nicht an der Schulter rütteln, nicht mal, wenn sie eine Schnecke sind und man es eilig hat.

Aber Miss Agatha hat natürlich keine Kinder. (Die Leute in den Magazinen aus aller Welt haben vielleicht auch keine Kinder.)

»Ich glaube, jetzt möchte die Schnecke wieder ein Hubschrauber sein, Lemonade!«, hat Emma gesagt und Sifisos Hand von Lemonades Schulter weggezogen. (Vielleicht hatte sie Miss Agathas Magazine auch gelesen.) »Und wenn wir bei Inspector Gwebu angekommen sind, wird der Hubschrauber wieder eine Schnecke, die einmal um den ganzen Polizeiposten kriecht.«

Lemonade hat für eine winzige Sekunde die Augenbrauen zusammengezogen und nichts gesagt. Dann hat sie ihre Arme ausgebreitet und ist in Schlangenlinien über die breite rote Sandpiste mit ihren Schlaglöchern geflogen.

»Na bitte!«, hat Emma zu Sifiso gesagt. »Geht doch!«

Pilot ist auch wieder geflogen, und Sifiso hat geseufzt. Jedenfalls sind wir auf diese Weise zügig nach Debedebe gekommen.

Inspector Gwebus Wagen war vor der Tür geparkt. Es ist ein weißer Isuzu mit blauen Streifen und den Worten »Police Patrol« an der Seite, wie alle Polizeifahrzeuge im Königreich. So sind sie von jedem Bürger leicht zu erkennen.

»Sawubona, Inspector Gwebu!«, habe ich gesagt, als ich den Kopf durch die angelehnte Tür zum Wachraum gesteckt habe. »Nun haben Sie leider das Fußballspiel verpasst, haben wir gehört! Wegen der Dienstpflicht in Ludziwana!«

Inspector Gwebu hat hinter seinem großen Schreibtisch gesessen und wichtig ausgesehen. Ich war froh, dass PC Sipho Godbless nirgends zu sehen war. Vielleicht hat er gerade an irgendeinem anderen Ort überlegt, wie er die Lobola für seine geschwätzige Verlobte zusammenkriegen konnte.

»Thabo!«, hat Inspector Gwebu gerufen und eine Schreibtischschublade so schnell zugeknallt, dass er sich dabei fast die Finger geklemmt hätte. Wenn Inspector Gwebu kein Polizeioffizier wäre, hätte man glauben können, dass er verlegen war und etwas verstecken wollte. »Viel Arbeit, viel

Arbeit, diese Fußballspiele! Ich habe es dann doch noch zum Finale geschafft!« Was für Arbeit genau es im Zonkizizwe-Stadion für ihn gegeben hatte, hat er aber nicht gesagt. Stattdessen hat er noch einen Blick auf die Schublade geworfen, ob sie auch wirklich geschlossen war.

»Und das 1 : 0 erst in der Verlängerung!«, habe ich gesagt. »Ein langes Spiel! Das ist dann ja noch viel mehr Arbeit für die Sicherheitskräfte, Babe Inspector Gwebu!« Inzwischen habe ich so nah am Schreibtisch gestanden, dass ich einen Hauch von Buganu riechen konnte.

Inspector Gwebu muss oft zu Familienfeiern gehen, meine Damen und Herren, er hat eine große Familie, und es gibt viele Beerdigungen. Dass er dort das Buganu nicht ausschlagen kann, ist selbstverständlich. Vielleicht konnte er auch bei einem Finalspiel das Buganu nicht ausschlagen.

Inspector Gwebu hat ein bisschen misstrauisch geguckt. »Und was führt euch zu mir?«, hat er gefragt. Emma und Sifiso waren jetzt nämlich auch in den Wachraum getreten. Inspector Gwebu ist aufgestanden und hat an der Schnur des Deckenventilators gezogen. Der Ventilator hat langsam angefangen, sich zu drehen, und ist immer schneller geworden. Dabei hat er ein leises Brummgeräusch gemacht und bei jeder Umdrehung ein kleines Klacken von sich gegeben. Am Ventilator konnte man merken, dass der Polizeiposten Debedebe ein wichtiger Ort war. Sonst kenne ich Ventilatoren nur aus Lion Lodge.

»Es geht um die verschwundenen Kinder, Inspector

Gwebu!«, hat Emma gesagt. »Sie waren ja selbst vorhin in Ludziwana. Sifisos Schwester Delighty ist auch weg!«

Inspector Gwebu hat geseufzt. »Ja, die Polizei versucht seit einigen Tagen, Licht in die Sache zu bringen!«, hat er gesagt. »Die Polizei bringt Licht in alles. Und wir haben auch schon eine Spur, darf ich sagen. Aber welche Spur das ist, darf ich nicht enthüllen. Polizeigeheimnisse!« Und er hat sich seine Schirmmütze aufgesetzt. Jetzt sah Inspector Gwebu noch wichtiger aus.

»Sie meinen doch nicht den Mist, den PC Sipho erzählt, oder?«, hat Emma gefragt. (Soll ich es noch einmal erwähnen? Kein Respekt.) »Von diesem Schwager der Tante seiner Großmutter? An so was können Sie doch nicht im Ernst glauben, Inspector Gwebu! Sie sind doch ein Profi!«

Inspector Gwebu hat die Augen zusammengekniffen. »PC Sipho hat uns da auf eine interessante Spur gebracht!«, hat er abwehrend gesagt. »Ich würde die interessante Spur nicht so leichtfertig abtun! Immerhin versuche ich seit Stunden, Sangoma Sandile auf seinem Handy zu erreichen, ohne jeden Erfolg! Und in seiner Hütte ist er auch nicht, ich war persönlich vor Ort! Drei verschwundene Kinder und gleichzeitig ein verschwundener Sangoma ...« Er hat mit den Achseln gezuckt.

»Aber doch kein Muti-Mord, Inspector!«, hat Emma gerufen. »So was hat es bei uns doch schon seit tausend Jahren nicht mehr gegeben! Wir leben doch nicht mehr im Mittelalter!«

»Es ist eine ganze Weile her, das ist wahr!«, hat Inspector

Gwebu gesagt. »Aber PC Sipho hat immerhin erzählt, dass eine Kellnerin in Lion Lodge gehört hat …« Er hat sich unterbrochen. »Und welche andere Spur haben wir denn sonst? Keine!«

(Sie merken, Krokodile hat Inspector Gwebu gar nicht erst in Erwägung gezogen. Die hätte er ja auch nicht verhaften können.)

»Ja, wenn Sie als erfahrener Ermittler das so denken!«, hat Emma jetzt zu meiner Überraschung gesagt. »Muti-Mord, wie gruselig! Vielleicht sollten wir Tangoma als Täter wirklich nicht von vornherein ausschließen? Ich hätte auch schon einen Tipp, wo die Polizei mal suchen könnte, Babe Inspector Gwebu, Sir!« Sie hat eine bedeutungsvolle Pause gemacht. »Sangoma Lwasi Kaizer Masuku!«

Inspector Gwebu hat Emma angestarrt, und dabei hat sich sein Gesichtsausdruck allmählich verändert. »Sangoma Lwasi Kaizer Masuku!«, hat er gemurmelt. »Ja, das könnten wir probieren! Aber damit ist der Verdacht gegen Sandile natürlich trotzdem noch nicht vom Tisch!«

»Natürlich nicht, Inspector Gwebu!«, hat Emma gerufen. »Wollen wir gleich mal hinfahren?«

Und ich habe wieder gedacht, dass Emma jede Lobola auf der Welt wert ist. Jetzt hatten wir Inspector Gwebu von Sandile abgelenkt, sodass der heute Abend in seiner Hütte ganz in Ruhe die Geister der Ahnen danach befragen konnte, wo Delighty steckte. Und wenn dieser Touristen-Sangoma vielleicht tatsächlich etwas mit dem Verschwinden der Kinder zu tun hatte, würden wir auch das herausfinden.

»Ja, das könnten wir«, hat Inspector Gwebu noch einmal nachdenklich gesagt und an den Schirm seiner Mütze gefasst, um sie zurechtzurücken. »Wir könnten zu Sangoma Masuku fahren.« Dann hat er uns plötzlich angestarrt. »Wieso *wir*?«, hat er gefragt. »Ich! Ich könnte fahren! Dies ist eine polizeiliche Ermittlung! Dabei haben Kinder nichts zu suchen.«

Aber inzwischen kennen Sie Emma ja auch. »Es geht um Sifisos Schwester Delighty, Inspector Gwebu!«, hat Emma beschwörend gesagt. »Da kann es der Polizei doch nur nützen, wenn Sifiso dabei ist! Vielleicht entdeckt er bei diesem Sangoma sogar irgendwas, was Delighty gehört! Das würde die Polizei alleine ja gar nicht erkennen! Die Polizei weiß ja gar nicht, was Delighty gehört!«

Ich habe nicht gesagt, dass Delighty eigentlich sowieso gar nichts gehört. »Genau!«, habe ich stattdessen gerufen.

Inspector Gwebu hat geseufzt. »Dann kommt mit, in Gottes Namen!«, hat er gesagt.

Ich habe Sifiso einen triumphierenden Blick zugeworfen. Aber Sifiso hat immer mehr ausgesehen, als ob er überhaupt nichts mehr wahrnahm. Es wurde wirklich Zeit, dass wir seine Schwester endlich fanden.

31

Draußen vor der Tür des Polizeipostens wäre Inspector Gwebu beinahe über Lungile Lemonade gestolpert.

»Du musst aufpassen, Babe Inspector!«, hat Lemonade gebrüllt. »Du darfst doch nicht auf die Schnecke treten!«

»Welche Schnecke?«, hat Inspector Gwebu verwirrt gefragt. »Was wollen die beiden Kleinen denn hier?« Inzwischen hatte er auch Pilot entdeckt. Pilot war hinter Lemonade die zweite Schnecke. »Sind das nicht deine Geschwister, Sifiso?«

Sifiso hat genickt. »Yebo«, hat er gemurmelt.

»Und darum müssen die auch mit!«, hat Emma energisch gesagt. »Dann haben wir schon drei Kinder, die Delightys Sachen erkennen können, Inspector Gwebu, da geht es schneller! Steigt ein, Pilot und Lemonade!«

Inspector Gwebu hat den Mund geöffnet, als ob er widersprechen wollte, aber dann hat er geseufzt. Vielleicht hat er gedacht, dass es weniger Stress bedeutet, Pilot und Lemonade mitzunehmen, als sich mit Emma zu streiten.

»Auf die Rückbank!«, hat Inspector Gwebu gesagt. »Die Kleinen und zwei von euch! Und einer zu mir nach vorne!«

Da habe ich schnell die Beifahrertür aufgerissen und mich

auf den Sitz neben dem Fahrer gesetzt. Ich war noch nie mit einem Polizeiauto gefahren.

Lemonade und Pilot aber auch nicht.

»Machst du das Licht an, Babe Gwebu?«, hat Lemonade von hinten gefragt und sich über die Rücklehne nach vorne geschmissen, als Inspector Gwebu den Wagen vor dem Polizeiposten gewendet hat, um loszufahren. »Das so einen Krach macht?«

Es war klar, dass Lemonade das Blaulicht auf dem Dach meinte. Und die Sirene.

»Das mache ich nur bei dringenden Einsätzen!«, hat Inspector Gwebu gesagt und ist vorsichtig um ein tiefes Schlagloch herumgekurvt. »Und dies hier ist kein dringender Einsatz, Welile.«

»Lungile!«, hat Lemonade empört gesagt. »Lun-gi-le! Ist es wohl!«

Inspector Gwebu hat mir einen Blick zugeworfen, und dabei hat er ein Auge zugekniffen. Vielleicht ist Inspector Gwebu wie alle Polizisten auf der Welt nicht immer der Schlauste bei der Aufklärung von Verbrechen; aber er ist ein netter Mensch. Das sagt Onkel Vusi, und das sagt Miss Agatha. Und jetzt hat er es wieder einmal bewiesen.

»Ja, ist es das, Welile?«, hat Inspector Gwebu gefragt. »Ein dringender Einsatz?« Dann hat er auf einen Knopf am Armaturenbrett gedrückt, und die Sirene hat so laut aufgeheult, dass wir alle zusammengezuckt sind. Ob dabei auch das Blaulicht auf dem Dach geleuchtet hat, wusste ich natürlich nicht.

(Aber dass die Höflichkeit geboten hatte, auch beim Finale Buganu zu trinken, wusste ich jetzt endgültig. Ich konnte das Buganu in Inspector Gwebus Atem riechen, wenn er so direkt neben mir gesprochen hat.)

»Wow!«, hat Emma gerufen. »Ist das laut!«

Inspector Gwebu hat ordentlich Gas gegeben. Ob er genauso schnell gefahren ist wie Reverend Hlophe oder Miss Agatha, kann ich nicht sagen, aber mit dem Blaulicht auf dem Dach und der Sirene hat sich die Fahrt spannend angefühlt. Alle Menschen, an denen wir vorbeigefahren sind, haben uns nachgestarrt. Natürlich gibt es viele gute Gründe dafür, ein privater Ermittler zu werden. Aber es kann durchaus auch gute Gründe dafür geben, bei der Polizei zu arbeiten. Ein Vorteil bei der Polizei sind das Blaulicht und die Sirene, die hat ein privater Ermittler nicht.

»Sie wissen, wie Sie fahren müssen, Inspector Gwebu?«, habe ich gefragt.

Inspector Gwebu hat genickt. Er ist Richtung Lavumisa gefahren und hat aufs Gaspedal gedrückt. »Dieser Lwasi Kaizer Masuku ist ja bekannt wie ein weißer Löwe!«, hat er gesagt. »Aber bei ihm auf dem Gelände war ich bisher noch nicht. Es gab keinen polizeilichen Anlass. Polizeilich hat noch nie etwas gegen ihn vorgelegen.«

Die Sirene hat geheult, und Lemonade und Pilot sind auf der Rückbank auf und ab gehüpft. Sifiso war so still wie in den letzten Tagen immer, bestimmt hat er die ganze Zeit an Delighty gedacht. Sogar Emma hat ausnahmsweise nicht gesprochen.

Plötzlich hat Inspector Gwebu scharf abgebremst und mit zusammengebissenen Zähnen leise geflucht. (Ich werde den Fluch hier nicht wiederholen.) Dann hat er ein paar Meter zurückgesetzt. Die Sirene hat er ausgeschaltet. Ich glaube, das Blaulicht auch.

»Na bitte, fast verpasst!«, hat er gesagt.

Von der Straße ging eine schmale rote Sandpiste ab, die hinter einer Kurve in die Hügel führte. Ich habe gleich gesehen, dass es hier keine Schlaglöcher gab. »Er hat nicht mal ein Schild an der Straße, dieser Sangoma Lwasi Kaizer Masuku! Aber die Lage seines Anwesens ist natürlich polizeilich bekannt.«

Tatsächlich wäre an der Straße nach Lavumisa niemand darauf gekommen, dass nur wenige Hundert Meter hügeleinwärts ein Sangoma lebte. Und dass dort ein Anwesen lag wie das von Sangoma Kaizer, ahnte bestimmt auch niemand, der es nicht ohnehin wusste.

Und ich frage Sie, meine Damen und Herren: Ist nicht allein das schon verdächtig? Welcher Sangoma verbirgt sich weitab von der Straße ohne einen Wegweiser und ohne ein Hinweisschild? Ein Sangoma ist dazu da, den Menschen zu helfen, und wie kann er den Menschen helfen, wenn sie ihn nicht einmal finden können? Eish! Dieser Lwasi Kaizer Masuku wurde verdächtiger und verdächtiger. Ich habe wieder die kalte Hand an meinem Herzen gefühlt.

»Wow!«, hat Emma gemurmelt. Inzwischen waren wir fast angekommen. »Dagegen ist Lion Lodge ja ein Schrottplatz!«

Und das war die heilige Wahrheit. Bisher hatte ich immer geglaubt, es könnte auf der Welt kein großartigeres Anwesen geben als Lion Lodge mit seinem stattlichen Haupthaus und seinen weiß getünchten Mauern und seiner Morgenterrasse und seiner Abendterrasse und seinem Swimmingpool und den Boardwalks durch den Park, die der Gartenboy jeden Tag dreimal fegt. Aber man lernt immer noch dazu im Leben bis zum Tag des Todes, sagt Miss Agatha, und dieses Anwesen war wieder ein Beweis dafür.

Weil, eish!, was für ein Garten! Was für ein Park!

Um auf das Gelände zu kommen, musste man durch ein elektrisches Tor mit einem kleinen hölzernen Wachhäuschen fahren, aus dem der Wachposten schon herausgetreten war, als wir anhielten. Er trug eine blaue Uniform mit Goldlitzen und eine Mütze mit Schirm, und jetzt gab er uns mit der Hand ein Zeichen.

»Polizei Debedebe!«, hat Inspector Gwebu gesagt. »Ich bin hier in einer dienstlichen Angelegenheit!«

Der Wachposten hat sich heruntergebeugt und durch die Wagenfenster geguckt. Ich dachte, er würde jetzt fragen, was denn fünf Kinder bei einer dienstlichen Angelegenheit der Polizei zu suchen haben. Dass wir fünf besonders junge Polizeianwärter waren, konnte er ja wohl kaum glauben.

Aber er hat einfach nur das Tor geöffnet.

Und ich habe mich gefragt, was das bedeutet. Miss Marple, das glauben Sie doch auch, wäre da vielleicht misstrauisch geworden.

32

Auch hinter dem Eingangstor führte der schmale Weg noch ein paar Hundert Meter in engen Windungen und Serpentinen durch Affendorn und Marula-Bäume, bis plötzlich das ganze Gelände offen vor uns lag: ein weites grünes Tal, in das rötlich goldene Gäste-Cottages getupft waren, die auf den ersten Blick aussahen wie Lehmhütten mit frisch gedeckten Grasdächern; und dazwischen an den gepflasterten Wegen Inseln aus leuchtend blühendem Oleander und Bougainvilleen. Neben dem größten Gebäude, einem weißen Bungalow, zu dem wenige Stufen den Hügel hinabführten, plätscherte ein Springbrunnen, und dahinter schimmerte blau ein Pool.

»Hatte ich *wow* gesagt?«, hat Emma gemurmelt.

Die Abendsonne stand inzwischen tief über den Hügeln im Westen, deren Grasdecke immer wieder von Inseln aus roter Erde unterbrochen war. Aloen warfen lange, schmale Schatten. Lion Lodge ist wunderbar. Aber dies hier war noch viel wunderbarer.

»Und das alles gehört einem Sangoma?«, hat Inspector Gwebu gesagt und den Kopf geschüttelt. »Erstaunlich. Man lernt nie aus.«

Er hat sein Auto auf dem ordentlich geteerten Parkplatz neben einem großen, blank geputzten Mercedes-Geländewagen abgestellt und den Schlüssel aus dem Schloss gezogen. (Aus alter Detektivgewohnheit habe ich mir die Nummer des Geländewagens eingeprägt, sie lautete JSD 136 LV.) Sonst war der Parkplatz leer. Die Autos seiner Gäste hatte Sangoma Kaizer Masuku wahrscheinlich längst verkauft, um die Geister der Ahnen freundlich zu stimmen.

Lemonade und Pilot waren schon ausgestiegen und sind auf den Pool zugerannt. Jetzt gerade waren sie weder Schnecken noch Hubschrauber.

»Nicht in die Blumenbeete treten!«, habe ich ihnen hinterhergebrüllt. Von Sifiso war ja im Augenblick nichts zu erwarten. »Lemonade! Pilot! Und fallt nicht ins Wasser!«

Inspector Gwebu hat sich nach der Autofahrt erst mal gereckt und gestreckt. »Sollten die beiden da nicht nach irgendwelchen Sachen von Delighty Ausschau halten?«, hat er gefragt und mir zugezwinkert. »Haben wir sie deshalb nicht überhaupt nur mitgenommen?« Inspector Gwebu hatte die ganze Zeit gewusst, dass die beiden Kleinen nur mitgekommen waren, weil wir sie nicht allein zurücklassen konnten.

Aus dem weißen Bungalow ist jetzt majestätisch ein Mann getreten. Er war fast zwei Meter groß und sehr stattlich. (Damit meine ich, dass er so ungefähr der dickste Mann war, den ich je gesehen habe. Ein Gentleman umschreibt es so, aus Höflichkeit.) Außerdem trug er die rote Siyendle-Frisur eines Sangoma. Es konnte keinen Zweifel daran geben, wer er war. Wir standen Sangoma Lwasi Kaizer Masuku gegenüber. (Bestimmt hatte die Torwache ihn über Funk informiert, dass wir kamen. Oder die Torwache besaß ein Handy.)

»Sangoma Masuku!«, hat Inspector Gwebu gesagt und ist lächelnd auf ihn zugegangen. »Reizend, dass Sie uns schon erwarten!« Er hat ihm die rechte Hand hingestreckt, und Sangoma Kaizer hat eingeschlagen. Beide haben sie ihre linke Hand auf den rechten Unterarm gelegt.

»Sawubona, Inspector!«, hat Sangoma Masuku gesagt. »Unjani?«

»Ngiyaphila!«, hat Inspector Gwebu gesagt. »Unjani wena?«

»Ngiyaphila nami«, hat Sangoma Kaizer gesagt. »Was kann ich für Sie tun, Inspector? Ich bin ein wenig in Eile! Bei Sonnenuntergang feiern wir immer unsere Abendzeremonie!«

Ich habe Emma und Sifiso ein Zeichen gegeben. Das hier war unsere Chance. Solange Inspector Gwebu beim Bungalow mit dem Verdächtigen sprach, konnten wir unauffällig das Gelände durchsuchen. Die Sonne sank schnell hinter den Hügeln, und es würde nicht mehr lange dauern, bis es dunkel war.

Und jetzt, nachdem ich Sangoma Kaizer und sein Anwesen gesehen hatte, konnte ich mir auf einmal genau vorstellen, was ich mir nicht vorstellen wollte. Die eiskalte Hand ließ sich nicht mehr abschütteln. Womit konnte ein Sangoma denn so viel Geld verdienen, dass er ein Anwesen hatte wie dieses hier? Eish! Da hatten doch sicherlich noch nicht einmal die Autos ausgereicht, die er verkauft hatte, damit die Seelen seiner weißen Lehrlinge Zugang zu den Ahnen fanden!

»Wir gucken in sämtliche Hütten!«, habe ich geflüstert. »Alles könnte wichtig sein, jede Kleinigkeit!«

Sifiso hat ausgesehen, als ob er keine große Hilfe sein würde, aber Emma hat genickt. Vielleicht hat sie endlich begriffen, dass ich in Fragen der kriminalistischen Aufklärungsarbeit die größere Erfahrung habe.

Ich habe also die Tür zu einer dieser Rundhütten mit elektrischem Strom geöffnet (fast lautlos, ich war sehr stolz), und eine Dame ist von ihrem Sofa aufgesprungen. (Ein Sofa! In einer Rundhütte! Eish!)

»Hilfe!«, hat die Dame geflüstert und uns angestarrt. »Hilfe!«

Es war eine ältere Dame mit bläulichem Haar. Solche Damen kennen Emma und ich aus Lion Lodge. Solche Damen sind meistens Amerikanerinnen.

»Keine Angst!«, hat Emma gerufen. Sie sah mindestens genauso erschrocken aus wie die amerikanische Dame. »Wir sind keine Einbrecher! Wir suchen nur« – hatte ich nicht schon ein paarmal gesagt, dass Emma geistesgegenwärtig ist? – »seine kleinen Geschwister!« Sie hat auf Sifiso gezeigt. »Die sind uns weggelaufen! Bei Ihnen sind sie nicht?«

Ich habe mich unauffällig umgesehen. Es sah leider nicht so aus, als hätte die Dame Delighty unter ihrem Bett versteckt.

»Kinder!«, hat die Dame mit schreckgeweiteten Augen geflüstert. »Kinder und Affen! Immerzu, immerzu! Immerzu Kinder und Affen!« Sie hat richtig verstört ausgesehen. Ich habe gedacht, dass jemand, der so schreckhaft ist, seine Tür vielleicht lieber abschließen sollte.

»Ich reise ab!«, hat die Dame gemurmelt. »Morgen reise ich ab! Das hier ist nichts für mich! Ich dachte, eine spirituelle Erneuerung …« Ihre Stimme wurde leiser.

»Ja, dann wollen wir Sie auch nicht länger stören!«, habe ich schnell gesagt und mich leicht verbeugt. Auf dem Boden neben dem Sofa stand tatsächlich eine gepackte Reisetasche. »Vielen Dank! Gute Reise!«

Die Dame hat uns nachgesehen, als wäre sie einem Geist begegnet.

33

»Was war das denn?«, habe ich Emma gefragt, als wir zur nächsten Hütte gelaufen sind. »Was war denn mit der los?«

Aber sie hatte von Kindern gesprochen. Immerzu Kinder und Affen …

Emma hat gekichert. »Es steht eben nicht jeder Weiße seine inTfwasa durch!«, hat sie gesagt. »Und nicht jeder, der glaubt, zum Sangoma berufen zu sein, ist auch wirklich zum Sangoma berufen! Spirituelle Erneuerung, ich fass es ja nicht!«

Aber meine Gedanken gingen in eine ganz andere Richtung, meine Damen und Herren, und Ihre, vermute ich, tun das längst auch.

Warum war diese Dame so erschrocken, als plötzlich drei Kinder vor ihr standen? Vor Kindern haben Erwachsene meistens keine Angst, das ist ein Fakt. Warum also diese Panik? Das war verdächtig. Sehr verdächtig.

Die Blicke ins Innere der anderen Hütten halfen uns nicht weiter. Ein bisschen sahen sie von innen aus wie Miss Agathas Cottage. Ich weiß nicht, ob die Geister der Ahnen damit einverstanden sind, wenn ein zukünftiger Sangoma während seiner Ausbildung so bequem leben will! Alle

Hütten waren leer, manche waren sogar abgeschlossen, und ich habe mich gewundert, bis ich plötzlich den Gesang und die Trommeln gehört habe.

»Dahinten!«, hat Emma gezischt.

Inzwischen hatte sich die Dämmerung über das Tal gelegt und die Farben aus den Dingen gesogen. Schwarze Hütten standen vor anthrazitfarbenem Affendorn und Baumkakteen auf der grauen Erde, und von der Sonne war hinter dem westlichen Hügelkamm nur noch ein rötlicher Glanz geblieben. Schon in wenigen Minuten würde es ganz dunkel sein. Und in dieser grauen Welt leuchtete hinter dem Swimmingpool der Schein eines Feuers.

»Siehst du nicht?«, hat Emma geflüstert.

Natürlich sah ich. Auf einem kreisrunden Platz aus gestampftem Lehm, eingeschlossen von niedrigen Gummi-Euphorbien wie ein Kraal, saßen sie auf dem Boden: Masukus Lehrlinge. Es waren Männer und Frauen, alte und junge, und alle waren sie weiß. Die Frauen hatten die Beine geschlossen vor sich ausgestreckt, wie es sich gehört, und trugen traditionelle Kleidung. In den Händen hielten sie Handtrommeln mit Glöckchen dran und schlugen sie in unregelmäßigem Rhythmus. (Solche Handtrommeln sind uns fremd. Sie heißen Tambourins, und soweit ich weiß, gibt es sie bei Ihnen in England.)

»Was ist das denn für ein Hokuspokus?«, hat Emma gezischt. Vom Parkplatz her habe ich Inspector Gwebu nach uns rufen hören. Leider konnten wir uns darum im Augenblick nicht kümmern.

Denn mitten in der Euphorbien-Umzäunung erschien jetzt Sangoma Kaizer. Gebeugt und mit stampfenden Schritten tänzelte er auf den Platz, und mit seiner massigen Gestalt sah er dabei ein wenig aus wie das Nilpferd, das uns in der Dämmerung in Lion Lodge besucht hatte. (Wenn Sie diesen Vergleich nicht respektlos finden, ngiyacolisa.) Die Flammen haben den Platz in ein flackerndes orangefarbenes Licht getaucht, während Sangoma Kaizer seine Arme gen Himmel reckte. »Uh!«, hat Sangoma Kaizer gebrüllt. »Ah! Yabba-yabba!«

»Ich kapiere das auch nicht«, habe ich zurückgeflüstert. *Yabba-yabba,* was sollte das denn heißen? Und *uh!* Und *ah!*? In einem von Miss Agathas Filmen (ohne Miss Marple) habe ich einmal Indianer tanzen sehen mit Federschmuck und Mokassins. Indianer sind die Menschen, die schon in Amerika gelebt haben, bevor die Weißen kamen, Sie haben vielleicht von ihnen gehört. Der Film spielte vor langer Zeit, und diese Indianer haben genauso getanzt wie jetzt Sangoma Kaizer.

Niemand kann sagen, warum ein Sangoma tanzt wie ein Indianer. Wenn Sie mich fragen, ist das höchst verdächtig. Darum konnten wir Inspector Gwebus Rufen, dass wir gefälligst endlich kommen sollten, auch leider immer noch nicht Folge leisten.

Aber die Weißen im Kraal sahen ganz glücklich aus. Während Sangoma Kaizer im Kreis um das Feuer herumstampfte, begannen sie zu ächzen und zu seufzen und selbst »Uh!« und »Ah!« und »Yabba-yabba!« zu stöhnen, und ihre englischen Handtrommeln schlugen sie inzwischen so wild durcheinander, dass kein gemeinsamer Rhythmus mehr zu erkennen war.

»Hast du dein Handy, Thabo?«, hat Emma geflüstert.

Ich hatte mein Handy längst aus der Tasche gezogen. Es konnte nicht schaden, diesen Unfug aufzunehmen.

»Uh!« und »Ah!«, hat Sangoma Kaizer wieder gebrüllt, und »Yabba-yabba!« haben die Weißen auf dem Lehmboden gestöhnt. (Jetzt begreife ich, was Sie in England unter »spiritueller Erneuerung« verstehen.)

Inspector Gwebus Rufe vom Parkplatz wurden drängender.

»Hast du, Thabo?«, hat Emma geflüstert.

Aber ich habe den Kopf geschüttelt. »Der Akku ist leer! Mist!« Eigentlich vergesse ich das Aufladen des Akkus ziemlich selten.

Wir haben Sifiso am Arm gezogen. Sifiso hat auf den Tanzplatz gestarrt, als wäre er in Trance gefallen.

Auf dem stockfinsteren Parkplatz hat Inspector Gwebu mit einem sehr ärgerlichen Gesicht neben seinem Polizeifahrzeug gestanden.

»Nun hoffe ich, dass ihr eine gute Ausrede habt!«, hat er geschnauzt. »Wo wart ihr denn so lange?«

Ich habe gesehen, dass Lemonade und Pilot sich schon auf der Rückbank aneinandergekuschelt haben. Wenn es dunkel wird, haben sie immer Angst vor den Geistern, bestimmt hatte Inspector Gwebu nicht mal nach ihnen rufen müssen.

»Unsere Ausrede können wir auf der Fahrt auch noch erklären!«, hat Emma gesagt. »Steig ein, Sifiso! Bei den Irren dahinten ist Delighty jedenfalls nicht!«

Ich habe noch einen letzten Blick zurück in die Dunkelheit geworfen, aus der noch immer der Klang der Trommeln und das »Yabba-yabba!«-Stöhnen der Weißen zu hören waren.

Aber war Delighty tatsächlich nicht hier irgendwo versteckt? Und die anderen Kinder auch nicht? Konnten wir da nach unserem kurzen Besuch wirklich sicher sein? Es gab ja nicht nur die Rundhütten mit elektrischem Strom und Sofas; es musste schließlich auch Schuppen und Nebengebäude geben, die irgendwo auf dem Gelände vor den Blicken der Gäste verborgen standen, um die Schönheit des Tals nicht zu stören. Und alles, was in diesen Schuppen und Nebengebäuden vor sich ging, hatten wir ebenso wenig gesehen wie das Innere des weißen Bungalows.

Und was hatte die Amerikanerin gemeint, als sie panisch »Immerzu Kinder!« geflüstert hatte? Ich fand keinesfalls, dass unser Besuch Sangoma Kaizers Unschuld bewiesen hatte. Außerdem war Sangoma Kaizer reich.

Als ich auf der Beifahrerseite die Tür geöffnet habe, begann irgendwo in einer Schirmakazie der Tiputip zu rufen, der Regenvogel. Sein immer gleicher Ruf begleitete uns, während wir im Schritttempo das dunkle Gelände verließen und der Wachposten das Tor fast lautlos wieder hinter uns schloss.

»In der Nacht gibt es Regen!«, hat Sifiso gemurmelt.

Es war das Erste, was er seit unserer Abfahrt gesagt hatte, darum war ich froh darüber. Auch wenn ich dem Regenvogel nicht geglaubt habe.

34

Auf der Rückfahrt hat Inspector Gwebu das Blaulicht nicht eingeschaltet. Er ist langsam und vorsichtig gefahren, nicht nur wegen der Schlaglöcher. Die Autoscheinwerfer erhellten nur ein kurzes Stück der Sandpiste vor uns, und gerade bei Nacht begegnet man auf unseren Straßen häufig Rindern, die im Mondlicht herumwandern, ich weiß nicht, wie es bei Ihnen ist. (In Miss Agathas Filmen spielen Rinder keine große Rolle.) Bei uns im Königreich schätzen wir die Rinder sehr, ein Rind bringt seinem Besitzer Respekt; trotzdem ist es ärgerlich, dass unsere Rinder gerade bei Nacht besonders gerne auf den Straßen herumirren. Ein Auto muss in der Dunkelheit schnell genug bremsen können. (Aber das muss es natürlich auch bei Tag.)

»Und? Habt ihr bei diesem Kaizer irgendetwas entdeckt, das Delighty gehört?«, hat Inspector Gwebu gefragt. Er hat sich weit über das Steuerrad nach vorne gebeugt und auf die Straße gestarrt, mit der Stirn fast an der Frontscheibe.

Ich habe den Kopf geschüttelt. »Gar nichts«, habe ich gesagt. »Und wie erklärt Sangoma Kaizer, was er da auf seinem Gelände treibt, Babe Gwebu? Mit all den Weißen?«

»*Uh! Ah! Yabba-yabba!*«, hat Emma auf der Rückbank gerufen. »Die spinnen doch alle!«

»Du bist respektlos, Emma Chapman«, hat Inspector Gwebu gesagt, aber nicht sehr streng. »Dass einer für reiche weiße Gäste, die jedem Unfug Glauben schenken, Hokuspokus aufführt …«

»… und dabei selbst reich wird!«, hat Emma gerufen. »So reich darf ein Sangoma doch gar nicht sein!«

»… bedeutet noch keineswegs, dass er Kinder entführt!«, hat Inspector Gwebu ungerührt seinen Satz beendet. »Ob wir den Herrn für einen ernst zu nehmenden Sangoma halten, ist nicht Gegenstand unserer polizeilichen Untersuchung. Gegenstand unserer polizeilichen Untersuchung ist vielmehr die Frage, ob Sangoma Kaizer etwas mit den verschwundenen Kindern aus Mantongomane, Gege und Ludziwana und womöglich mit Muti-Mord zu tun hat. Und da lautet die Antwort beim gegenwärtigen Stand der Beweislage ganz eindeutig: Es gibt keinerlei Indizien, die ihn belasten.«

Keinerlei Indizien, die ihn belasten! Eish! Und was war mit Masukus Reichtum? Die Polizei machte es sich wieder einmal leicht. Ein höfliches Gespräch mit einem dicken Mann vor seinem weißen Bungalow, und schon war der Fall für Inspector Gwebu abgeschlossen. Hätten wir auf der Welt nur die Polizei, um Verbrechen aufzuklären, die Verbrecher würden jeden Abend tanzen und Buganu und Mealie-Bier trinken.

Darum habe ich Inspector Gwebu auch nicht widersprochen. Es hätte keinen Sinn gehabt, er war eben ein Polizist. Und außerdem schrie in diesem Augenblick Emma auf der Rückbank plötzlich auf.

»Lungile Lemonade!«, hat Emma geschrien. »Woher hast du die Strumpfhose?«

Ich habe mich erschrocken umgedreht, und Inspector Gwebu hat über seine Schulter geguckt, um zu sehen, was hinten los war. (Leider sind wir deswegen durch ein tiefes Schlagloch gerumpelt.)

Hatte ich nicht gesagt, dass Lemonades roter Rock sich nach ihrem Besuch in Miss Agathas Haus merkwürdig vor ihrem Bauch gebauscht hat? Wie hatte ich so dumm sein können zu glauben, dass Lemonade sich nur heimlich in der Vorratskammer bedient hatte! Und ich wollte ein Privatdetektiv sein!

In der Vorratskammer war Lemonade doch sofort auf Sandile gestoßen. Da hatte sie sich wohl kaum an Miss Agathas Marmeladen und Keksen und Weihnachtspudding bedient, bis ihr Rock sich bauschte! Was für ein grober Gedankenfehler! Ich war froh, dass ich mit niemandem darüber gesprochen hatte.

»Lass los!«, hat Lemonade von hinten gebrüllt. »Das ist meiner! Der hat *zwei* Füße! Da passen Weihnachten zweimal Sachen rein!«

»Was?«, hat Emma verblüfft gefragt.

Aber mir war auf einmal ganz klar, was passiert war. Als Lemonade in Miss Agathas Haus verschwunden war, um die Wasserspülung zu benutzen, war sie weder ins Bad noch sofort zur Vorratskammer geschlichen, wie ich bisher vermutet hatte. Stattdessen hatte Lungile Lemonade nach Miss Agathas Schlafzimmer gesucht und dort nach einem Strumpf. Sie erinnern sich an unser Gespräch mit Reverend Hlophe über Weihnachtsbräuche? Und Sie erinnern sich an die geöffnete Kommodenschublade in Miss Agathas Schlafzimmer?

Sifiso sagt, Lungile Lemonade hat den Geist eines Schwarms wilder Bienen in sich. Jetzt zeigte sich, dass sie auch den Geist einer räuberischen Meerkatze in sich hat. Und sie hat sich noch nicht mal geschämt!

»Ich will auch einen Strumpf!«, hat Lemonade trotzig gerufen und an Miss Agathas Strumpfhose gezerrt. Von der anderen Seite hat Emma an Miss Agathas Strumpfhose gezerrt. »Lass den los! Der hier hat zwei Füße! Einen geb ich Pilot ab. Wenn du nett bist, Pilot! Vielleicht.«

Ich habe sehr um die Strumpfhose gebangt. Ich war überrascht, wie stark sie sich dehnen und in die Länge ziehen ließ, ohne zu reißen. Als wahrer Gentleman kennt man sich mit Strumpfhosen nicht aus, das wird in Ihren Ländern nicht anders sein.

»Du hast die geklaut!«, hat Emma gerufen. »Essen klauen, okay, aber sich heimlich in Auntie Agathas Schlafzimmer schleichen …«

»Die musst du zurückgeben, Lemonade«, hab ich gesagt.

Aber Sie kennen Lemonade inzwischen gut genug, um zu wissen, dass sie die Strumpfhose natürlich nicht losgelassen hat. *Emma* hat die Strumpfhose losgelassen, bevor sie reißen konnte. »Dummes Kind!«, hat sie gezischt.

Inzwischen war auch Sifiso aus seiner Trance aufgewacht. »Du gibst sie zurück!«, hat Sifiso gebrüllt. »Her damit!« Dann hat er sich nach vorne zu Inspector Gwebu gebeugt. »Setzen Sie uns bitte bei Miss Agatha ab, Babe Gwebu? Lemonade muss den Strumpf zurückgeben. Lemonade muss sich entschuldigen.«

»Nein!«, hat Lemonade ganz ruhig gesagt. Da war ich gespannt, wer siegen würde.

Und dann war es so gut, dass wir noch zu Miss Agatha gefahren sind!

Kaum hatten wir nämlich die Wagentüren geöffnet, da kam Miss Agatha schon aus dem Haus geschossen.

»Gott sei Dank, Kinder!«, hat sie gebrüllt. »Mein Gott, ihr seid zurück! Ich habe mir solche Sorgen gemacht! Und Thabo ist nicht an sein Handy gegangen!« Sie hat Emma an sich gerissen und so fest gedrückt, dass ich gehofft habe, ich würde nicht gleich irgendetwas knacken hören. »Aber wieso bringt Quinton euch denn mit dem Polizeiwagen? Ist etwas passiert?«

Wir hatten mit Miss Agatha ja vorhin nur abgesprochen, dass wir zum Polizeiposten Debedebe laufen und bis zur Dämmerung zurück sein wollten! Natürlich hatte Miss Agatha sich da Sorgen gemacht! (Sie erinnern sich an unsere Nilpferde und Krokodile.)

»Thabo ist nicht an sein Handy gegangen?«, hat Emma gesagt und versucht, sich zu befreien. »Nein?«

Sie hatte wohl schon vergessen, dass mein Akku leer war.

»Es ist alles in Ordnung, Miss Agatha!«, hat Inspector Gwebu gesagt. »Die Kinder und ich haben gemeinsam das Anwesen von Sangoma Kaizer Masuku aufgesucht …«

»Ah!«, hat Miss Agatha erwartungsvoll gesagt. Inzwischen hatte sie uns offenbar gezählt und festgestellt, dass kein Kind fehlte. »Eine Hausdurchsuchung! Und? Irgendein Ergebnis?«

Inspector Gwebu hat den Kopf geschüttelt und ist wieder in seinen Wagen gestiegen. »Sala kahle, Make, ngiyahamba!«, hat er gesagt. »Es ist spät!« Den Motor hatte er vorher gar nicht erst ausgeschaltet.

»Nichts?«, hat Miss Agatha enttäuscht gefragt und mich auffordernd angesehen. »Keine Spur von den verschwundenen Kindern bei Sangoma Kaizer?«

Sifiso hat uns unterbrochen. Er hat Lemonade vor sich her zu Miss Agatha geschubst. »Los!«, hat er geschnauzt.

Aber Lemonade hat einfach nur mit einem bösen Gesicht die Lippen zusammengekniffen und getan, als ob sie so stumm wäre wie eine Schildkröte. In ihren Händen hat sie Miss Agathas Strumpfhose zerknüllt.

»Sie hat eine Strumpfhose aus deinem Schlafzimmer geklaut, Auntie!«, hat Emma empört gesagt. »Essen klauen, okay, aber heimlich in dein Schlafzimmer schleichen …«

»Eine Strumpfhose?«, hat Miss Agatha verständnislos gefragt. »Die passt dir doch noch gar nicht, Lemonade! Ich bin ja viel größer als du!«

Ich habe nicht gesagt, dass Miss Agatha auch viel dicker ist. Miss Agatha hat eine schöne, traditionelle Figur.

»Lemonade will sie für Weihnachten!«, habe ich gesagt. »Ein Fuß ist für sie und einer für Pilot.«

Es hat einen Augenblick gedauert, bis Miss Agatha begriffen hat. Dabei hat Miss Agatha sonst ein schnelles Gehirn. Aber dann hat sie plötzlich gelacht.

»Strumpfhosen funktionieren nicht für Weihnachten, Lemonade!«, hat Miss Agatha gesagt und ihr über den Kopf gestrichen. »Strumpfhosen sind falsch! Du kannst sie mir ruhig zurückgeben. Ich hol dir einen richtigen Strumpf.«

Lemonade hat ein bisschen skeptisch ausgesehen. Dann hat sie vorsichtig die Hände geöffnet. Miss Agatha hat ihre Strumpfhose genommen. Ich hoffe, sie konnte sie noch tragen, nach allem, was der Strumpfhose passiert war.

Und während Miss Agatha in ihrem Schlafzimmer verschwunden ist, habe ich auf einmal gedacht, wie albern es war, dass wir uns hier mit Strumpfhosen herumschlugen. Trotz all unserer Bemühungen waren wir heute wegen Delighty kein Stück weitergekommen. Wir hatten noch nicht einmal eine ernsthafte Spur. Also waren wir kein bisschen besser als die Polizei.

Wollte ich Sangoma Kaizer Masuku wirklich nur aufgrund seines Reichtums verdächtigen? Und weil diese verwirrte blauhaarige Dame in der Rundhütte hysterisch von Kindern und Affen geredet hatte? Andere Indizien gab es ja nicht. Wenn ich Sangoma Kaizer Masuku verdächtigte, bedeutete das, dass ich das Allerschlimmste für möglich hielt. Aber das Allerschlimmste wollte ich nicht für möglich halten, meine Damen und Herren.

Wo sollten wir also weitersuchen? Wenn Delighty und die anderen beiden Kinder nicht gefressen worden waren und wenn es auch nicht um Muti-Mord ging, dann gab es nicht mehr viele Möglichkeiten.

Die Erste war, dass ganz zufällig alle drei Kinder kurz nacheinander von zu Hause weggelaufen waren und sich nun irgendwo versteckten. Wie wahrscheinlich war das? Bei Delighty war es zum Beispiel absolut unwahrscheinlich. Ich glaube, selbst Mr Stringer hätte diesen Gedanken keine Sekunde weiterverfolgt.

Blieb eine zweite Möglichkeit, und auf einmal war ich sicher, dass Miss Marple schon viel früher in diese Richtung ermittelt hätte: Die Kinder waren entführt worden. Und die Entführer waren gerissen genug gewesen, keine einzige Spur zu hinterlassen.

Was würde ein erfahrener Privatdetektiv an einem so aussichtslosen Punkt der Ermittlungen tun? Wie würde Miss Marple an meiner Stelle vorgehen? Das habe ich mich gefragt.

Ich brauchte nicht lange zu grübeln. Miss Marple würde sich eine Falle für die Entführer ausdenken, das tat sie schließlich jedes Mal. Und beim Anblick der ungezogenen Lungile wusste ich plötzlich auch, welche Falle Miss Marple sich an meiner Stelle ausgedacht hätte.

»Emma!«, habe ich gezischt. »Sifiso!«

Aber bevor ich ihnen meinen Plan erklären konnte, kam Miss Agatha schon wieder aus dem Haus. Und dabei schwenkte sie etwas durch die Luft, das war pink und weiß und wollig.

35

»Da, Lemonade!«, hat Miss Agatha gerufen. »Meine Bettsocken! Eine Socke für dich und eine für Pilot! Und du, Sifiso? Möchtest du auch eine Bettsocke?«

Sifiso hat erschrocken den Kopf geschüttelt. Sifiso will bestimmt nichts von Miss Agatha, was pink und weiß und wollig ist.

Lemonade hat vorsichtig nach der Socke gegriffen. »Da ist Weihnachten immer was drin?«, hat sie misstrauisch gefragt. »Immer?« Sie hat die Socke hin und her gewendet. Ich fand ihr Misstrauen angebracht. Ich hatte nicht geahnt, was für merkwürdige Dinge Miss Agatha nachts an ihre Füße zog. Eigentlich hätte ich es auch lieber gar nicht wissen wollen.

»Ganz sicher!«, hat Miss Agatha gesagt. »Wir müssen nur noch mal überlegen, wo du deinen Strumpf am Weihnachtsabend am besten aufhängen kannst, Lemonade. Weil du doch keinen Bettpfosten hast. Vielleicht bei mir im Haus irgendwo?«

Lemonade hat die Socke energisch unter ihr Rockbündchen geschoben, dorthin, wo sie vorher die Strumpfhose versteckt hatte. »Nein!«, hat sie böse gesagt. Vielleicht hatte sie Angst, dass Miss Agatha ihr ihren Strumpf heimlich leer essen würde, wenn er Weihnachten in ihrem Haus hing.

»Dann müssen wir uns für deinen Strumpf eine andere Lösung einfallen lassen, Lemonade!«, hat Miss Agatha gesagt und geseufzt. »Und jetzt fahre ich erst mal Emma zur Lodge und Thabo zu Vusi. Und du, Sifiso? Soll ich euch zu Thabo mitnehmen, Pilot und Lemonade und dich? Schlaft ihr heute Nacht auch bei Vusi?«

Sifiso hat den Kopf geschüttelt. »Wir müssen nach Hause«, hat er gemurmelt. »Vielleicht ist Delighty ja zurück.«

Ich konnte Sifiso verstehen. Obwohl es natürlich leichtsinnig war, den Weg zu seiner Hütte in der Dunkelheit zu gehen, nicht nur wegen der Nilpferde und Krokodile. Ich sage es jetzt mal mit großer Ehrlichkeit: Auch wegen der Geister war es leichtsinnig. Leider konnte Miss Agatha ihn ja nicht fahren. Zu Sifisos Hütte kommt man nur zu Fuß.

Aber bevor er losgegangen ist, hat Sifiso Miss Agatha noch etwas gefragt. »Sind Sie mit Sandile zu seiner Hütte gefahren? Haben die Emadloti Babe Sandile etwas über Delighty verraten?«

Miss Agatha hat ein bisschen schuldbewusst ausgesehen. »Ich konnte nicht, Sifiso, leider!«, hat sie gesagt. »Wendy hat aus Mbabane angerufen, sie war beim Zahnarzt und konnte nicht rechtzeitig zum Abendessen zurück sein. Da musste ich sie während der Mahlzeit in Lion Lodge vertreten. Aber Sandile übernachtet heute in meinem Gästezimmer. Er hat sich schon zurückgezogen. Und morgen sehen wir weiter.«

Sifiso hat genickt. Dann ist er gegangen, sogar ohne sich zu verabschieden. Pilot und Lemonade sind mit ihren wolligen Bettsocken hinter ihm hergetrottet.

»Steigt ein, Emma und Thabo!«, hat Miss Agatha gesagt. »Für heute ist Schluss mit der Sucherei. Morgen ist auch noch ein Tag.«

Ich habe gehofft, dass morgen der Tag sein würde, an dem wir endlich Delighty fanden. Heil und gesund. Auch wenn wir heute Abend nun nicht mehr darüber sprechen konnten, dass ich inzwischen an eine Entführung glaubte. Und was für eine Falle mir eingefallen war. Eine Falle, die einer Miss Marple würdig gewesen wäre.

(Ich habe aber noch mein Handy aufgeladen. Es ist ein Glück, dass wir im Ranger-Quartier elektrischen Strom haben.)

36

Am nächsten Morgen hat Onkel Vusi mich geweckt, als der Nebel noch schwer über den Hügeln lag. »Bongani und ich müssen nach Nhlangano!«, hat er gesagt. »Ein Weihnachts-Meeting mit dem Distriktkommandanten. Damit du dich nicht wunderst, wenn ich erst spät wieder zurück bin, Thabo. Oder erst morgen früh. Vielleicht gehen Bongani und ich in Nhlangano auch noch in die Kasinobar.« Onkel Vusi hat gekichert.

Ich liebe Onkel Vusi. Er hat ein langsames Gehirn, aber wenn es um mich geht, vergisst er wenig.

»Nehmt ihr den Jeep?«, habe ich gefragt, während ich von meiner Matte aufgestanden bin und mich gerekelt habe. Mir ist erst jetzt wieder eingefallen, dass ich den Safari-Jeep eigentlich gestern hätte waschen sollen.

Aber Onkel Vusi hat kein Wort darüber verloren. »Wir nehmen Bonganis Wagen«, hat er gesagt. »Der Jeep macht seit ein paar Tagen Quietschgeräusche. Du kannst ihn trotzdem heute waschen, Thabo!«

Sie sehen, so langsam ist Onkel Vusis Gehirn in Autofragen gar nicht. Solche Dinge bemerkt er schon.

»Heute Nachmittag wasche ich ihn!«, habe ich gesagt. »Ich muss heute Morgen noch was mit Emma besprechen.«

Der Regenvogel hatte recht behalten. Obwohl am Abend noch keine Wolken am Himmel zu sehen gewesen waren, hatte es in der Nacht geregnet. Und jetzt hing der Nebel so schwer und undurchdringlich über den Hügeln, dass man im Osten den Stand der Sonne nur ahnen konnte. Ich habe einen Augenblick gezögert, ob ich mich wirklich auf den Weg nach Lion Lodge machen sollte. Aber es musste sein. Ich musste mit Emma über die Falle reden. (Mit Miss Agatha wollte ich vielleicht lieber nicht über die Falle reden, obwohl ein Privatdetektiv seinen Partner eigentlich niemals hintergehen sollte. Aber ich hatte so ein Gefühl, dass meine Idee Miss Agatha nicht gefallen würde.)

Ich weiß, auch in Ihren Ländern gibt es Nebel, meine Damen und Herren. Es gibt ihn vor allem in der Hauptstadt von England, die London heißt und in der die englische Königin lebt, die früher auch unsere Königin war und die vielleicht fast so weltberühmt ist wie unser König. Ich habe schon viel Nebel in Miss Agathas Filmen gesehen, daher weiß ich, dass er oft gerade dann über Ihren Städten liegt, wenn ein Verbrechen begangen oder ein Verbrecher gejagt wird. Der Nebel in Miss Agathas Filmen schickt eine Gänsehaut über meinen Rücken.

Aber unser Nebel im Königreich ist anders. Unser Nebel kommt plötzlich aus dem Nichts und verschwindet genauso schnell dorthin zurück. Er ist so dicht, dass Sie Ihre Hand nicht mehr sehen können, wenn Sie den Arm ausstrecken, und dass Sie niemals wissen, wohin Sie Ihren Fuß als Nächstes gefahrlos setzen können. (Sie sehen Ihren Fuß nicht.) Unser Nebel schluckt alle Geräusche, und wenn Sie sich auf den Weg irgendwohin machen wollen, sollten Sie sich besser überlegen, ob es wirklich so dringend ist, dass Sie es nicht noch ein wenig aufschieben können.

»Wollt ihr bei *diesem* Nebel nach Nhlangano fahren, Onkel Vusi?«, habe ich gerufen.

Die Antwort kam schon von irgendwo auf dem Parkplatz. Eine Stimme ohne Körper hat »Yebo, das wollen wir, Thabo!« gerufen. So ähnlich muss es sein, wenn man den Geistern begegnet. Zum Glück ist mir das noch nicht passiert.

Dann ist ein Motor angesprungen. Den Distriktkommandanten lässt man nicht warten, das verstehen Sie, auch nicht bei Nebel. Bongani und Onkel Vusi mussten fahren.

Ich wusste auch im Nebel, wie ich gehen musste, um nach Lion Lodge zu kommen. Ich hätte den Weg sogar im Schlaf gefunden.

Aber im Nebel war es schwieriger als im Schlaf. Einmal bin ich mit dem Kopf gegen den Stamm einer Schirmakazie gestoßen und einmal mit der Schulter gegen einen Affendorn. Sie verstehen: An einem Abgrund entlang sollten Sie in unserem Nebel nicht gehen. An einem Abgrund entlang sollten Sie bei unserem Nebel auch nicht fahren, nicht einmal auf einer Teerstraße. Es könnte sonst ihre letzte Fahrt gewesen sein.

Als ich endlich auf dem Gelände von Lion Lodge angekommen war, habe ich tief durchgeatmet. Auch hier rief jetzt irgendwo der Regenvogel, aber nicht einmal die Richtung, aus der sein keckerndes Trompeten kam, konnte ich ausmachen. Im Nebel verirren sich selbst die Geräusche.

Dass die Gäste an einem solchen Morgen nicht auf der Terrasse gefrühstückt haben, sondern im Speisesaal, hat mich nicht gewundert. So hatten sie beim Frühstück auch einmal Ruhe vor den Meerkatzen. Erstaunt hat mich, dass an der Tür zur Küche nicht wie sonst immer Ms Wendy Chapman stand, sondern Miss Agatha.

»Guten Morgen, Thabo!«, hat Miss Agatha gesagt. »Wendy ist immer noch nicht aus Mbabane zurück. Kein Wunder bei diesem Nebel!« Sie hat den Kopf geschüttelt. »Emma sitzt dahinten!«

An einem winzigen Tisch, der sogar für ein verliebtes Paar zum Essen zu wenig Platz geboten hätte, beugte sich Emma mit dem Rücken zum Saal über ein Heft.

»Na endlich, Thabs!«, hat sie gerufen. Sie hat das Heft erleichtert zugeschlagen. »Ich hasse Französisch! Wer braucht Französisch? Mummy sollte endlich mal begreifen, dass es vollkommen gleichgültig ist, ob ich in Französisch ein A1 oder ein B3 bekomme! So eine alberne Sprache!«

Sie erinnern sich, in Emmas Zeugnis hatte gestanden, dass sie sich in Französisch mehr anstrengen sollte. Aber Emma spricht schon Englisch und unsere Sprache gleich gut, wozu braucht sie da noch eine dritte? Wenn Emma unbedingt noch eine dritte Sprache lernen soll, wäre Setswana am sinnvollsten. Das sprechen auch viele Menschen.

»Wir müssen reden!«, habe ich gezischt. Das Stimmengewirr um uns herum hat gedämpft geklungen, nicht so fröhlich und laut wie sonst morgens auf der Terrasse. Der Nebel nimmt die Sicht und dämpft die Geräusche, und der Nebel dämpft auch die Fröhlichkeit.

Ein älteres Paar war offenbar gestern erst neu angekommen, und vier junge Männer in Wüstenstiefeln und Safari-Westen mit großen Brusttaschen beugten sich über eine Straßenkarte. Die französische Familie mit ihren neugierigen Kindern war verschwunden. (Sehen Sie, meine Damen und Herren? Kein Mensch braucht Französisch!) Aber die Leute von Water WiZZard waren noch da und aßen stumm ihre Spiegeleier mit Würstchen und Schinken, und zwei junge Frauen in fast durchsichtigen Blusen haben in ihrem Müsli herumgepickt und zwischendurch ängstliche Blicke durch die Fenster nach draußen in den Nebel geworfen.

»Emma, ich hab eine Idee!«, habe ich geflüstert. »Komm mal!«

In diesem Augenblick hat jemand die Terrassentür zum Speisesaal mit viel zu viel Schwung aufgerissen. Der Nebel schlug kalt und feucht in den Raum, als wollte er nach uns greifen.

»Sanibonani!«, hat Lemonade in ihrem roten Rock gerufen und ist auf bloßen Füßen geradewegs auf den Tisch von Water WiZZard zumarschiert. (Die pink-weiße Bettsocke steckte nicht mehr unter dem Bündchen, ihr Rock hat sich nicht gebauscht.)

»Lemonade!«, hat Sifiso verzweifelt gezischt. Er hat die Tür fast lautlos hinter sich und Pilot geschlossen.

Dann hat er Miss Agatha im Durchgang zur Küche entdeckt. Mit wenigen Schritten war er bei ihr. »Miss Agatha?«, hat Sifiso geflüstert. Der ganze Speisesaal hat sich zu ihm hingedreht. Sifiso sah jetzt genauso aus, wie die Touristen bei uns gerne Kinder fotografieren. Barfuß und mit Löchern in seinem schmutzigen Hemd. »Miss Agatha, Make, ist Sandile denn jetzt schon in seiner Hütte gewesen? Hat er vielleicht ...«

Miss Agatha hat Sifiso eine Hand auf die Schulter gelegt. »Ich weiß es nicht, Sifiso«, hat sie leise gesagt. »Aber als ich aufgestanden bin, stand die Tür zum Gästezimmer offen, und Sandile war nirgends zu sehen. Vielleicht ist er also wirklich in seiner Hütte und wirft die Knochen, um die Geister der Ahnen nach Delighty zu befragen.« Und sie hat unruhig ihren Blick durch den Speisesaal schweifen lassen.

Natürlich sieht Ms Wendy Chapman es nicht gerne, wenn wir Kinder ihre Gäste beim Essen stören, die Gäste wollen sich erholen. Emma und ich, in der hintersten Ecke des Speisesaals und so stumm wie die Fische, waren vielleicht fast in Ordnung. Aber wenn auch Pilot, Sifiso und vor allem Lemonade noch dazu kamen, war das für die Gäste einfach zu viel, das konnte ich an Miss Agathas Gesicht sehen.

Und Lemonade stand längst bei den drei Wasserleuten am Tisch. »Ngilambile!«, hat sie energisch gesagt und auf die Teller gestarrt.

»Komm her, Lemonade!«, hat Miss Agatha geflüstert

und sich schnell und beinahe lautlos durch den Speisesaal auf den Tisch der Wasserleute zubewegt. »Komm mit mir in die Küche, Lemonade! Und Thabo, Pilot und Sifiso auch! – Entschuldigen Sie bitte, ich hoffe, die Kleine hat Sie nicht allzu sehr gestört!«

»Das macht doch gar nichts!«, hat Lutetia gesagt. Sie hatte Lemonade schon ein Würstchen über den Tisch gereicht, das konnte Miss Agatha nicht verhindern.

Und ich habe meine Chance gesehen. Die Methoden der privaten Ermittler sind vielfältig. Es gibt etwas, das heißt *konfrontieren*, Sie werden gleich sehen, wie man diese Methode praktiziert. Sie werfen Ihrem Gesprächspartner einfach etwas an den Kopf, womit er in dieser Situation überhaupt nicht gerechnet hat. Dann ist Ihr Gesprächspartner verwirrt und gibt vielleicht etwas preis, das er sonst nicht preisgegeben hätte.

»Und was macht das Pumpengeschäft?«, habe ich zum Tisch der Wasserleute hinübergerufen. Natürlich konnte mir das Pumpengeschäft von Water WiZZard eigentlich ganz gleichgültig sein, schließlich hatten wir genügend andere Sorgen. Aber ich fand es schäbig, dass sie so taten, als wären sie eine Hilfsorganisation, wenn es ihnen in Wirklichkeit nur darum ging, Pumpen zu verkaufen. Und vor allem (ich will ehrlich zu Ihnen sein) war ich wütend auf Water WiZZard, weil durch ihr dummes Gerede von Muti-Mord der Verdacht auf Sangoma Sandile gefallen war. Und weil sie dadurch eine Angst in mir geweckt hatten, die ich nicht abschütteln konnte, wie sehr ich es auch versuchte.

Leider hat die Methode der Konfrontation bei Water WiZZard nicht funktioniert. Alle drei haben verwirrte Gesichter gemacht. Ich konnte kaum glauben, dass sie mir nur etwas vorspielten.

»Pumpengeschäft?«, hat Grateful gefragt. »Wie? Welches Pumpengeschäft?«

Aber jetzt hatte Miss Agatha genug. »Ihr wolltet doch in die Küche kommen, Kinder!«, hat sie gesagt. Richtig unfreundlich konnte sie ja vor den Touristen nicht zu uns sein. Aber sie hat uns regelrecht vor sich her aus dem Speisesaal gescheucht, und in der Küche hat sie sich blitzschnell zu mir umgedreht.

»Und was sollte das eben, Thabo?«, hat sie böse gefragt. »Was sollte das eben?«

Ich habe Miss Agatha selten ärgerlich erlebt, es liegt nicht in ihrer Natur. Und wenn Miss Agatha doch einmal ärgerlich wurde, dann sonst immer nur zu Emma. Darum war ich jetzt auch sehr erschrocken.

»Entschuldigung, Miss Agatha!«, habe ich gemurmelt. »Es war die Methode der Konfrontation!«

Miss Agatha hatte sich schon wieder beruhigt. »Wer braucht die Methode der Konfrontation, wenn es das Internet gibt?«, hat sie gefragt, und die Köchin und die Küchenhelferinnen haben sie alle bewundernd angesehen. »Glaubst du, ich wäre dieser Frage nicht längst selbst nachgegangen, Thabo Shongwe? Es gibt keine Homepage einer Pumpenfirma Water WiZZard. Water WiZZard verkauft keine Pumpen! Du kannst wütend auf sie sein, soviel du willst, aber sie haben nicht gelogen. Auch wenn du sie unsympathisch findest, sie sind offenbar wirklich hier, um zu helfen.«

»Entschuldigung!«, habe ich gesagt. »Ich dachte …«

Miss Agatha hat den Kopf geschüttelt. »Thabo, Thabo!«, hat sie gesagt. »Ihr Kinder verlasst die Küche jetzt gleich wieder durch den Dienstbotenausgang, nicht durch den Speisesaal. Aber vorher könnt ihr euch noch nehmen, was ihr mögt!« Und sie hat der Köchin ein Zeichen gegeben.

Die Köchin hat gelächelt. »Was möchtest du?«, hat sie Lemonade gefragt.

Pilot und Sifiso und ich haben auch gesagt, was wir gerne essen wollten. Dann sind wir alle durch den Dienstbotenausgang nach draußen auf die Terrasse gegangen, wo Stühle und Tische im Nebel verschwammen. Die Tischplatten waren vom Nebel so feucht, als hätte sie der Gartenboy gerade eben abgewischt.

37

»Endlich!«, habe ich ungeduldig gesagt und meinen dampfenden Teller abgestellt. Emma ist auch gerade aus dem Speisesaal gekommen. »Sie ist immer noch nicht da, oder, Sifiso? Delighty?«

Sifiso hat ausgesehen, als hätte er die ganze Nacht nicht geschlafen. Seine Augen lagen tief in ihren Höhlen, und seine Haut hatte einen grauen Schimmer. »Nein«, hat er mit einer ganz flachen Stimme gesagt. Sein Frühstück hat er nicht angerührt.

Emma hatte ja schon gefrühstückt, darum konnte sie reden.

»Also, was hast du für eine geniale Idee, Thabo?«, hat sie ungeduldig gefragt. »Von der du eben geredet hast?«

Ich habe einen Augenblick gebraucht, bis ich antworten konnte. Die Köchin hatte mir gleich drei Spiegeleier auf den Teller geschoben. Der Schinken war knusprig und durch das Braten so salzig, dass man ihn nur zusammen mit dem Ei schlucken mochte. Das Frühstück in Lion Lodge ist wunderbar.

»Es scheint doch offenbar jemanden zu geben, der Kinder entführt!«, habe ich mit vollem Mund gesagt. (Ich weiß, ein wahrer Gentleman spricht nicht mit vollem Mund. Aber ein wahrer Gentleman hat vielleicht auch nicht oft mit einer Person zu tun, die so ungeduldig auf eine Antwort wartet wie Emma.) »Das wird doch immer wahrscheinlicher, oder? Wo sollten die Kinder sonst sein?«

Niemand hat mir widersprochen, darum habe ich weitergeredet. »Wir wissen nicht, *warum*, aber wir wissen, *dass* bisher schon mindestens drei Kinder verschwunden sind. Wenn nicht sogar noch mehr, von denen wir einfach nur nicht gehört haben.« Ich habe mir eine weitere Gabel voll Spiegelei und Schinken genommen. »Und es besteht sicher auch weiterhin die Gefahr, dass die Entführer …«

»Rede mal deutlicher!«, hat Emma gesagt. »Man kann ja kein Wort verstehen!«

Ich habe geschluckt. Jetzt war nicht die Zeit, um wütend auf Emma zu sein.

»Und bestimmt entführen sie bald schon das nächste Kind!«, habe ich gesagt. »Alle Kinder bei uns im Land sind darum in Gefahr! Absolut alle!«

Ich habe kurz zu Pilot und Lemonade geguckt. Ich wollte sie nicht ängstigen. Aber solange Pilot und Lemonade Spiegelei mit Schinken haben, ängstigt sie gar nichts.

»Und diese Gefahr ist zugleich unsere Chance!«, habe ich gesagt. Bevor mein Essen im Nebel kalt wurde, aß ich lieber noch eine Gabel voll. »Wir stellen den Entführern eine Falle! Wir legen einen Köder für sie aus!«

»Habe ich richtig verstanden, was du da mit Ei zwischen

den Zähnen gemurmelt hast?«, hat Emma gesagt. »Du willst einen Köder für den Entführer auslegen? Glaubst du, der Entführer ist ein Löwe? Oder ein Krokodil?«

»Sei nicht albern!«, habe ich gerufen. Jetzt, wo niemand außer uns auf der Terrasse war, brauchte ich ja nicht leise zu sein.

Ein bisschen mehr kriminalistischen Verstand hatte ich Emma schon zugetraut. Miss Agatha hätte sofort gewusst, was ich meinte, da war ich mir sicher. Aber genau darum hätte Miss Agatha meinen Vorschlag eben auch leider ganz sicher nicht gebilligt, da war ich mir genauso sicher. Deshalb musste ich die Ermittlungen an dieser Stelle ohne Miss Agatha fortführen. »Der Entführer entführt Kinder, also bieten wir ihm ein Kind auf einem Silbertablett! Ein Kind, das er ganz leicht entführen kann! Wir stellen ihm ein Kind an die Straße, das winkt und mitgenommen werden will!«

Wenn ich geglaubt hatte, dass die anderen jetzt klatschen würden vor Bewunderung, hatte ich mich getäuscht.

»Genial!«, hat Emma ironisch gesagt. »Wirklich genial, Thabo Shongwe! Und an welche Straße stellen wir das Kind, bitte sehr? Woher willst du wissen, in welcher Gegend der Entführer als Nächstes nach seinen Opfern sucht?«

Aber natürlich hatte ich darüber längst nachgedacht. »Mantongomane – Gege – Ludziwana!«, habe ich gesagt. »Na? Fällt euch nichts auf?«

Sifiso hat immer noch nichts gesagt, aber wenigstens hat er mich jetzt richtig angesehen.

»Die Straße von Hlatikulu nach Lavumisa!«, hat Emma gesagt. »Alle an derselben Straße! Wow!« (Nicht dass sie sich vielleicht bei mir entschuldigt hätte.)

»Yebo!«, habe ich gesagt. »Und an genau dieser Straße legen wir unseren Köder aus! Und wenn der Entführer dann zugeschlagen hat, notieren wir seine Autonummer und informieren Inspector Gwebu, und schon …«

»Und wer soll bitte schön dieser Köder sein?«, hat Emma gefragt.

Ich habe einen Blick über den Tisch geworfen, wo Pilot und Lemonade von links und rechts direkt unter Sifisos Nase auch noch Sifisos Teller leer gegessen haben, nachdem sie ihre eigenen blank geleckt hatten.

»Pilot?«, habe ich vorgeschlagen. »Oder Lemonade?« (Die beiden hätten uns am wenigsten gefehlt, das ist ein Fakt.)

Lemonade hat mich wütend angestarrt. »Ich bin kein Köder!«, hat sie gerufen. (Natürlich auch mit vollem Mund.) »Ich will nicht auf ein Silbertablett! Was ist ein Köder, Sifiso?«

Aber Sifiso hat ihr nicht geantwortet. Nur seine Stirn hat er in Falten gelegt. Wenigstens hat er also angefangen mitzudenken.

»Und wie willst du den Entführer dann hinterher schnappen?«, hat Emma gefragt. »Wenn du nur die Nummer seines Wagens kennst? Denk doch ein einziges Mal nach, Thabo Shongwe! Dann sind nämlich Pilot oder Lemonade seine nächsten Opfer!«

»Neiiiin!«, hat Lemonade gebrüllt. »Ich bin kein Opfer! Pilot will das auch nicht sein, du Dumme!«

Und ich musste zugeben, dass mein Plan an diesem Punkt eine Schwachstelle hatte. Genau deshalb hatte ich Miss Agatha ja nicht einweihen wollen.

Aber jetzt ist Sifiso plötzlich aus seiner Erstarrung erwacht. »Ich mach's«, hat er gemurmelt. Seine Stimme hat noch genauso flach geklungen wie eben, aber in seinen Augen war wieder so etwas wie Hoffnung. Am schrecklichsten ist es immer, wenn man in einer schwierigen Situation nur abwarten und gar nichts tun kann. Sobald man etwas tun kann, fühlt sich alles schon besser an. Hoffnungsvoller.

»Ich mach's, und Thabo gibt mir sein Handy. Wenn sie mich entführen, kann ich euch heimlich simsen, wohin wir fahren. Gibst du mir dein Handy, Thabo?«

Ich hatte es schon aus der Tasche gezogen. »Das ist die Lösung!«, habe ich gerufen. »Sifiso, genial! Und Emma nimmt ihr Handy auch mit! Ich hab sie auf Kurzwahl gespeichert, da musst du nur die Zwei drücken, das klappt sogar, wenn du das Handy in der Hosentasche lässt. Dann merkt keiner was! Die durchsuchen dich doch niemals, die glauben doch im Traum nicht, dass du ein Handy hast!«

»Wieso hast du mich denn auf Kurzwahl?«, hat Emma misstrauisch gefragt.

Was sollte ich sagen? »Einfach so!«, habe ich gemurmelt. Wenn man vorhat, ein Mädchen zur ersten Frau zu nehmen, egal, wie hoch die Lobola ist, darf man sie doch wohl auf Kurzwahl speichern.

Emma hat mir einen skeptischen Blick zugeworfen. »Ich geb Auntie Bescheid!«, hat sie gesagt. »Dass wir alle zu dir gehen, Sifiso, oder irgendwas. Damit nachher keiner nach uns sucht.«

Dann war sie schon im Speisesaal verschwunden.

38

Als Emma aus dem Speisesaal wiederaufgetaucht ist, hat sie triumphierend etwas in der Hand geschwenkt. Es sah aus wie ein Packen Papier.

»Kein Tourist mehr im Speisesaal!«, hat sie gesagt und in den Garten gezeigt, wo der Himmel jetzt blau und wie frisch gewaschen über Ms Wendy Chapmans wilden Bananen stand. »Kaum ist der Nebel verschwunden, hält es die Touristen nicht mehr beim Frühstück! Ich hab Auntie gesagt, dass sie nicht nach mir suchen muss, ich geh mit dir zu Sifiso. Sie hat gesagt, wenn ich nach Hause kommen soll, ruft sie an.«

Ich habe auf das Papier gezeigt. »Und warum nimmst du dein Französischheft mit?«, habe ich gefragt.

Emma hat mir einen Vogel gezeigt.

»Wer ist hier wohl genial?«, hat sie gerufen und das Papier vor meiner Nase geschwenkt. Jetzt konnte ich sehen, was es war. Es war eine Straßenkarte.

»Woher hast du die so schnell gekriegt?«, habe ich gefragt.

Emma ist schon mit energischen Schritten zum Tor gegangen. »Haben die Wasserleute vergessen!«, hat sie gesagt. »Lag auf dem vierten Stuhl an ihrem Tisch, und sie waren verschwunden. Komm mir nicht mit schlechtem Gewissen, Thabo Shongwe! Was einer liegen lässt, braucht er nicht dringend. Außerdem kennen die sich inzwischen in der Gegend aus, da brauchen sie keine Karte mehr.«

»Das ist Diebstahl!«, habe ich erschrocken gesagt, aber Emma hat abgewinkt.

»Das ist eine unwissentliche Leihgabe!«, hat sie gesagt. »Kriegen sie nachher zurück. Wir können eine Straßenkarte schließlich gerade gut brauchen, oder findest du nicht, Mister Private Eye?«

»Hat Emma einen Diebstahl gemacht?«, hat Lemonade begeistert gefragt und mich am Ärmel gezupft. »Hat sie? Will Emma auch einen Strumpf?«

Ich habe Lemonade abgeschüttelt.

»Jetzt brauchen wir die Karte jedenfalls erst mal nicht!«, habe ich gesagt. »Oder weißt du etwa nicht, wo die Straße von Hlatikulu nach Lavumisa verläuft?«

»Ha-ha«, hat Emma gesagt.

Auf dem Parkplatz von Lion Lodge standen noch die Autos der Touristen. Während die Damen sich in ihren Cabins vermutlich die Wimpern frisch getuscht haben und die Herren noch einmal im Reiseführer nachlasen, wie sie an diesem Tag fahren mussten (oder umgekehrt natürlich, das wäre bei den Touristen ebenso denkbar), trocknete die Sonne die Dächer und Motorhauben ihrer Autos, bis vom Nebel auch dort nichts mehr zu ahnen war. Unser Nebel kommt schnell, und er verschwindet schnell. Wer bis jetzt geschlafen hatte, würde beim Aufwachen gar nicht mehr merken, dass es ihn jemals gegeben hatte.

Wir sind alle gemeinsam ein kleines Stück über die Hügel gelaufen, bis wir bei »Andiles Reasonable General Dealer« auf die breite rote Sandpiste gestoßen sind.

»Nicht direkt beim Laden!«, hat Emma gerufen. »Ihr spinnt doch! Da kommen und gehen zu viele Menschen. Ihr glaubt doch nicht im Ernst, dass der Entführer Sifiso entführt, wenn der direkt vor Andile steht.«

Darum sind wir noch ungefähr eine Meile weitergegangen bis zu einer Stelle, an der die Straße eine scharfe Kurve machte.

»Ja, dann viel Glück, Sifiso!«, habe ich gesagt und meinem Freund fest auf die Schulter geschlagen. »Denk dran, Kurzwahltaste zwei! Sobald Emma meine Nummer auf ihrem Display sieht, weiß sie, dass du entführt bist. Wir schreiben alle Autokennzeichen auf, und der letzte Wagen muss es dann ja gewesen sein. Du gibst uns Nachricht, wo du bist, so oft du kannst. Und wir informieren Inspector Gwebu.«

Sifiso hat genickt und ist hinter der Kurve verschwunden, ohne sich noch einmal umzudrehen. Dort würde er sich jetzt an die Straße stellen, während wir uns vor der Kurve in einem Gebüsch am Straßenrand versteckt haben. (Ich hatte vorher nachgesehen, ob sich da nicht auch eine Mamba versteckt hat, keine Sorge.) Schließlich wollten wir nicht, dass der Entführer Verdacht schöpfte, wenn er zuerst vier Kinder *vor* der Kurve am Straßenrand lungern sah und dann ein Kind *hinter* der Kurve, das mitgenommen werden wollte. Das roch doch geradezu nach einer Falle.

Emma hat einen Zettel und einen Kugelschreiber aus ihrer Hosentasche gekramt. Dann hat sie angefangen, von jedem Auto, das die Kurve passierte, die Autonummer aufzuschreiben.

Zuerst gab es wirklich noch einiges für sie zu tun. Ein paar Wagen aus Lion Lodge kamen vorbei, und ein großer Lastwagen mit Wasserfässern. Aber dann ebbte der Verkehr ziemlich ab. Weil Ferien waren, liefen nicht mal Kinder in Schuluniformen herum.

Emmas Handy hat geklingelt, und ich bin aufgesprungen, um ihr über die Schulter zu sehen. Emma hat abgewinkt und das Gespräch einfach weggedrückt. »Auntie Agatha!«, hat sie gesagt. »Die kann ich grade nicht brauchen.«

»Soll ich dir noch mal das Kennzeichen von Sangoma Kaizers Geländewagen geben?«, hab ich Emma gefragt. »Wenn der vorbeikommt, ist allerhöchste Alarmstufe geboten! Ich wette mit dir, gleich danach schickt dir Sifiso eine SMS!«

Bis jetzt hatte Sifiso Emma noch keine SMS geschickt.

»JSD 136 LV!«, hat Emma gesagt. »Du bist nicht der Einzige, der sich Autonummern merken kann, Thabo Shongwe!«

Aber Sangoma Kaizer ist nicht vorbeigekommen. Die Straße lag ruhig in der flirrenden Hitze, während die Sonne höher stieg und die Schatten der Affendornbäume auf dem Grasland kürzer wurden. Eine Libelle flog über die blühenden Oleandersträucher, und Lemonade hat ihre Arme ausgebreitet. »Ich bin auch eine!«, hat sie gerufen. Hubschrauber oder Libelle war ihr egal.

»Du bist gefälligst still, Lungile Lemonade!«, habe ich gesagt und ihren Kopf nach unten gedrückt. »Hast du nicht begriffen, dass uns hier keiner sehen darf?«

Lemonade hat meine Hand abgeschüttelt. »Hier ist ja auch keiner!«, hat sie böse gesagt. »Ich will nach Hause! Ich will hier nicht sein! Ich will zu Sifiso!«

Und auf einmal ist mir eingefallen, was passieren würde, wenn jetzt auch noch Sifiso verschwand. Dann wären Pilot und Lemonade ganz allein auf der Welt. Und ich wollte ganz bestimmt nicht derjenige sein, der sich dann um sie kümmern musste. (Um Pilot zur Not. Aber bestimmt nicht um Lemonade.) Vielleicht war es doch ein bisschen leichtfertig gewesen, dem Entführer eine Falle zu stellen, die ausgerechnet Sifiso war.

»Ein bisschen müssen wir noch warten, Lemonade!«, hat Emma gesagt. »Noch zehn Autos. Kannst du bis zehn zählen?«

Lemonade hat empört ausgesehen. »Pilot kann das!«, hat sie gesagt.

»Dann zählt Pilot jetzt bis zehn!«, habe ich erleichtert gesagt. »Und so lange verstecken wir uns noch hier. Danach gehen wir um die Kurve und fragen Sifiso, ob er noch weitermachen will.«

»Ja, ob das überhaupt lohnt!«, hat Emma gemurmelt. »Vielleicht kommt der Entführer ja überhaupt nicht vorbei!«

Natürlich hätten wir an etwas zu trinken denken sollen. In Lion Lodge gibt es Wasser aus dem Wasserhahn, da hätten wir uns was abfüllen können. Wir hatten uns einfach nicht gut genug vorbereitet.

Inzwischen hatte die Sonne den Himmel mit ihrer Hitze ausgeblichen, bis ihm nur seine weiße Mittagsfarbe geblieben war, und die Luft stand so still, dass in den Sträuchern um uns her kein Blatt mehr raschelte. Selbst die Mücken ruhten um diese Zeit im Schatten. Erst in der Dämmerung würden sie dann wieder über unsere Rinder herfallen und auch die Menschen stechen und ihnen vielleicht Malaria bringen.

»Vier!«, hat Pilot gesagt. Ich habe überlegt, wie lange es wohl noch dauern würde, bis endlich das zehnte Auto vorbeikam. Emma hatte nicht viel Arbeit damit, die Nummern aufzuschreiben. Und ihr Handy blieb stumm.

»Wie lange warten wir schon hier?«, habe ich Emma gefragt. Mein Handy mit der Uhrzeit steckte in Sifisos Hosentasche.

»Du bist verdammt ungeduldig, Thabo, weißt du das?«, hat Emma gesagt. »Wie ein Weißer!«

Aber das war ungerecht, meine Damen und Herren. Ich habe Ihnen erklärt, dass das Verstreichen der Zeit uns keine solche Angst einjagt wie Ihnen in Ihren Ländern. Zeit, in der man einfach nur wartet, ist Zeit, in der nichts geschieht. Und ist Zeit, in der nichts geschieht, nicht eigentlich Zeit, die es nicht gibt? Wir haben keine Angst vor dem Verstreichen der Zeit.

Aber auch wir lieben die Mittagshitze nicht und auch nicht die Hitze des frühen Nachmittags, wenn die Dinge allmählich wieder beginnen, kurze Schatten zu werfen. In der Mittagshitze setzt sich jeder vernünftige Mensch in den Schatten seiner Hütte und wartet auf die Kühle des Abends. Wer den Mittag wie wir in der Hitze am Straßenrand verbrachte, musste verrückt sein.

»Sieben!«, hat Pilot gesagt, als ein hellbeiger Mercedes mit einer braunen Beifahrertür vorbeigefahren ist. »Jetzt nur noch acht und neun, Lemonade, dann ist schon zehn.«

Aber Lemonade war eingeschlafen, das war ein Glück für uns alle.

Und es war auch ein Glück für uns alle, dass Wagen acht, neun und zehn kurz nacheinander kamen. Acht und neun waren diese großen weißen Wagen mit dem roten Zeichen der Ärzte auf ihren Seitentüren, wie man sie auf allen Straßen sieht. Mit ihnen fahren die weißen Ärzte zu unseren Krankenstationen, um den Krankenschwestern dabei zu helfen, dass nicht immer mehr Menschen sterben an den schrecklichen Krankheiten Aids und TB, irgendwann wird es gelingen.

Wagen zehn war ein Kastenwagen, dem ein Schutzblech und die vordere Stoßstange fehlten.

»Zehn!«, hat Pilot gerufen. »Jetzt können wir zu Sifiso gehen!«

»Pssst!«, hat Emma gezischt und auf ihr Handy gestarrt. Aber natürlich konnte niemand mit klarem Verstand glauben, dass dieser schäbige Kastenwagen das Entführer-Auto war. Genauso wenig wie die beiden Ärzte-Autos vorher. Und Sifiso hatte uns ja auch keine Nachricht geschickt.

»Ja, Mist, Thabo, wollen wir wirklich?«, hat Emma gefragt. »Aufhören?«

»Lange halten die Kleinen das hier nicht mehr aus«, habe ich gesagt. (Ich wollte nicht sagen: *Lange halte ich das hier nicht mehr aus.*) »Lass uns Sifiso fragen. Vielleicht ist ihm wenigstens etwas aufgefallen.«

Emma hat erleichtert ausgesehen. »Genau, lass uns«, hat sie gesagt. »He, Lemonade, aufwachen! Wir machen hier Schluss!«

Mein rechtes Bein war eingeschlafen, weil ich die ganze Zeit daraufgehockt hatte, aber es fing sofort an zu kribbeln.

Pilot und Lemonade sind vorausgerannt. Bestimmt waren sie froh, dass sie sich endlich wieder bewegen durften. Ich habe noch immer vorsichtig mein rechtes Bein hin und her bewegt, da waren sie schon um die Kurve verschwunden.

»Los, los, los, Thabo!«, hat Emma gesagt.

Aber da ist Pilot schon wieder hinter der Kurve aufgetaucht. »Er ist nicht mehr da!«, hat Pilot gerufen und hinter sich gezeigt. »Thabo! Sifiso ist weg!«

39

Ich habe Emma angeguckt, und Emma hat mich angeguckt. Dann sind wir losgerannt. (Mein rechtes Bein hat mitgemacht.)

»Vielleicht will er den Kleinen nur einen Schrecken einjagen!«, hat Emma geschnauft. »Sifiso, lass den Mist! Komm wieder raus!«

Hinter der Kurve verlief die Straße durch trockenes Grasland, auf dem ein paar Rinder weideten. Es gab keine Sträucher wie die, in denen wir uns versteckt hatten. Sifiso hätte sich höchstens hinter einem der Rinder verstecken können, und wie wahrscheinlich war das?

»Er ist tatsächlich weg!«, habe ich gerufen.

»Er will uns nur einen Schrecken einjagen!«, hat Emma halsstarrig gesagt.

»Ach ja?«, habe ich geschnauzt. »Macht er sich zu dem Zweck unsichtbar, oder was?«

Emma ist stehen geblieben. »Mist!«, hat sie wieder gesagt.

Pilot hat ängstlich zu mir hochgesehen. »Sifiso ist weg!«, hat er gejammert. »Wo ist Sifiso, Thabo?«

Da habe ich gemerkt, dass Pilot schon anfing, mich als Ersatz für Sifiso zu betrachten, und ein Ersatz für Sifiso wollte ich ganz bestimmt nicht sein. Vielleicht konnte sich ja Miss Agatha mit ihren ganzen Magazinartikeln über richtige Kindererziehung um Pilot und Lemonade kümmern, wenn Sifiso nicht wiederauftauchte? Ich habe aber nicht geglaubt, dass Miss Agatha Lust dazu hatte. Sie kannte Lemonade inzwischen auch viel zu gut.

»Das war wirklich eine blöde Idee von dir, Thabo!«, hat Emma wütend gesagt. »Eine Falle stellen! Jetzt siehst du, wohin das geführt hat!«

Ich habe genauso wütend zurückgestarrt. Schließlich hatte Emma die Idee ja genauso gut gefunden wie ich.

»Dass Sifiso verschwunden ist, bedeutet noch lange nicht, dass er jetzt auch entführt worden ist!«, habe ich gesagt. (Obwohl ich mir nicht vorstellen konnte, was es sonst bedeuten sollte.) »Dann hätte er dich doch angesimst!« Ich habe auf Emmas Tasche gezeigt. »Ruf ihn an! Frag ihn, wo er sich versteckt, der blöde Idiot!«

Emma hat mir ihr Handy hingehalten. »Mach du!«, hat sie gesagt. »Er hat schließlich *dein* Handy. Da kennst du die Nummer besser.«

Natürlich hatte Emma mich *nicht* auf Kurzwahl gespeichert.

Nachdem es fünfmal getutet hatte, säuselte eine freundliche Stimme in mein Ohr: »Der Teilnehmer ist zurzeit nicht zu erreichen. Bitte versuchen Sie es später noch einmal.«

»Was soll denn das?«, habe ich gerufen und Emma ihr

Handy zurückgegeben. »Wieso hat Sifiso mein Handy ausgeschaltet?«

»Ich will zu Sifiso!«, hat Lemonade geheult. »Wo ist Sifiso?«

Sie kennen Lemonade, meine Damen und Herren. Es hätte wenig Sinn gehabt, nur auf sie einzureden.

»Wir gehen jetzt los und suchen ihn, Lemonade!«, habe ich gesagt. »Sifiso hat sich versteckt. Das ist ein Trick, Lemonade! Pilot! Los, wir suchen jetzt nach einer Spur!«

Natürlich war die Idee verrückt, und Emma hat mir auch einen Blick zugeworfen, den ich Ihnen nicht beschreiben will. Was für eine Spur sollte das denn wohl sein? Ein bloßer Fußabdruck auf der trockenen roten Erde? Eish! Davon gab es Millionen. Und Reifenspuren? Welche?

Aber die beiden Kleinen sind losgerannt, die Augen fest auf den Boden gerichtet. Ich habe es ja schon gesagt: Am schlechtesten fühlt man sich immer, wenn man gar nichts tun und nur abwarten kann. Wer gar nichts tut und nur abwartet, hat sich schon geschlagen gegeben. Miss Marple hat sich nie geschlagen gegeben, wenn sie bei ihrer Ermittlungsarbeit in eine Sackgasse geraten ist. Wir würden uns auch nicht geschlagen geben.

Sogar Emma ist mit einem mauligen Gesicht hinter mir hergelaufen. »Was glaubst du denn wohl, was du hier findest?«, hat sie gerufen.

Die Sonne stand jetzt schon so tief, dass der Himmel allmählich seine blaue Farbe zurückgewann. Mein Schatten lief neben mir her, und mein Schatten war fast genauso groß wie ich.

»Keine Ahnung!«, habe ich gerufen. »Ngihambe emalibeni ebatsakatsi!«

Nach ungefähr zwei Meilen führte links ein schmaler Weg von der roten Sandpiste ab und in die Hügel; ein Weg, auf den sich die Touristen niemals getraut hätten. Und das war auch gut so. Sie wären nicht weit gekommen, es sei denn, sie hatten einen sehr guten Geländewagen.

Ich kannte den Weg. Er führte vorbei an den in die Hügel getupften Hütten von Manyandeni und nach ungefähr einer weiteren Meile an einem verlassenen General Dealer. (Wenn so viele Menschen sterben, braucht man nicht mehr so viele Läden, das verstehen Sie.) Danach kam für einige Meilen gar nichts mehr. Und dann kam die Grenze.

»Und jetzt?«, hat Emma gefragt. »Geradeaus? Oder rechts?«

Ich habe die Achseln gezuckt. »Wir könnten uns aufteilen!«, habe ich gesagt.

Aber Pilot hat auf einmal so ganz komisch rumgehampelt. »Ich muss mal!«, hat er geflüstert. »Ich muss jetzt gleich ...« Dann ist er mit einem Satz hinter den Baum-Aloen verschwunden, die nur wenige Meter neben dem Weg im Grasland wuchsen.

»Pass auf Schlangen auf!«, habe ich gerufen. »Hörst du, Pilot!«

Emma hat geseufzt. »Wieso müssen wir immer diese

Babys dabeihaben?«, hat sie gefragt. »Was ist denn das für eine Ermittlungsarbeit, wenn man immerzu …«

»Ich auch!«, hat Lemonade gebrüllt und ist hinter Pilot hergerannt. »Warte, Pilot! Ich will auch müssen!«

Und genau in diesem Moment ist Pilots Kopf schon wieder aufgeregt zwischen den Aloen aufgetaucht. »Er hat sich hier versteckt!«, hat Pilot geschrien und wild irgendetwas in der Hand geschwenkt, das ich auf die Entfernung nicht erkennen konnte. »Sifiso hat sich hier versteckt!«

Dann ist er angerannt gekommen, den rechten Arm triumphierend vor sich ausgestreckt. In der Hand hielt er ein kleines Stück dünne Pappe, und als er näher kam, konnten Emma und ich auch sehen, was es war.

»Nein!«, hat Emma geflüstert.

Pilot hatte eine Spielkarte gefunden. Sie gehörte zu einem Autoquartett.

40

»Wahnsinn!«, hat Emma gerufen, nachdem sie Pilot die Karte aus der Hand gerissen hatte. Sie hat sie zwischen den Fingern gedreht. »Logisch gehört die Sifiso!«

Ich habe Ihnen erzählt, dass Sifiso sich sehr für Autos interessiert. Er betrachtet immer alle Wagen auf dem Parkplatz von Lion Lodge und auf dem Parkplatz von Lion Park ganz genau. Von manchen kennt er sogar Hubraum und PS. Sifisos großer Traum ist es, einmal Automechaniker zu werden. (Natürlich nur, wenn es mit dem Privatdetektiv-Beruf nichts wird.)

Darum hatte Emma ihm das Autoquartett geschenkt. Eine Familie mit Kindern hatte es bei der Abreise von Lion Lodge am Pool vergessen. Seitdem trug Sifiso es immer bei sich, vor allem, wenn er in die Schule ging. Niemand konnte Sifiso beim Autoquartett schlagen. Dass er es auch dann bei sich trug, wenn er ganz sicher mit niemandem spielte, hatte genau den Grund, den Sie vermuten: Er wollte nicht, dass vielleicht irgendwer während seiner Abwesenheit die Karten aus seiner Hütte mitnahm, wenn dort sonst schon nichts zu holen war.

»Wie ist die dahin gekommen?«, habe ich gefragt und die

Karte angestarrt. Dann bin ich blitzschnell zu den Aloen gerannt, hinter denen Lemonade gerade ihren Rock hochzog.

»Das macht man nicht, Dummi!«, hat Lemonade gesagt. »Gucken!«

Aber ich habe ihr nicht mal einen Vogel gezeigt. Ich habe das Gras auseinandergebogen und auf dem Boden gesucht. Hinter einem Stein lag eine zweite Karte.

»Und was bedeutet das jetzt?«, habe ich verwirrt gefragt. Inzwischen hat Emma sich über meine Schulter gebeugt. Ich konnte mir nicht vorstellen, dass Sifiso freiwillig seine wertvollen Quartett-Karten weggeworfen hatte. Niemals. »Hat ihn hier vielleicht irgendwer angegriffen, und ihm sind die Karten aus der Hosentasche gefallen? Als sie gekämpft haben?«

Emma hat ihre Stirn in Falten gelegt. »Könnte sein!«, hat sie gemurmelt.

»Noch eine!«, hat Pilot gebrüllt. Er war ein Stück weiter den Weg entlanggelaufen, und jetzt schwenkte er wieder triumphierend seinen Arm. »Ich hab noch eine gefunden!«

»Dann haben sie aber an zwei Stellen gekämpft«, habe ich gesagt. »Hier und dahinten. Oder, Emma? Komisch.«

Aber Emma hat nicht geantwortet. Sie hatte diesen Blick, den ich sonst nur von Miss Agatha kenne. Und natürlich von Miss Marple.

»Hänsel und Gretel!«, hat sie dann auf einmal gerufen und mich in die Seite geboxt. »Mann, Thabo! Das ist doch logisch!«

»Was ist *Hänsel und Gretel*?«, hat Lemonade interessiert

gefragt. Jetzt, wo wir Sifisos Karten entdeckt hatten, war sie auf einmal wieder ganz beruhigt. Wo Sifisos Karten waren, musste schließlich auch Sifiso irgendwo sein.

»Das waren zwei Kinder!«, hat Emma gesagt und dabei weiter den Boden abgesucht. »Arme, arme Kinder! Und als sie mal in den Wald gegangen sind, haben sie Brotkrumen ausgestreut, damit sie den Weg zurück nach Hause finden, und dann …«

»Die haben Brot weggeschmissen?«, hat Pilot fassungslos gefragt. »Das ist aber ausgedacht, Emma! Das ist nicht echt!«

»Ich mach das nicht!«, hat Lemonade empört gesagt. »Brot wegschmeißen! Das futtert dann ein Mungo!«

»Genau!«, hat Emma gesagt. »Quasi. Vögel haben die Brotkrumen aufgepickt, und darum konnten Hänsel und Gretel den Weg nach Hause nicht mehr finden.«

»Dummis!«, hat Lemonade energisch gesagt und den Kopf geschüttelt. »Und das schöne Brot war auch weg.«

Aber ich hatte endlich begriffen, was Sifisos Spielkarten mit Hänsel und Gretel zu tun hatten.

»Mann, Emma!«, habe ich geflüstert. »Du meinst, er hat sie mit Absicht …«

»Damit wir ihn finden, ja!«, hat Emma aufgeregt gesagt. »Irgendwer hat Sifiso entführt, und er hat uns Hinweise hinterlassen, denen wir folgen sollen!«

»Genial«, habe ich gemurmelt. Dann ist mir etwas anderes eingefallen. »Und warum hat er dich nicht mit Kurzwahl angesimst? Das wäre doch viel einfacher gewesen!«

Emma hat ungeduldig die Achseln gezuckt. (Sie wissen, wie ungeduldig Emma sein kann.) »Was weiß ich?«, hat sie gerufen. »Jedenfalls war Sifiso hier. Jedenfalls hat er eine Spur für uns gelegt. Los, los, ihr Zwerge, wir suchen, ob wir noch mehr Karten finden!«

Und während die drei im langsamen Trott den schmalen Weg durch das Grasland entlanggelaufen sind und dabei ab und zu das Elefantengras auseinandergebogen oder in die Zweige eines Brotpalmfarns oder eines Wasserbeerenbaums gesehen haben, ist mir etwas eingefallen.

Stundenlang hatten wir an der Straße alle Autonummern aufgeschrieben – und jetzt war Sifiso von dort verschwunden. Eins der Autos musste also der Wagen der Entführer sein! Wir mussten Inspector Gwebu sofort die Liste mit den Nummern simsen, damit die Polizei sich auf die Suche machen konnte.

Ich wollte Emma gerade fragen, ob ich das von ihrem Handy aus machen durfte, da bin ich mit einem Ruck stehen geblieben. Eish! Warum hatte ich nicht schon vorher daran gedacht? Warum hatte auch Emma nicht daran gedacht? »Emma!«, habe ich gerufen.

Natürlich hätte ein erfahrener privater Ermittler uns von Anfang an auf diesen Fehler in unserer Falle hingewiesen. Auf diesen groben Fehler! Denn natürlich musste keineswegs eins der Autos, deren Nummern wir aufgeschrieben hatten, das Auto der Entführer sein. Das Auto der Entführer konnte genauso gut aus der entgegengesetzten Richtung gekommen sein. Dann konnte das Auto Sifiso eingeladen und danach gewendet haben, um in diesen schmalen Weg einzubiegen.

Dann war das Auto niemals bei uns hinter der Kurve aufgetaucht! Dann war keine der Nummern auf Emmas Zettel die Nummer des Entführer-Autos! Dann kannten wir die Nummer des Entführer-Autos überhaupt nicht! Dann hatten wir nur unseren besten Freund gedankenlos in die Hände der Entführer getrieben.

»Thabo, wo bleibst du denn?«, hat Emma gebrüllt. Lemonade, Pilot und sie waren längt fast eine halbe Meile vor mir, wo in den Hügeln die ersten Hütten von Manyandeni auftauchten.

Und mir war klar: Wenn wir die Autonummer seiner Entführer überhaupt gar nicht kannten, blieb uns nur eine einzige Möglichkeit, Sifiso aufzuspüren. Wir mussten weiter nach seinen Quartett-Karten suchen.

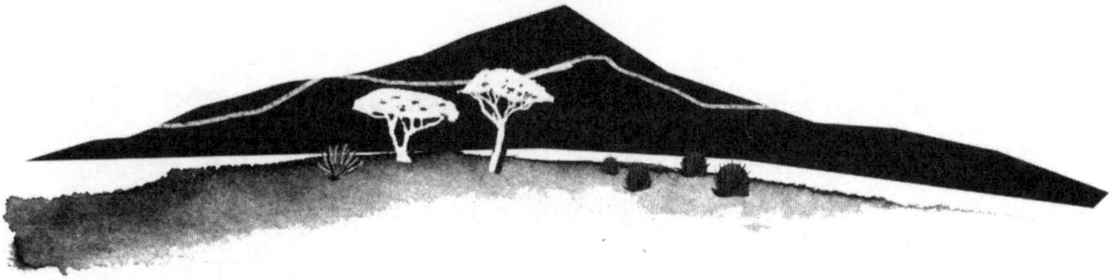

41

»Er hat sie immer nur an den Weggabelungen hingeschmissen!«, hat Emma gesagt, nachdem Lemonade die vierte Karte an einer Stelle gefunden hatte, an der der Weg nach links zur Krankenstation abbog. »Damit wir Bescheid wissen, welcher Weg der richtige ist. An der Strecke zwischen den Weggabelungen müssen wir gar nicht mehr danach suchen.«

Ich habe genickt. Die Stunden an der Straße nach Lavumisa in der Mittagsglut hatten mich müde gemacht. Selbst wenn das Laufen in der milderen Nachmittagshitze nicht mehr ganz so anstrengend war, wünschte ich doch, wir könnten bald irgendwo Pause machen.

»So, haltet mal alle an!«, hat Emma gerufen, als ich genau das gerade vorschlagen wollte. Wir waren inzwischen bei dem kleinen Platz angekommen, an dem neben dem Weg verlassen und mit gesprungenem Glas in den Fenstern die Läden von »Your Best Price General Dealer«, dem »Happy Butcher« und einem Schuster und Friseur (»Beautiful Hair and Shoes«) lagen. Der Boden auf dem Platz vor den Gebäuden war von Gras und Kräutern überwuchert. Kein Mensch kam mehr hierher.

Bei uns im Land halten wir den Boden vor unseren Hütten frei von Gras und Kräutern, ich vermute, das tun Sie in England ebenso. Wir rupfen das Unkraut und fegen den Boden mit dem Grasbesen, mindestens einmal am Tag. Wenn wir dann unterwegs sind, können wir nach unserer Rückkehr im Sand erkennen, ob in unserer Abwesenheit irgendwer unsere Hütte aufgesucht hat: ein Gast, ein Mungo, ein Skink. Die Spuren erzählen uns Geschichten.

Hier hatte sich schon lange niemand mehr die Mühe gemacht, den Boden zu fegen. Elefantengras wuchs bis dicht an die Gebäude heran, und eine Puffotter verschwand gelangweilt hinter einer Ecke. (Über Puffottern sollten Sie sich genauso wenig freuen wie über Mambas oder Pythons, meine Damen und Herren, ihren Biss werden Sie nicht überleben, und sie beißen gerne. Aber Puffottern sind faul und träge. Sie sehen es schon an ihrem Körperumfang. Der Puffotter können Sie entkommen.)

»Hier ist Sifiso nicht!«, hat Emma gesagt. Sie hatte durch alle Fenster in die verlassenen Ladenräume gesehen und gegen die Wände geklopft: keine Antwort. »Wäre ja auch zu schön gewesen.«

Lemonade hat sich auf den Boden fallen lassen. »Ich bin müde!«, hat sie nörgelig gesagt. »Du musst mich tragen, Emma!«

Emma hat mich erschrocken angesehen und anschließend einen Blick zum Himmel geworfen. Dass die Puffotter schon unterwegs war, erzählte die gleiche Geschichte wie der rötliche Streifen am Horizont im Westen. Puffottern jagen in der Dämmerung: Es wurde Abend. Nicht mehr lange, dann würde sich die Dunkelheit über Grasland und Hügel senken, und in der Dunkelheit würden die Zikaden zu zirpen beginnen.

»Es hat keinen Sinn mehr, Thabo!«, hat Emma gesagt. »Gleich können wir sowieso nichts mehr erkennen. Und ich will in der Nacht auch nicht mit den beiden Kleinen unterwegs sein.«

Ich habe genickt. Ist es nicht merkwürdig, dass man manchmal, wenn man eigentlich Kummer und Verzweiflung spüren sollte, stattdessen eine große Erleichterung spürt? Ich hätte verzweifelt sein müssen, weil wir nun Sifisos Spur nicht mehr länger folgen konnten; stattdessen war ich erleichtert, dass wir endlich zurückgehen wollten.

»Komm, Pilot! Komm, Lemonade!«, habe ich gerufen. »Und mach dir keine Hoffnungen, dass dich einer trägt, Lemonade! Du musst schon selbst laufen!«

Lemonade hat einen hohen Heulton ausgestoßen. »Delighty macht das aber!«, hat sie gebrüllt. »Delighty macht das, wenn ich müde bin!«

Emma hat die Achseln gezuckt. »Ich bin nicht Delighty!«, hat sie verärgert gesagt. Da ist mir natürlich wieder eingefallen, dass wir eigentlich nicht nur nach Sifiso suchten.

»Emma?«, habe ich geflüstert. »Hör zu! Ich weiß, was wir tun! Du zeigst dich nachher kurz in Lion Lodge, damit deine Mutter und Miss Agatha beruhigt sind, und tust so, als ob du ins Bett gehst. Dann schleichst du dich wieder weg. Wir schnappen uns Onkel Vusis Wagen! Onkel Vusi ist doch heute Abend sowieso in Nhlangano! Da merkt keiner, wenn wir den Jeep nehmen. Dann suchen wir die Strecke mit dem Wagen weiter ab, das geht viel schneller.«

Emmas Gesicht hat aufgeleuchtet. »Klar!«, hat sie gesagt. »Und mit den Scheinwerfern entdecken wir die Quartett-Karten auch in der Dunkelheit.«

»Yebo«, habe ich gesagt. »Onkel Vusis Safari-Lampe nehmen wir auch noch mit.«

Jetzt hat Emma anerkennend genickt. »Vielleicht wird aus dir doch noch mal ein ganz annehmbarer Privatdetektiv, Thabo Shongwe!«, hat sie gesagt. »Auch wenn du dir Fallen ausdenkst, die ziemlicher Mist sind.«

Hinter uns hat Lemonade immer noch geheult.

»Aber die da nehmen wir nachher nicht wieder mit!«, hat Emma energisch gesagt. »Das halte ich nicht noch länger aus, Thabs. Keine Ahnung, wie Sifiso das aushält.«

Ich habe genickt. Ich hatte auch keine Ahnung, wie Sifiso es mit den beiden Kleinen aushielt. Oder Delighty. Aber heute Nachmittag hatte uns Pilots Bedürfnis (Sie wissen schon!) immerhin die erste Autoquartett-Karte beschert.

»Wir können die beiden in Onkel Vusis Hütte abladen, wenn wir den Jeep holen!«, habe ich gesagt. »Wenn sie in Onkel Vusis Hütte schlafen dürfen, machen sie vielleicht keinen Ärger. Da müssen sie keine Angst vor Geistern haben, so ganz alleine, da haben sie Licht.«

»Gute Idee!«, hat Emma gesagt. »Los, los, Thabs! Weißt du, was ich glaube? Ich habe so ein Gefühl, dass wir Sifiso noch heute Nacht finden. Und Delighty auch!« Emma ist in einen leichten Trott gefallen.

»Yebo«, habe ich gemurmelt. Hinter uns haben Pilot und Lemonade gejammert, aber darum konnten wir uns gerade nicht kümmern. »Yebo, vielleicht klären wir den ganzen Fall ja noch heute Nacht auf.«

Aber man soll nicht zu früh zu optimistisch sein. Hochmut kommt vor dem Fall, sagt Miss Agatha, und hinter der nächsten Biegung des Weges wartet oft noch eine Überraschung auf dich.

42

Ich will Ihnen nicht beschreiben, wie lange Lemonade geheult hat, dass irgendwer sie tragen sollte. Dieses Kind ist eine Plage. Am Ende hat sie schließlich ihren Willen gekriegt. Es war mir lieber, Lemonade zu schleppen, als immerzu diesen hohen Heulton zu hören.

Mit Lemonade auf dem Rücken habe ich also die Terrasse von Lion Lodge erreicht. An diesem Abend tobte kein Nilpferd durch den Garten, und auch die Meerkatzen ließen in der Dämmerung die Touristen in Frieden ihr Abendessen verzehren. Auf den Tischen flackerten die Kerzen in Gläsern, und ich habe sofort gesehen, dass es schon wieder andere Gäste gab als am Morgen. Die beiden Frauen in den fast durchsichtigen Blusen waren noch da, und die Männer in den Wüstenstiefeln und auch die Leute von Water WiZ-Zard. Ich hatte aber keine Lust, mit denen zu reden.

»So, absteigen!«, habe ich zu Lemonade gesagt. »Und wehe, du rennst wieder rum und bettelst! Dann gibt es Ärger mit Ms Wendy, das sage ich dir! Dann kriegst du nie mehr was aus der Küche!«

Aber leider haben mir die Wasserleute meine ganze schöne Erziehung sofort wieder kaputt gemacht.

»Da seid ihr ja!«, hat Lutetia gerufen. »Wir hatten uns schon gefragt …«

»Buyani lana, bantfwana!« hat Grateful gerufen. (Auf Zulu, Sie haben es bemerkt.) »Ihr möchtet doch bestimmt …«

»Nein, danke!«, habe ich gesagt und Lemonade fest am Arm gepackt. »Lemonade ist satt.«

Es war dumm, dass ich das jetzt ganz alleine durchstehen musste. Sifiso war verschwunden, und Emma war ins Haus gegangen, damit Ms Wendy Chapman und vielleicht auch Miss Agatha (falls die gerade da war) sie sehen sollten. Damit sie behaupten konnte, sie wollte früh ins Bett, um gleich danach heimlich durch ihr Zimmerfenster abzuhauen, um mit mir zusammen den Safari-Jeep zu holen.

»Aber wo ist denn der große Bruder?«, hat jetzt der kleine Weiße (Frans) gefragt und sich erstaunt umgesehen. »Der war doch sonst auch immer dabei! Habt ihr euch verkracht?«

Ich habe den Kopf geschüttelt. Lemonade hat die ganze Zeit nach mir getreten und versucht, sich loszureißen.

»Der ist jetzt auch verschwunden!«, habe ich kurz angebunden gesagt. Ich hatte es erklärt: Mit solchen Leuten, die schlimme Dinge von Sandile dachten, wollte ich mich gar nicht lange unterhalten.

Aber ich hätte mir ja denken können, dass diese Antwort ihnen nicht genügte.

»Wie, verschwunden?«, hat Lutetia gefragt. »Du meinst, wie die anderen Kinder? Hat euer Freund euch denn nicht gesagt, wo er hinwill? Ihr seid doch immer die ganze Zeit zusammen, habt ihr da nicht gesehen …«

»Lass los!«, hat Lemonade gebrüllt. Die Tritte mit ihren bloßen Füßen gegen mein Schienbein haben nicht wehgetan. Ich habe gar nicht daran gedacht, ihren Arm freizugeben.

»Lass doch die Kleine!«, hat Grateful tadelnd gesagt. »Komm her, Sisi. Ich kann das doch sowieso gar nicht alles aufessen!«

Immer steht Ms Wendy Chapman in der Speisesaaltür und passt auf, dass wir die Gäste nicht belästigen; aber ausgerechnet heute Abend, wo ich mich zum ersten Mal darüber gefreut hätte, war sie nicht zu sehen. Ich habe aufgegeben und Lemonade losgelassen. Bei Lemonade gibt jeder irgendwann auf.

Lutetia hat mich immer noch erwartungsvoll angesehen.

»Sifiso war kurz mal allein unterwegs«, habe ich gesagt. (Von der Falle musste ich ihnen ja nicht erzählen.) »Und dann war er verschwunden.«

»Habt ihr bei ihm zu Hause nachgesehen?«, hat Frans gefragt. »Vielleicht war er nur schneller als ihr zurück!«

Grateful hat Lemonade mit den Fingern gefüttert. Pilot ist vorsichtig auch einen Schritt näher getreten. Und ich hatte genug.

»Kann sein!«, habe ich gesagt. (Obwohl es natürlich überhaupt nicht sein konnte. Wie hätte Sifiso wohl an uns vorbei zu seiner Hütte kommen sollen, ohne dass wir ihn entdeckten?) »Ja, ich muss dann jetzt leider ... Salani kahle!«

»Nein, warte!«, hat Grateful gerufen. »Ist denn der Sangoma endlich zurück? Dieser – Sandile?«

»Wieso?«, habe ich gefragt. Dann ist mir gerade noch rechtzeitig eingefallen, dass ich diesen Leuten ganz bestimmt nicht verraten durfte, dass Sandile zurück war. »Keine Ahnung!«

Grateful hat Lutetia angesehen. Diesmal war nicht sein Tonfall, sondern sein Blick bedeutungsschwer. »Der Sangoma ist also immer noch verschwunden«, hat er gesagt. »Und der Junge ist nun auch noch verschwunden. Ich will nichts gesagt haben.«

Lutetia hat mir einen Blick zugeworfen und dann die Achseln gezuckt. »Natürlich, das muss nichts bedeuten!«, hat sie gesagt. »Mach doch den Kindern keine Angst, Grateful! Und du, entschuldige bitte!« Sie hat mich angelächelt. »Aber wenn wir dir irgendwie helfen können: Sag Bescheid! Hambani kahle! Lalani kahle!«

Ich habe genickt und Lemonade von der Terrasse weggeschubst. Diese Wasserleute würde ich ganz bestimmt niemals um Hilfe bitten.

Aber natürlich hatten sie es wieder geschafft, mich noch unruhiger zu machen, als ich es sowieso schon war. Sie kennen das auch, meine Damen und Herren: Man möchte etwas glauben, ganz fest (zum Beispiel, dass Sandile nichts mit den verschwundenen Kindern zu tun hat, auch kein anderer Sangoma), aber immer wieder gibt es Anzeichen für das Gegenteil, immer wieder muss man mit Zweifeln kämpfen. Es ist anstrengend.

Natürlich hatte Sandile Sifiso nicht entführt, und natürlich hatte er ihn nicht … (Ich will es hier nicht schreiben, es ist zu furchtbar.) Doch nicht Sandile! Niemals!

Trotzdem hatten diese Wasserleute mich wieder unruhig gemacht.

43

Geduckt hinter einem großen Toyota Land Cruiser, wartete Emma auf dem Parkplatz schon auf uns.

»Ich hab meiner Mutter und Auntie erzählt, dass ich Kopfschmerzen habe!«, hat sie geflüstert. »Und dass ich deshalb gleich ins Bett will und Licht aus. Ob das richtig klug war, weiß ich aber nicht. Jetzt glaubt meine Mutter, ich hab vielleicht einen Sonnenstich.«

»Sonnenstich!«, habe ich skeptisch gesagt.

Die Touristen bekommen bei uns manchmal einen Sonnenstich. Vor allem die Damen, wenn sie ihre schöne Frisur nicht durch einen Sonnenhut zerstören wollen. Sie bestreichen sich ihr Gesicht mit Sonnenschutzmittel, das fett und weiß und cremig ist, und glauben, nun könnte die Sonne ihnen nichts mehr anhaben. Aber die Sonne kann, meine Damen und Herren, die Sonne ist stärker als wir! Ihre weiße Haut können Sie mit Creme wohl schützen, aber nicht Ihr Gehirn. Wenn die Sonne am Mittag darauf herunterbrennt, kocht Ihr Gehirn in der Hirnschale wie Pap im dreibeinigen Topf. Man soll die Sonne niemals unterschätzen.

»Ich hab gesagt, natürlich habe ich keinen Sonnenstich

und sie sollen sich keine Sorgen machen. Aber vielleicht guckt eine von ihnen nachher doch noch mal in mein Zimmer! Lass uns bloß abhauen.«

Inzwischen wissen Sie, dass es von Lion Lodge bis zu den Ranger-Quartieren von Lion Park nicht weit ist. In Onkel Vusis Hütte brannte kein Licht. Wahrscheinlich saß Onkel Vusi gerade mit Bongani in Nhlangano in der Kasinobar und prostete ihm zu.

»So, Pilot!«, habe ich gesagt. »So, Lemonade! Wer von euch will das Licht anschalten?«

Natürlich war Lemonade schneller. Obwohl sie sich auf Zehenspitzen stellen musste.

»Ihr dürft heute Nacht bei mir schlafen, wo Sifiso doch nicht da ist!«, habe ich gesagt. »Oder möchtet ihr lieber nach Hause?« (Natürlich wusste ich, wofür sie sich entscheiden würden.)

»Da ist es dunkel!«, hat Lemonade empört gesagt. Pilot hat genickt.

»Stimmt, hier ist es schön hell!«, habe ich gesagt. »Emma und ich müssen noch mal schnell weg, aber wir sind gleich wieder da. Und weil es hier so schön hell ist, gibt es auch keine Geister.«

»Geister!«, hat Emma gesagt und mit den Augen gerollt. (Niemand kann mit den Augen rollen wie Emma, das wissen Sie.) »Phhhh!«

»Aber du bist gleich wieder da!«, hat Lemonade gesagt und meine Matte ausgerollt, ohne zu fragen, ob sie durfte. »Ich schlaf noch nicht. Du bist ja gleich wieder da.«

»Genau!«, hat Emma gesagt, und »Yebo!« habe ich gesagt. Ich war mir sicher, dass die beiden Kleinen sofort einschlafen würden. Dass wir mit dem Safari-Jeep fahren wollten, mussten wir ihnen ja nicht erzählen.

»Puh!«, hat Emma gesagt. »Die sind wir los. Wäre irgendwie praktischer gewesen, wenn der Entführer Pilot und Lemonade mitgenommen hätte statt Delighty und Sifiso, oder?«

Ich war mir nicht sicher, ob man solche Dinge sagen durfte. Ein wahrer Gentleman hätte solche Dinge ziemlich sicher nicht gesagt. (Ein wahrer Gentleman hätte solche Dinge vielleicht noch nicht einmal gedacht.) Darum habe ich Emma keine Antwort gegeben, sondern nur stumm Onkel Vusis Safari-Jeep aufgeschlossen.

Der Jeep war immer noch schmutzig, schließlich war ich auch heute nicht dazu gekommen, ihn für Onkel Vusi zu waschen. Sifiso machte das sonst immer gerne für mich. Aber Sifiso war nicht da.

»Also los!«, hat Emma gesagt, als ich den Schlüssel im Zündschloss gedreht habe. Ich weiß, dass bei Ihnen in England Jungen, die so alt sind wie ich (nein, ich werde Ihnen mein Alter auch jetzt nicht verraten!), noch nicht Auto fahren dürfen. Noch viele Jahre lang nicht.

Und glauben Sie nicht, dass es bei uns anders wäre! Auch bei uns muss man mindestens achtzehn Jahre alt sein, und einen Führerschein benötigt man eigentlich auch. Aber was soll Onkel Vusi wohl tun, wenn er zum Beispiel in einer wichtigen Angelegenheit mit Bongani nach Nhlangano fahren muss, aber im Park müsste gleichzeitig dringend der Zaun repariert werden? (Das ist nur ein Beispiel.) Auch Onkel Vusi kann sich nicht zweiteilen, das könnte nicht einmal ein Mensch mit einem schnelleren Gehirn, und darum helfe ich ihm dann manchmal ein wenig aus.

In Lion Park gibt es keine Polizei, die einen Jungen, der ganz alleine einen Safari-Jeep lenkt, anhalten und nach seinen Papieren fragen würde. Und die Elefanten und die Nashörner und die Giraffen interessiert ein Führerschein ganz sicher nicht. Nicht einmal die Löwen.

Darum kenne ich Onkel Vusis Safari-Jeep fast so gut, wie er selbst ihn kennt, und bei der Aufklärung unseres ersten Falles hat uns das gute Dienste geleistet. Aber außerhalb des Parks fahre ich nicht so gerne, vor allem bei Tag. Auf den großen Straßen kann es immer passieren, dass ein Polizist mich hinter dem Steuer entdeckt, und wenn es ganz schlecht läuft, ist das dann womöglich ein Polizist, der mich nicht kennt. Bei Helligkeit fahre ich möglichst nicht auf den großen Straßen außerhalb des Parks.

Aber jetzt war es dunkel. Noch dunkler konnte es kaum werden. Ich habe Emma Onkel Vusis große Safari-Lampe gegeben. »Hast du noch die Karte?«, habe ich gefragt. »Die Straßenkarte von heute Morgen?«

Emma hat auf ihre Umhängetasche geklopft. Das Papier hat geraschelt. »Vorsichtshalber!«, hat sie gesagt. »Glaubst du, wir brauchen die überhaupt? Ich dachte, wir suchen jetzt nach dem Autoquartett?«

44

Das haben wir auch getan. Die ersten paar Meilen sind wir zügig vorangekommen, da kannten wir schließlich den Weg.

»Die haben schon wieder von Sandile angefangen!«, habe ich gesagt und bin einem tiefen Schlagloch ausgewichen. »Diese Wasserleute! Ein Glück, dass wir wissen, wo Sandile in der Zeit war, als die Kinder verschwunden sind!« Dabei hab ich zu Emma hingesehen, aber das wäre uns fast zum Verhängnis geworden. Direkt vor uns ist hinter einer Strauch-Euphorbie in der Dunkelheit plötzlich eine Kuh auf die Straße getrottet. Ich habe so fest gebremst, dass ich den Motor abgewürgt habe, und Emmas Kopf ist fast gegen die Scheibe geflogen. Nach der ersten Kuh sind hinter der Euphorbie noch drei weitere Kühe aufgetaucht und über die Straße getrödelt.

»Entschuldigung, Emma!«, habe ich gerufen. »Blöde Viecher!«

Emma hat nicht gesagt, dass ich besser hätte aufpassen sollen. Oder langsamer fahren. Emma hat nur abgewinkt. Das war sonderbar.

»Aber seit heute früh ist er ja nun wirklich weg!«, hat sie

gesagt. »Sandile! Du hast Auntie Agatha beim Frühstück doch gehört! Und die Tangoma treffen sich ja wohl nicht schon wieder irgendwo in Südafrika zu einer Konferenz!«

»Wahrscheinlich ist er nur zurück zu seiner Hütte gegangen, um die Ahnen zu befragen«, habe ich gesagt und gehofft, dass meine Vermutung stimmte. Ich konnte den Motor wieder anlassen. Alle Kühe hatten die andere Straßenseite erreicht.

»Aber sicher sein können wir uns da nicht«, hat Emma gesagt und mich von der Seite angesehen. »Oder, Thabo?«

Sandile war also wieder verschwunden. Und Sifiso war auch verschwunden, das wissen Sie. Natürlich, das konnte ein Zufall sein. Aber Miss Marple warnt davor, zu leichtfertig an den Zufall zu glauben. Sandile war verschwunden, und Sifiso war verschwunden, mehr will ich dazu nicht sagen.

Die nächste Kuh stand im bleichen Mondlicht zum Glück schon mitten auf der Straße, als ich um eine Kurve gebogen bin, da konnte ich das dumme Tier rechtzeitig sehen.

»Wir suchen jetzt jedenfalls erst mal nach den Quartett-Karten«, habe ich entschlossen gesagt und den Wagen langsam auf die Kuh zurollen lassen. Da hat sie mir endlich Platz gemacht. Kühe glauben immer bis zum letzten Augenblick, dass sie vielleicht doch stärker sind als das Auto, da lobe ich mir die klugen Ziegen.

Emma hat nicht geantwortet. Inzwischen waren wir an der Stelle angekommen, an der wir am Nachmittag die letzte Karte gefunden hatten. Von jetzt an sind wir nur noch

Schritt gefahren und haben vor uns in die Lichtkegel der Scheinwerfer auf dem Boden gestarrt.

Emma hat außerdem mit der starken Safari-Lampe von Onkel Vusi durch ihr Seitenfenster über das Grasland und in die Hügel geleuchtet. Die Lampe gibt Onkel Vusi bei der Nacht-Safari immer einem Touristen. Am Anfang der Safari guckt er, wer von seinen Gästen so aussieht, als ob er am schnellsten wäre und am besten gucken könnte, dann gibt er dem die Lampe. (Das ist meistens ein junger Mann in Safari-Kleidung. Alte Damen sucht Onkel Vusi selten aus. Miss Agatha würde schon wieder schimpfen, wenn sie das wüsste.)

Während Onkel Vusi fährt, muss der Tourist zur Seite leuchten und sofort »Stopp!« flüstern, wenn er in dem kleinen Lichtkegel irgendetwas entdeckt hat, eine Büffelherde, zum Beispiel, eine Warzenschweinfamilie oder einen Leoparden. (Ein Leopard ist unwahrscheinlich.)

Natürlich macht Onkel Vusi es nur so, wenn ich ihn auf der Nacht-Safari nicht begleite. Wenn ich Onkel Vusi auf der Nacht-Safari begleite, halte *ich* die Lampe.

Und jetzt hielt sie Emma.

»Stopp!«, hat Emma gerufen. »Setz noch mal ein paar Meter zurück, Thabo!«

Tatsächlich hing, nur wenige Meter rechts vom Weg, etwas in den Zweigen eines Affendorns, das sah aus wie eine Spielkarte. (Wenn man eine Spielkarte aus dem Fenster eines fahrenden Wagens wirft, segelt sie ein kleines Stück durch die Luft. Nur wenn Sie großes Glück haben, verfängt die Spielkarte sich gleich am Rand des Weges im Elefantengras. Deshalb musste Emma auch so weit zur Seite leuchten, das haben Sie verstanden.) Als Emma ausgestiegen ist und die Karte aus den Zweigen gepflückt hat, war es der BMW E21, mit Stufenheck, zweitürig, Baujahr 1982.

»Wieso denn hier?«, hat Emma gefragt, nachdem sie die Karte angeleuchtet und zurückgeworfen hatte. »Siehst du hier eine Weggabelung?«

Aber das ist bei uns nicht immer so leicht auszumachen. Um eine Weggabelung zu erkennen, müsste man ja den Weg erkennen können, der sich gabelt. Und den Weg erkennt man bei uns nicht immer so leicht. Oft ist nur das Gras von Füßen oder Reifen platt gedrückt, und manchmal noch nicht einmal das. Man muss genau hinsehen.

»Da!«, hat Emma gerufen, nachdem sie die Lampe noch einmal wild hin und her geschwenkt hatte. »Da ist die nächste!«

Der VW Santana (Passat Stufenheck 1981) lag ein Stück weit ins Grasland hinein in einem Zuckerstrauch. »Dann sind sie hier abgebogen«, habe ich gesagt. »Ja, gut, wenn man will, ist das wahrscheinlich eine Art Weg.«

Am Tag hätte man den Weg natürlich besser sehen können. Die beiden Reifenspuren im Elefantengras, mehr war es nicht. Aber wenn ich ganz, ganz langsam fuhr, funktionierte es auch nur mit dem Licht der Scheinwerfer.

»Und wohin geht das hier?«, hat Emma gefragt. »Das ist doch mitten im Nichts!«

Ich musste mich so sehr aufs Fahren konzentrieren, dass

ich ihr nicht so schnell eine Antwort geben konnte. »Über die Grenze?«, habe ich dann gesagt. »Ohne Grenzübergang? Du kennst doch die tausend Stellen, an denen die Menschen die Grenze überqueren, wenn sie nicht kontrolliert werden wollen!«

Das ist eine Tatsache, bestimmt kennen Sie das aus Ihren Ländern genauso. Es gibt ja nicht nur die Grenzübergänge an den Straßen, die Grenze verläuft auch zwischen den Straßen noch weiter! Und dort steht dann kein Grenzposten. Wenn Sie etwas über die Grenze schmuggeln wollen, sind diese Stellen natürlich die Grenzübergänge der Wahl. Dagga, zum Beispiel, Elfenbein oder das Horn eines gewilderten Nashorns. Oder Kinder ohne Papiere. Sie brauchen nur ein Geländefahrzeug, das auch ohne Pfad über das unebene Grasland oder Geröll fahren kann. Aber das ist bei uns kein Problem. So ein Fahrzeug brauchen Sie bei uns ja auch auf den Straßen.

»Natürlich!«, hat Emma gemurmelt. »Die Grenze!«

Sie hat wieder ein Stopp-Zeichen gemacht. Dieses Mal hatte Sifiso einen alten Ford Thunderbird 1983 hinterlassen. Wir waren richtig.

»Guck mal auf die Straßenkarte, Emma!«, habe ich gesagt. »Vielleicht kriegst du so ungefähr raus, wo wir sind! Das ist doch jetzt klar, der Entführer schafft die Kinder über die Grenze!«

Emma hat die Lampe vor sich auf den Boden gestellt und in ihrer Tasche gekramt. Dann hat sie den Lichtstrahl endlich auf die Straßenkarte gerichtet. »Lion Lodge!«, hat sie gemurmelt. »Da sind wir los. Dann zu dem verlassenen General Dealer. Und dann …«

Emma hat einen Ton von sich gegeben, den ich nicht beschreiben kann. Ein Stöhnen war es nicht. Ein Quietschen auch nicht. Auf alle Fälle bedeutete dieser Ton Erschrecken.

»Halt an, Thabo, halt an!«, hat Emma dann gebrüllt. Sie hat mir die aufgefaltete Karte direkt vors Gesicht gehalten, sodass ich nicht mehr durch die Frontscheibe sehen konnte. Fast hätte ich beim Bremsen wieder den Motor abgewürgt. Es gab ein merkwürdiges kleines Geräusch. Aber darum konnte ich mich jetzt nicht kümmern.

»Die Kreuze!«, hat Emma geflüstert. »Die Kreuze, Thabo! Oh mein Gott, Thabo, wie konnten wir nur so dumm sein!«

45

Sie erinnern sich, meine Damen und Herren? Sie erinnern sich, woher Emma unsere Straßenkarte hatte? Und Sie erinnern sich, wem sie eigentlich gehörte?

Jetzt hat Emma hektisch auf die Karte getippt, wo sich dicht nebeneinander die roten Kreuzchen ballten.

»Die Bohrlöcher sind das!«, habe ich beruhigend gesagt. »Oder irgend so was. Wo sie Wasser gefunden haben! Die Leute von Water WiZZard! Was regst du dich auf?«

»Ja, Schlaumeier, ja!«, hat Emma gestöhnt. »Aber sie verkaufen doch gar keine Pumpen!«

Ich habe nicht begriffen, was daran auf einmal schlimm sein sollte. »Nein, das hat Miss Agatha ja rausgekriegt!«, habe ich gesagt und die Karte ein wenig zur Seite geschoben. »Es gibt im Internet keine Pumpenfirma Water WiZZard.«

Emma hat wieder gestöhnt. »Und sonst?«, hat sie geflüstert. »Hat sie behauptet, dass es Water WiZZard da sonst gibt, im Internet? Gibt es eine *Hilfsorganisation,* die Water WiZZard heißt?«

Ich habe eine Sekunde lang nachgedacht. Davon hatte Miss Agatha nichts erwähnt.

»Die hat Miss Agatha nur nicht gefunden!«, habe ich beruhigend gesagt. »Danach hatte sie ja auch nicht gesucht.«

»Phhh!«, hat Emma gezischt. »Wenn sie Water WiZZard eingegeben hat, dann sind da logisch alle Einträge zu Water WiZZard aufgetaucht, so wahnsinnig viele können das ja nicht sein! Deren Homepage zuerst! Hat Auntie davon was gesagt? Dass sie die *Hilfsorganisation* Water WiZZard gefunden hat?«

Ich habe den Kopf geschüttelt. Ich wollte widersprechen, aber ich wusste, dass Emma recht hatte: Es gab im Internet keine Hilfsorganisation namens Water WiZZard. Sonst hätte Miss Agatha sie entdeckt. Und wenn Miss Agatha sie entdeckt hätte, hätte sie es uns erzählt. Wo sie doch so stolz darauf war, dass sie sich inzwischen so gut mit dem Internet auskannte! Damit war ja klar: Im Internet gab es keine Hilfsorganisation, die Water WiZZard hieß.

»Aber vielleicht gibt es sie *in der Wirklichkeit* trotzdem?«, habe ich gesagt. Sozusagen als letzten Versuch. »Vielleicht haben die nur keine Homepage?« Natürlich wusste ich, wie unsinnig das war. Ich glaube nicht, dass es auf der Welt eine einzige Hilfsorganisation gibt, die nach Wasser sucht und keine Homepage hat.

Emma hat es nicht mal für nötig gehalten, darauf zu antworten. »Du sollst dir die Kreuze angucken!«, hat sie wieder gesagt. »Wie dumm wir waren! Mann, Thabo!«

Es ließ sich nicht leugnen. »Mantongomane!«, habe ich geflüstert. »Gege! Ludziwana!«

»Ja«, hat Emma gemurmelt.

Eine Weile waren wir ganz still. Der Motor hat im Leerlauf so laut gedröhnt wie der Boden unter den Hufen einer galoppierenden Büffelherde, und tatsächlich war da auch ein merkwürdiges Quietschen.

»Deshalb haben sie den Verdacht auf Sandile gelenkt!«, habe ich geflüstert. »Die Schweine! Um von sich abzulenken!«

(Ich muss es Ihnen nicht erklären, meine Damen und Herren. Ein Kreuz bei Mantongomane. Ein Kreuz bei Gege. Und eins bei Ludziwana. Sie haben verstanden.)

Emma hat genickt. »Und wir waren so dämlich und haben uns nur darum gekümmert, dass wir Sandile verstecken!«, hat sie gesagt. »Und sind sogar noch zu diesem Idioten Sangoma Kaizer gefahren, weil wir den Quatsch mit dem Muti-Mord doch irgendwie geglaubt haben!«

»Mann, Emma!«, habe ich geflüstert. An Miss Marple durfte ich nicht denken, sonst wäre ich rot geworden. Was waren wir eigentlich für Detektive, Emma und ich?

Die drei Wasserleute in Lion Lodge waren die Kinder-Entführer.

Wie kann es sein, dass alle Verbrecher in unserem Land immer in Lion Lodge absteigen? Bei unserem letzten Fall war es ja schon genauso gewesen! Ich kann es mir nur so erklären: Verbrecher lieben Wasserspülung und weiche Betten und elektrischen Strom, das kann man verstehen. Vielleicht war Lion Park darum doch nicht so ein schlechter Ort, wenn man Privatdetektiv werden wollte?

»Water WiZZard!«, habe ich gemurmelt. Und wahrscheinlich waren die verschwundenen Kinder, von denen wir wussten, nicht mal die einzigen, die sie entführt hatten. An anderen Stellen der Karte gab es auch ganze Nester von Kreuzen. Genau wie am Tag zuvor hat es sich plötzlich angefühlt, als hätte eine eiskalte Hand nach meinem Herzen gegriffen.

»Aber was machen sie mit den Kindern?«

Emma hat die Achseln gezuckt. »Keine Ahnung!«, hat sie gesagt. »Aber das ist jetzt im Moment auch nicht das Wichtigste, Thabo! Jetzt müssen wir erst mal das Versteck finden!«

»Inspector Gwebu!«, habe ich gesagt und in der Hosentasche nach meinem Handy gekramt. »Die Wasserleute sind doch wahrscheinlich immer noch in Lion Lodge! Inspector Gwebu muss nur hinfahren und sie sich schnappen!« Dann ist mir wieder eingefallen, dass ich mein Handy ja heute Morgen Sifiso gegeben hatte. »Ruf ihn an, Emma, sag ihm Bescheid! Jetzt gleich!«

Emma hat ihr Handy aus der Hosentasche gezogen und gewählt. Dann hat sie aufgestöhnt. »Kein Netz! Verdammte Einöde! Hätte man sich ja denken können!«

»Dann fahren wir eben zurück!«, habe ich entschlossen gesagt und schon das Gaspedal heruntergetreten. »Zum Polizeiposten Debedebe. Dass sie mir dann das Fahren verbieten, ist ganz egal! Wir müssen Inspector Gwebu jetzt Bescheid sagen. Dann kann er gleich selbst kommen.«

Aber Emma ist mir in den Arm gefallen.

»Dabei verlieren wir doch viel zu viel Zeit!«, hat sie gerufen. »Was ist, wenn Inspector Gwebu schläft? Was ist, wenn er bei einer Familienfeier in Lavumisa oder sonstwo ist und zu viel Buganu getrunken hat? Was ist, wenn er uns nicht glaubt? Was ist, wenn die Wasserleute alles abstreiten, wenn er sie in der Lodge festnehmen will?«

Natürlich hatte Emma recht. Ich habe diese Lutetia und diesen Grateful richtig vor mir gesehen, wie sie zuerst ganz empört gucken und Inspector Gwebu dann ins Gesicht lachen würden. »Was für eine vollkommen verrückte Idee!«, würden sie sagen.

»Die geben das doch niemals zu!«, hat Emma gerufen. Ein Schwarm Fledermäuse ist vor uns aufgeflogen. »Wir haben ja nicht mal den allerkleinsten Beweis!«

»Wir haben die Straßenkarte«, habe ich gemurmelt. Aber eine Straßenkarte mit roten Kreuzchen ist natürlich kein Beweis. Bestimmt würden die Wasserleute behaupten, dass *wir* die Kreuzchen eingezeichnet hatten. Oder dass sie sie eingezeichnet hatten, aber erst, nachdem wir sie gebeten hatten, nach den verschwundenen Kindern Ausschau zu halten. Und auf der ganzen Welt glaubt ein Polizei-Inspector drei Erwachsenen mehr als zwei Kindern, das ist ein Fakt. Nur weil wir ihm die Kreuzchen zeigten, würde Inspector Gwebu die Wasserleute nicht verhaften. (Natürlich wussten wir jetzt, dass sie gar keine Wasserleute waren.)

»Und dann sind die Schurken gewarnt und lassen die Kinder irgendwo verschwinden!«, hat Emma gesagt. »Cha, Thabo, cha! Jetzt haben wir wenigstens Sifisos Quartett-

Karten-Spur und können ihr Versteck vielleicht aufstöbern! Und wenn wir das Versteck gefunden haben, haben wir damit auch den Beweis! Dann führen wir Inspector Gwebu hin ...«

Ich habe genickt. Wir durften keine Zeit mehr verlieren.

46

Ich hatte vielleicht noch nicht von unserer Angst erzählt, meine Damen und Herren? Von Emmas und meiner Angst, wie wir da so allein mit Onkel Vusis Safari-Jeep durch die Dunkelheit gefahren sind und der Lärm des Motors die Geräusche der Nacht übertönt hat?

Die Wahrheit ist: Ich *wollte* Ihnen auch nicht von unserer Angst erzählen. In Miss Agathas Filmen hat Miss Marple niemals Angst, wenn sie in eine gefährliche Situation gerät. (Ihr Partner Mr Stringer dafür umso mehr.) Wenn es ernst wird, stülpt Miss Marple einfach nur ihre Lippen vor und kneift die Augen entschlossen zusammen, dass man weiß, sie ist wütend. Dann weiß man auch, dass die Verbrecher keine Chance mehr haben.

Vielleicht müssen erfolgreiche Privatdetektive es so machen? Aber mir ist es nicht gelungen. (Was in Emmas Kopf vor sich gegangen ist, weiß ich natürlich nicht. Aber sie hat sich neben mir mit beiden Händen so am Sitz festgeklammert, dass ich geahnt habe, es geht ihr nicht besser als mir.)

Natürlich waren wir losgefahren, um Sifiso zu finden, und mit Glück auch Delighty und die anderen verschwundenen Kinder. Aber darüber, wie es sein würde, wenn wir sie plötzlich wirklich entdeckten und vielleicht sogar aus den Händen der Entführer befreien mussten, hatten wir uns keine Gedanken gemacht. Wir hatten uns nicht ausgemalt, was wir tun und wem wir begegnen würden. Wir waren einfach nur den Quartett-Karten gefolgt. Ein bisschen hatte es sich angefühlt wie in einem von Miss Agathas Filmen. Eben nicht so richtig echt.

Aber jetzt, wo wir wussten, dass Lutetia, Grateful und Frans die Entführer waren, hatte sich alles geändert. Lutetia, Grateful und Frans waren echte Menschen in der echten Wirklichkeit, und ich konnte mir sehr genau vorstellen, was sie tun würden, wenn wir ihnen in die Quere kamen. Ich konnte mir vorstellen, wie der massige Grateful mich an den Schultern packte. Ich konnte mir vorstellen, wie Lutetia mich ohrfeigte, rechts und links. Ich konnte mir sogar vorstellen, wie der schmächtige Frans eine Pistole unter seinem Jackett herauszog und sie auf Emma und mich richtete. Auf einmal habe ich verstanden, dass das, was Emma und ich hier gerade taten, kein Spiel war und kein Film. Ich habe es nicht nur verstanden, ich habe es auch gespürt. Und das Gefühl war nicht schön. Das Gefühl war ganz und gar nicht schön.

»Aber die Wasserleute sind ja selbst überhaupt nicht da, wo sie die Kinder verstecken!«, hat Emma beruhigend geflüstert, als hätte sie meine Gedanken lesen können. Eine Ziege ist erschrocken vor uns aus dem Gebüsch gesprungen und sofort zurückgewichen, bevor ich sie mit dem Safari-Jeep überfahren konnte. Ich habe es gesagt: Ich lobe mir die schlauen Ziegen. »Die Wasserleute liegen doch jetzt sehr wahrscheinlich gemütlich in Lion Lodge in ihren Betten! Da müssen wir uns doch überhaupt keine Sorgen machen!«

Ich habe nicht geantwortet. Was, wenn die Wasserleute vielleicht Verdacht geschöpft hatten? Wenn sie gemerkt hatten, dass ihre Straßenkarte verschwunden war, und sich denken konnten, wer sie genommen hatte? Was, wenn sie mit ihrem weißen Bakkie mit dem zerschrammten Schriftzug längst irgendwo hinter uns waren?

Die nächsten Meilen sind wir schweigend gefahren. Der Safari-Jeep hat nicht mehr gequietscht, und ich war froh, dass das komische Geräusch vorhin nichts bedeutet hatte. Ab und zu hing irgendwo eine Quartett-Karte im Gras oder in den Zweigen, aber die Abstände wurden größer. Ich habe mir Sorgen gemacht, dass Sifiso vielleicht nicht genug Karten geblieben waren. Wie viele Karten hatte so ein Autoquartett überhaupt? Und wie viele hatte Sifiso bis hierher schon verbraucht? Was, wenn er seine letzte Karte aus dem Fenster des Bakkie geschleudert hatte und das Versteck der Entführer war noch längst nicht erreicht? Wie sollten wir es dann finden, hier mitten im offenen Grasland, wo es keine Straße gab und keinen Weg und wo die Entführer jede Richtung genommen haben konnten?

Emmas Finger ist über die Straßenkarte geglitten. »Hier irgendwo muss die Grenze sein«, hat sie gemurmelt. »Vielleicht sind wir überhaupt schon längst in Südafrika.«

Ich habe genickt und weiter vor mir in den Lichtkegel der Scheinwerfer gestarrt. Irgendwelche Anzeichen dafür, dass dies ein anderes Land war, gab es nicht. In der Dunkelheit sah das Grasland noch genauso aus wie bisher, und wenn der Mond durch die Wolken lugte, türmten sich vor uns am Horizont noch genau wie vorher Hügel und Berge. Die Aloen waren die gleichen wie überall und die Akazien auch. Niemand konnte sagen, ob wir das Königreich verlassen hatten oder nicht.

»Da!«, hat Emma plötzlich gerufen. Dann ist sie mir in den Arm gefallen. »Halt an, Thabo, halt an!«

Wieder hatte sich ein Tor in den Wolken geöffnet, und vor uns, nicht einmal eine Viertelmeile entfernt, war jetzt mitten in der Einöde deutlich ein Haus zu erkennen. »Vorsicht!«

Ich habe hastig die Scheinwerfer und den Motor ausgeschaltet. Aber ganz unsichtbar machen konnte ich den Jeep nicht.

An diesem Abend hatte der Regenvogel nicht gerufen, und nun war auch klar, warum. Im Laufe der Nacht waren die Wolken immer weniger und durchsichtiger geworden, und im kalten Licht des Vollmonds warfen die Dinge lange Schatten: die Bäume, das Haus, unser Jeep. Und es gab nichts, wo wir den Wagen verbergen konnten. Ich habe gehofft, dass im Haus jetzt niemand hinter den Fenstern saß, womöglich mit einem Nachtsichtgerät, und die Gegend überwachte. Und dass niemand aufgewacht war von unserem Motorengeräusch.

Wenn das dahinten überhaupt das gesuchte Versteck war! Emma und ich sind beide fast geräuschlos ausgestiegen. Die

Türen haben wir offen stehen lassen. Sie wissen, wie laut es ist, wenn man die Tür eines Jeeps hinter sich zuschlägt. Und so konnten wir später außerdem blitzschnell wieder in den Wagen springen, wenn es nötig werden sollte.

»Halt den Schlüssel griffbereit!«, hat Emma geflüstert. »Falls wir schnell wegmüssen!«

Als ob ich das nicht selbst gewusst hätte! Aber Emma muss ja immer so tun, als ob sie alles im Griff hat.

Wir sind leise und geduckt auf das Haus zugelaufen. Daran, dass uns im Mondlicht jeder meilenweit sehen konnte, war nichts zu ändern. Aber wir konnten wenigstens dafür sorgen, dass uns niemand hörte.

Wir waren fast am Haus angekommen, als aus einem Pfeifenputzerstrauch erschrocken ein Schwarm Webervögel aufstob. Webervögel sind klein, meine Damen und Herren, Sie kennen Webervögel, aber das Rauschen ihrer Flügel klang in der Stille der Nacht so laut, als hätte jemand eine Trommel geschlagen.

47

Emma hat mich am Arm gepackt und zurückgerissen, aber ich war ohnehin schon stehen geblieben. Ein paar Sekunden haben wir geduckt abgewartet. Im Haus hat sich nichts gerührt.

Es war ein Farmhaus, alt und verlassen, wie Sie es an manchen Stellen in unserem Land finden. Farmhäuser, die einmal Weißen gehört haben, die dann irgendwann weggezogen sind, vielleicht zurück nach Europa, vielleicht nach Kapstadt oder Johannesburg oder in eine der anderen großen Städte. Gründe dafür gibt es viele. Nicht immer werden die Farmen danach noch bewirtschaftet.

Hier jedenfalls wurde gar nichts mehr bewirtschaftet. Diese Farm gab es nicht mehr. Ein Teil des Gebäudes lag noch immer schön und stattlich vor den anthrazitfarbenen Hügeln, und seine weißen Mauern haben im Mondlicht geleuchtet. Sogar ein Türmchen gab es auf dem Dach mit einer Glocke darin; aber der Flügel rechts vom Eingang war eingestürzt, und die Ziegel lagen zerbrochen auf dem Schutt der Mauern. Dazwischen kämpfte sich tapfer und ein wenig schief ein Wasserbeerenbaum in die Höhe. Gras und Kräuter bedeckten den Platz vor dem Haus kniehoch. Niemand hätte vermuten können, dass in diesem Haus noch Leben war.

Hätte nicht ungefähr hundert Meter vom Eingang entfernt unter einer wilden Pflaume ein zerschrammter schwarzer Bakkie geparkt. Und wären die Fenster im linken Flügel nicht vergittert gewesen.

Eish! Wozu waren die Fenster in diesem alten, unbewohnten Haus denn vergittert? Das Mondlicht, das uns den Weg gewiesen und uns gleichzeitig eine große Angst vor Entdeckung bereitet hatte, schien auch auf die Gitter: neu, fast glänzend in die alten Mauern geschraubt, von denen an diesen Stellen der Putz abgesprungen war. Es konnte keinen Zweifel mehr geben. Dieses Haus war ein Gefängnis.

»Lass uns zurückfahren, Emma!«, habe ich geflüstert. »Lass uns kein Risiko eingehen! Es ist doch ganz klar! Warum schraubt jemand sonst Gitter vor die Fenster von so einem Schrottgebäude!«

Aber Emma hat getan, als hätte sie mich nicht gehört. Ich muss leider gestehen, dass ich glaube, Miss Marple hätte es genauso gemacht, wenn Mr Stringer ihr zur Vorsicht geraten hätte. Niemals hätte Miss Marple auf den letzten Metern vor dem Ziel eine Verfolgung abgebrochen und der Polizei den Triumph überlassen. Es muss damit zu tun haben, dass Miss Marple und Emma beide Frauen sind. Es könnte sein, dass Frauen abenteuerlustiger sind als Männer, ich muss es erforschen.

Inzwischen hatte Emma eins der vergitterten Fenster erreicht. Sie hat mit beiden Händen nach dem Gitter gegriffen und ihr Gesicht zwischen die Stäbe gepresst. Eine Fledermaus hat sich lautlos über ihr vom Dach gelöst.

Warum musste Emma so viel Zeit so unnütz vergeuden? Jeder weiß, dass man von außen nicht in einen dunklen Raum hineinsehen kann. Man erkennt die Dinge nur, wenn man vom Dunklen ins Helle blickt. Und solange der verdammte Mond so kräftig schien wie unsere Safari-Lampe, war es draußen um ein Vielfaches heller als in den unbeleuchteten Räumen der Farm.

»Thabo!«, hat Emma geflüstert und mir mit der Hand ein Zeichen gegeben, zu ihr zu kommen. »Ich glaube, ich kann was sehen! Ich glaube, da drin …«

In diesem Moment hat im Haus jemand aufgeschrien. Es war ein Schreckensschrei, eine Kinderstimme, wild und panisch.

»Da hat dich einer gesehen!«, habe ich gerufen. »Renn, Emma, renn!« Jetzt war es nicht mehr nötig, leise zu sein. Von diesem Gebrüll waren sowieso alle aufgewacht, bestimmt auch die Leute, die die Kinder bewachten.

Natürlich, ich hatte es ja gesagt: Wenn man aus dem Dunklen ins Helle sieht, erkennt man die Dinge. Im Zimmer war ein Kind aus dem Schlaf aufgeschreckt und hatte, noch halb im Traum, draußen vor dem Fenster ein Gesicht gesehen: Emmas weißes Gesicht. Und das Kind hatte geschrien.

»Renn, Emma, renn!«, habe ich wieder gebrüllt. Zwei bullige Männer mit schlaftrunkenen Gesichtern kamen jetzt aus der Haustür gestürzt. Sie trugen Overalls, als hätten sie gerade auf dem Feld gearbeitet. Sie hatten die Overalls offenbar auch in der Nacht nicht ausgezogen. Und sie hatten sogar Schuhe an den Füßen. »Renn, Emma, renn!«

War es nicht ein Glück, dass wir die Türen des Jeeps offen gelassen hatten? Und war es nicht ein Glück, dass ich sogar die Schlüssel noch immer in der Hand hielt?

Die Männer waren kaum aus dem Haus, da war ich schon wieder bei unserem Wagen. Ich bin auf den Fahrersitz gesprungen und habe die Tür zugeknallt. Genau als ich mit zitternden Fingern den Schlüssel ins Schloss gesteckt habe, kam auch Emma.

»Fahr los!«, hat Emma gebrüllt. »Nun fahr doch endlich, Thabo!«

Nichts anderes hatte ich vor, was glaubte sie denn? Ich habe den Schlüssel gedreht.

Der Motor hat nicht das kleinste Geräusch von sich gegeben. Auch nicht, als ich es zum zweiten Mal versucht habe. Und zum dritten.

»Thabo!«, hat Emma gebrüllt.

Natürlich habe ich es noch einmal versucht. Aber vergeblich.

»Thabo!«, hat Emma wieder gebrüllt. Ich hatte noch nie so eine Panik in ihrer Stimme gehört.

Dann waren die Männer bei uns. Sie haben nicht geredet. Sie haben jeder nur ihre Pistole gezogen. Sie mussten nicht einmal die Wagentüren öffnen und uns herauszerren. Emma und mir genügte es, in die schwarzen Mündungen ihrer Pistolen zu starren, und schon sind wir fast gleichzeitig aus dem Wagen geglitten.

Onkel Vusi hat ein langsames Gehirn, aber mit Autos kennt er sich aus. Und wenn Onkel Vusi heute Morgen gesagt hatte, dass er lieber nicht mit dem Safari-Jeep nach Nhlangano fahren wollte, weil der Safari-Jeep Quietschgeräusche machte, dann hätte ich das ernster nehmen sollen. Aber ich hatte ja nur an die Quartett-Karten gedacht.

Ich habe die Hände gehoben, wie man es in Miss Agathas Filmen machen muss, wenn eine Pistole auf einen gerichtet ist. Emma hat auch ihre Hände gehoben.

Dann sind wir vor den beiden Männern her zum Eingang des alten Hauses gegangen. Der Mond ist hinter einer Wolke verschwunden. Aber der Regenvogel hat nicht gerufen. Die Wolke würde bald wieder verschwunden sein.

48

Im Haus waren die Fliesen auf dem Boden an vielen Stellen zersprungen, und an den Wänden hingen Papiertapeten in Streifen herunter, wo der Regen seit Jahren bei jedem Unwetter durch das löcherige Dach getropft war. An allen Wänden gab es Lichtschalter aus Messing, aber es war klar, dass nichts passieren würde, wenn man einen von ihnen betätigte. Denn nirgendwo war das Brummen eines Generators zu hören.

Zwischen meinen Schulterblättern spürte ich einen kleinen Druck, und ich wusste, dass das der Lauf der Pistole war. Es war nicht das erste Mal, dass eine Pistole auf mich gerichtet wurde, denken Sie das nicht, meine Damen und Herren. Schließlich strebe ich an, einmal Privatdetektiv zu werden, und habe meinen ersten Fall hinter mir. Aber glauben Sie mir, falls Sie selbst noch keiner Pistole begegnet sein sollten: Auch beim zweiten Mal ist es immer noch eine Erfahrung, die Sie sich nicht wünschen.

Ich habe gezittert. Ich wusste nicht, wie lange ich mich noch aufrecht halten konnte. Mein Gehirn war leer, bis auf einen hohen, schrillen Ton, von dem ich wusste, dass er nur in meinem Kopf existierte.

»Da rein!«, hat der Mann hinter mir gesagt und den Druck der Pistole für einen Augenblick verstärkt, als ob er mir damit einen Stoß geben wollte. (Er hat es auf Zulu gesagt.) Die Türklinke musste ich selbst herunterdrücken.

Im Raum hinter der Tür war es noch immer so dunkel, wie wir es eben von draußen gesehen hatten. Emma hinter mir ist gestolpert und wäre fast gefallen, als der zweite Mann sie durch die Tür geschubst hat. Dann haben wir den Schlüssel gehört, als er hinter uns im Schloss gedreht wurde.

Schon bevor meine Augen sich an die Dunkelheit gewöhnt hatten, wusste ich, dass Emma und ich nicht allein waren. Da war das heftige Atmen von Menschen, die auf dem Boden lagen, die sich gegen die Wände pressten und Angst hatten.

Dann hat jemand plötzlich aufgeschluchzt. »Thabo!«, hat eine helle Stimme geflüstert. »Oh, Thabo, Gott sei Dank!«

Delighty! Wir hatten Delighty gefunden!

»Was heißt hier Gott sei Dank?«, hat Emma hinter mir geschnauzt. Ich weiß nicht, warum, aber Emma klang eher wütend als ängstlich. Inzwischen hatten meine Augen sich an die Dunkelheit gewöhnt, und ich konnte sehen, wie viele Kinder in diesem Raum eingesperrt waren. Denn natürlich waren es Kinder. *Die* Kinder. »Vielleicht hast du noch nicht mitgekriegt, dass wir hier jetzt genauso festsitzen wie du?«

Aber irgendwie schien das Delighty nicht wirklich zu stören. »Ich wusste, dass ihr uns finden würdet!«, hat Delighty gerufen. Als ob sie Emma gar nicht gehört hätte. (Ich werde das Problem mit der doppelten Lobola für zwei

Frauen irgendwie lösen müssen. In dieser Situation war ich mir wieder ziemlich sicher, dass ich Delighty als zweite Frau ganz unbedingt wollte.)

Ich habe mich geräuspert. »Sifiso!«, habe ich gesagt.

Denn vor mir hatte sich jetzt auch Sifiso aufgesetzt. Die Kinder hatten auf dem Boden geschlafen, ohne Matten. Jetzt waren sie alle hellwach.

»Ngiyacolisa, Thabo!«, hat Sifiso gemurmelt. »Ich bin so dumm gewesen!«

Das ließ sich nicht bestreiten, egal, mit welchem Trick die Wasserleute ihn geschnappt hatten. Es ließ sich nicht bestreiten, dass wir *alle* dumm gewesen waren, alle, die sich hier jetzt in diesem Raum befanden. Wären wir nicht dumm gewesen, wären wir jetzt nicht hier.

Ich habe mich neben Sifiso auf den Boden gesetzt und mich mit dem Rücken gegen die Wand gelehnt. (Ich hätte mich lieber neben Delighty gesetzt. Ich weiß nicht, warum ich mich nicht neben Delighty gesetzt habe.)

Wir waren sechs Kinder im Raum. Emma, Sifiso, Delighty und ich; ein etwas jüngeres Mädchen, bei dem ich gewettet hätte, dass es aus Gege kam; und ein etwa neunjähriger Junge.

Das Mondlicht fiel weiß und kalt durchs Fenster, aber es war so schwach, dass ich das Muster auf der Tapete nicht gut erkennen konnte: irgendwelche Ranken, zwischen deren Blättern sich Vögel versteckten. Vielleicht war das hier früher einmal das Schlafzimmer des Farmers und seiner Frau gewesen.

»Wenn noch mehr Kinder kommen, wird es eng hier!«, hat Emma gemurmelt.

Dass Emma über so etwas nachdenken konnte! Dass Emma so ruhig bleiben konnte! Frauen, ich sage es Ihnen, scheinen besser für krisenhafte Situationen geeignet zu sein, ich weiß es von Miss Marple.

»Das ist doch jetzt wohl nicht wichtig!«, habe ich gesagt. »Wichtig ist, wie kommen wir hier raus?«

Für einen Augenblick wurde es wieder dunkler im Raum. Draußen zogen Wolken vor dem Mond vorbei. Ich habe gelauscht, aber der Regenvogel ist noch immer stumm geblieben. Auf einmal wusste ich, dass es in dieser Nacht auf keinen Fall mehr regnen durfte.

Bedenken Sie, wenn sich vielleicht irgendwer auf den Weg gemacht hatte, um nach uns zu suchen! Wie sollte derjenige uns finden, wenn selbst die spärlichen Spuren des Safari-Jeeps auf der roten Erde von den schweren Tropfen verwischt waren? Und wenn auch das Gras, das die Reifen des Jeeps niedergepresst hatten, sich nach dem Regen wieder aufrichtete?

Aber wer, das fiel mir zu meinem Schrecken ein, sollte denn wohl unserer Spur folgen? Eish! Es regnete nicht. Aber es war auch ganz gleichgültig, ob es regnen würde.

49

»Und, wie haben sie euch alle erwischt?«, hat Emma gefragt und in die Runde geguckt. »Erzählt mal! Wenn wir eins haben, dann ja wohl Zeit.« Sie hat sich zu Sifiso vorgebeugt. »Wieso hast du uns denn nicht Bescheid gegeben, Sifiso? Du hattest doch das Handy!«

Ich konnte sehen, dass Sifiso sich gewunden hat, das fand ich nicht fair. Emma hatte sich schließlich genauso schnappen lassen wie er. Wenn Emma eben nicht so lange durchs Fenster gestarrt hätte, hätte das Kind nicht gebrüllt (war es das Mädchen aus Gege gewesen?), und wir säßen jetzt längst wieder in Onkel Vusis Jeep und wären auf der Fahrt zum Polizeiposten Debedebe.

Dann ist mir eingefallen, dass Emma und ich in diesem Fall zwar vielleicht wirklich in Onkel Vusis Jeep säßen, aber keineswegs auf der Fahrt zum Polizeiposten Debedebe. Auch wenn Emma nicht durchs Fenster gestarrt hätte, wäre der Jeep nicht angesprungen.

Sifiso hat sich geräuspert. »Es waren die Wasserleute!«, hat er gesagt. »Ich hab noch keine zehn Minuten an der Straße gestanden, da haben sie neben mir angehalten! Sie haben das Fenster heruntergekurbelt, und dann hat dieser Riese …«

»Grateful!«, habe ich gesagt.

»... dieser Riese hat gesagt: ›Bist du nicht der Bruder? Bist du nicht der Bruder von dem verschwundenen Mädchen? Ihr habt uns doch das Foto gezeigt!‹ Da bin ich natürlich näher rangegangen.«

Ich habe genickt. (Ob es gerade hell genug war, dass Sifiso mein Nicken sehen konnte, wusste ich nicht.) Ich wäre auch näher herangegangen.

»›Sie ist zurück!‹, hat der Mann gebrüllt. ›Deine Schwester ist zurück! Wie gut, dass wir dich hier treffen! Sie ist schon in Lion Lodge.‹«

»Aber das war gelogen«, habe ich gemurmelt.

»Woher sollte ich das denn wissen?«, hat Sifiso gezischt. »Sie haben vorgeschlagen, dass sie mich zu ihr bringen. Sie haben gesagt, ich soll einsteigen, es macht ihnen nichts aus, noch mal kurz zur Lodge zurückzufahren, damit ich schnell bei Delighty sein kann.«

»Und das hast du ihnen geglaubt?«, hat Emma geschnaubt.

Dabei, meine Damen und Herren: Wer hätte das nicht geglaubt an Sifisos Stelle? Ich hätte es auch geglaubt. Emma hätte es auch geglaubt. Emma war wieder nur besserwisserisch.

»Und dann bist du eingestiegen«, habe ich gesagt. »Und als sie nicht Richtung Lion Lodge abgebogen sind, hast du begriffen, was los war.«

Sifiso hat genickt. (Es war gerade hell genug, ich konnte es erkennen.)

»Aber warum hast du denn dann nicht sofort mit der Kurzwahltaste Emma angerufen! In der Hosentasche!«

»Weil sie mir das Handy weggenommen haben!«, hat Sifiso gerufen. Dann hat er sich erschrocken die Hand vor den Mund gehalten. »Das war so ein verdammtes Pech, Thabo!«, hat er geflüstert. (In so einer Situation ist das verbotene Wort sogar einem Gentleman erlaubt. Ich sage für Sifiso nicht einmal ngiyacolisa.) »Ich hab noch nicht mal richtig im Auto gesessen, da hat es geklingelt!«

»Mein Handy?«, habe ich ungläubig gefragt.

»Und schon hatten sie es!«, hat Emma düster gesagt.

»Aber wer kann das denn gewesen sein?«, habe ich gefragt. Es gibt nicht viele Menschen, die meine Handynummer kennen. Emma. Und Onkel Vusi. Und natürlich Miss Agatha.

»Miss Agatha?«, habe ich gemurmelt. Natürlich, Miss Agatha! »Denk doch mal nach, Emma! Dich hat sie doch heute Morgen auch angerufen! Und du hast sie weggedrückt! Da hat sie es natürlich anschließend bei mir versucht.«

Emma hat sich gegen die Stirn geschlagen. »Ich bin so blöd!«, hat sie gerufen. (Man muss es zugeben: Emma kann auch selbstkritisch sein.) »Auntie hat mir vorhin ja sogar erzählt, dass sie uns heute Morgen angerufen hat, um zu fragen, wo wir uns rumtreiben.«

»Und mein Handy hatte Sifiso!«, hab ich geflüstert.

»Genau, und dann hatten es die Wasserleute«, hat Emma wütend gesagt. »So ein verdammter, bescheuerter Zufall!« (Ich sage das über die Wörter nicht noch mal.)

Wir waren still.

»Aber wenigstens hatte ich die Spielkarten«, hat Sifiso dann gesagt. »Das Quartett. Habt ihr die gefunden?«

»Das war eine geniale Idee, Sifiso!«, habe ich gesagt.

Obwohl die geniale Idee uns eigentlich, wenn man darüber nachdachte, nicht viel genützt hatte. Das einzige Ergebnis von Sifisos Autoquartett-Aktion war, dass jetzt auch Emma und ich gefangen in diesem Raum hockten. Aber dafür konnte Sifiso nichts.

50

Es war merkwürdig, meine Damen und Herren: Ich habe genau gespürt, dass die anderen Kinder etwas von Emma und mir erwartet haben. Es war, als ob sie plötzlich alle hoffnungsfroher wären. Als ob sie glaubten, Emma und mir müsste einfallen, wie wir sie befreien konnten. Wie wir uns alle befreien konnten.

Nur, dass mir nichts eingefallen ist. Und Emma ist auch nichts eingefallen.

»Was soll das überhaupt mit den ganzen Entführungen?«, habe ich gefragt. »Warum machen die Wasserleute das?«

Wieso hatte ich vorher eigentlich noch nicht darüber nachgedacht? Natürlich, in Miss Agathas Filmen gibt es auch ziemlich viele Entführungen, ein privater Ermittler muss immer darauf vorbereitet sein. Wissenschaftler werden entführt, um einer verbrecherischen Bande eine geheime Formel zu verraten, und Erben werden entführt, damit sie aus dem Weg sind. Kinder werden meistens entführt, um Lösegeld zu erpressen, aber wer konnte denn wohl glauben, dass es für Delighty, das Mädchen aus Gege oder Sifiso Lösegeld geben würde? Wer sollte das denn wohl für sie zahlen? Eish!

»Kinderhandel«, hat Emma gezischt. »Was denn sonst, Thabo? Was hast du denn gedacht?«

Ich hatte es ja gesagt: Ich hatte gar nichts gedacht.

»Dafür sind wir hier doch alle viel zu alt!«, habe ich gerufen. »Du meinst, dass sie die für Leute klauen, die Kinder adoptieren wollen? Aber die wollen doch bestimmt alle Babys! Wer will denn wohl so einen wie Sifiso? – Ngiyacolisa, Sifiso! Du weißt schon, was ich meine!«

Aber Sifiso hat sowieso nur auf den Boden gestarrt.

»Bist du so naiv, oder tust du nur so?«, hat Emma geschnauzt. »Babys! Adoptieren! Hier geht es um ganz andere Sachen, das kannst du aber glauben!«

»Hast du nicht davon gehört, Thabo?«, hat Delighty geflüstert. »Hast du denn immer, wenn irgendwo ein Kind verschwunden ist, geglaubt, es wäre ein Sangoma gewesen?«

Wenn ich ehrlich war, hatte ich gar nicht mitbekommen, dass Kinder verschwanden.

»Sie verkaufen uns als Arbeitskräfte«, hat Delighty geflüstert. »Für die Feldarbeit und für die Gartenarbeit und für die Hausarbeit und um Vieh zu hüten. Und uns Mädchen ...«

Das Mädchen aus Gege hat geschluchzt.

Emma hat nicht geschluchzt. »Das sollen sie mit mir mal versuchen!«, hat sie geschnaubt.

Und ich habe angefangen zu begreifen. Sie wissen schon, was manche Mädchen tun, wenn sie nicht genug zum Leben haben für sich und ihre Geschwister. (Wenn die Eltern tot sind, zum Beispiel.) Man spricht nicht darüber. Es ist auch verboten.

Aber manche Mädchen haben keine andere Wahl. Sie stehen an der Straße, bis ein Auto anhält und ein Mann sie mitnimmt. Was der Mann dann mit ihnen macht, schreibe ich hier nicht, Sie wissen es sowieso, und ein Gentleman spricht nicht über diese Dinge. Aber es gibt diese Dinge, und Miss Agatha sagt (Miss Agatha spricht darüber, aber ihr Hals wird rot dabei, und sie sieht zur Seite), solange es Not und Elend gibt, wird es diese Dinge immer geben. Mädchen, die nicht anders Geld verdienen können, verdienen es dann eben so.

Aber doch nicht Delighty! Delighty hätte sich nie an die Straße gestellt.

»Sie verkaufen die Mädchen an Häuser im Ausland«, hat Delighty leise gesagt. »Manche Männer möchten gerne besonders junge Mädchen. Keine Frauen, nur Mädchen. Darum entführen sie uns.«

»Das sollen sie mit mir mal versuchen!«, hat Emma wieder gerufen. »Denen kratze ich die Augen aus!«

Der kleine Junge hat gelacht. Ich weiß nicht, ob er überhaupt verstanden hat, wovon die Rede war. Wenigstens sollte er bestimmt nur auf dem Feld oder im Garten arbeiten.

»Man kommt dann ja auch nicht mehr weg, aus dem Ausland«, hat Delighty leise gesagt. »Was soll man denn tun? Man spricht die Sprache nicht, und man hat kein Geld, und man hat keine Papiere …«

»Das sollen sie versuchen!«, hat Emma zum dritten Mal gerufen.

»Das werden sie, sei sicher«, hat Sifiso gemurmelt. Eine Weile waren wir wieder alle still.

»Und warum entführen sie die Kinder ausgerechnet bei uns?«, hat das Mädchen aus Gege plötzlich gefragt. Sie hatte eine ganz helle Stimme. Ich habe mich gefreut, dass sie nicht mehr geweint hat. Und dass sie sich getraut hat, etwas zu sagen.

»Vielleicht, weil so viele Kinder keine Geburtsurkunde haben?«, habe ich gesagt. »Da gibt es sie doch praktisch gar nicht! Wenn da jemand sagt, dass sie verschwunden sind, muss er erst mal beweisen, dass es sie überhaupt gibt.«

Emma hat mich unterbrochen. »Und außerdem!«, hat sie ärgerlich gesagt. »Was glaubst du denn, was passieren würde, wenn sie Kinder aus den Villenvierteln von Kapstadt oder Johannesburg entführen würden? Oder aus den Villenvierteln von Mbabane? Da wäre aber die Polizei des ganzen Landes sofort hinter ihnen her, das kannst du glauben!«

Ich habe an die Filme von Miss Agatha gedacht. Wenn in London ein reiches Kind entführt wird, um Lösegeld zu erpressen, oder in einer anderen englischen Stadt, stellt die Polizei tatsächlich alles Mögliche auf die Beine, um das Kind wiederzufinden und die Gangster hinter Schloss und Riegel zu bringen. Die Polizei des ganzen Landes Großbritannien! Es werden Sokos gebildet. (Das sind Sonderkommissionen, meine Damen und Herren, ich führe Sie ein in die Sprache der Ermittler.) Überall hängen Plakate. Es werden Belohnungen ausgeschrieben. Und das ist dann nur für ein einziges Kind!

Ich habe an Inspector Gwebu gedacht. Und an PC Sipho Godbless. Schon bevor die Wasserleute Sifiso ausgetrickst hatten, waren schließlich drei Kinder verschwunden. Und hatte sich die Polizei des ganzen Landes auf die Suche gemacht? Gab es eine Soko? Plakate? Eine Belohnung? Eish! Inspector Gwebu fuhr zum Pokalendspiel, und PC Sipho küsste seine Verlobte und dachte über die Lobola nach. Es war klar, warum die Kinder ausgerechnet bei uns entführt wurden.

»Stimmt, und bei uns haben ja so viele Kinder keine Eltern mehr«, habe ich gesagt. »Die nach ihnen suchen könnten! Und die keine Ruhe geben würden, bis sie wissen, was mit ihrem Kind geschehen ist! Aber wer sucht denn bei uns?«

»*Wir* haben gesucht«, hat Emma gemurmelt. Aber wir wussten beide, dass das nicht so gut war wie Eltern oder andere Erwachsene. Für die Entführer war unsere Gegend das Beste, was ihnen passieren konnte. Hier konnten sie sich sicher fühlen. Und wenn doch irgendwer sich auf die Suche machte wie Sifiso, Emma und ich, brauchten sie nur ihr Märchen von den grausamen Tangoma zu erzählen und den Verdacht auf Leute wie Sandile zu lenken. Es war klar, warum die Wasserleute ausgerechnet hier unterwegs waren.

»Und hier können sie auch ganz unauffällig jeden Tag durch die Gegend fahren!«, habe ich gesagt. »Das ist doch geradezu perfekt! Bei uns müssen sie nur so tun, als ob sie eine Hilfsorganisation sind …«

»Die nach Wasser sucht!«, hat Sifiso gesagt. Wie gut, dass er wieder mitdachte.

Draußen hat eine Eule ihr unheimliches »Huhuuuu!« gerufen. Die Eule war mir lieber als der Regenvogel. (Sie wissen, warum.)

»Ja, nachdem das nun geklärt ist«, hat Emma gesagt und gegähnt, »sollten wir vielleicht mal darüber nachdenken, wie wir hier rauskommen, was? Oder hat einer von euch große Lust, verkauft zu werden?«

Was für eine dumme Frage! Natürlich hatte niemand Lust, verkauft zu werden. Ich habe nichts gegen Gartenarbeit, und ich habe nichts gegen Feldarbeit, aber nur selten ist jemand auf diesem Weg zum Gentleman geworden. Oder zum Privatdetektiv.

»Wie stellst du dir das vor?«, habe ich gefragt. Vorwurfsvoll, das gebe ich zu. Wenn ich gewusst hätte, wie wir aus unserem Gefängnis entkommen konnten, hätte ich das schließlich längst gesagt.

»*Du* solltest doch wissen, was Gefangene tun, wenn sie sich befreien wollen!«, hat Emma gesagt. »*Du* guckst schließlich den ganzen Tag Filme!«

(Das war übertrieben. Aber von allen Kindern in diesem Raum war ich sicher derjenige, der sich am besten auskannte mit Verbrechen und allem, was damit zusammenhängt, ich bin stolz darauf.)

»Denen schickt immer irgendwer eine Feile in einem

Kuchen«, habe ich gesagt. »Den Gefangenen im Film. Damit sie die Gitterstäbe vor dem Fenster durchfeilen können. Das ist für uns ja wohl keine Lösung. Oder hat irgendwer eine Feile dabei?«

»Nicht mal einen Kuchen!«, hat das Mädchen aus Gege gesagt. Da mussten wir alle ein bisschen lachen, das hat uns aufgemuntert.

»Du willst doch wohl nicht behaupten, dass Ausbrecher nur dann ausbrechen, wenn sie eine Feile kriegen!«, hat Emma gesagt. »Das wäre ja total langweilig, wenn das in jedem Film immer das Gleiche wäre!«

Ich habe nachgedacht. »Manchmal nehmen sie auch das Besteck, das sie zum Essen kriegen«, habe ich gesagt. »Dann kratzen sie mit dem Messer in der Wand herum, bis sie die Gitterstäbe rausbrechen können. Aber haben wir Besteck?«

Alle haben den Kopf geschüttelt. Diesmal hat das Mädchen aus Gege nicht »Noch nicht mal Essen!« gesagt. Das war sowieso klar. Irgendein Magen hat gerade geknurrt. Ein zweiter hat sich ihm angeschlossen.

»Andere Möglichkeiten weiß ich nicht«, habe ich gesagt. Ich musste es zugeben. Das war es dann also. Keine Feile und kein Messer. Wir waren gefangen, und wir würden gefangen bleiben.

Die Eule hat wieder sehr schauerlich gerufen. Eine Wolke ist vor den Mond gezogen, sodass es dunkel wurde im Raum.

Vielleicht hat Delighty sich nur darum getraut, ihren Vorschlag zu machen? Delighty ist schüchtern. Wenn alle sie anstarren, redet sie nicht gerne: Schüchterne Menschen sind so. Dabei haben schüchterne Menschen oft die besten Einfälle.

»Vielleicht …«, hat Delighty geflüstert. Ich konnte sie kaum erkennen. Und ich konnte sie auch kaum hören. »Vielleicht geht ja meine Schnalle, wenn wir das Gitter aus der Wand kratzen wollen?«

Zuerst habe ich nicht verstanden, was Delighty gemeint hat. Was für eine Schnalle? Dann hat die Wolke den Mond freigegeben, und ich habe begriffen.

»Delighty!«, habe ich gerufen. (Leise.) »Delighty, du bist großartig! Gib her!«

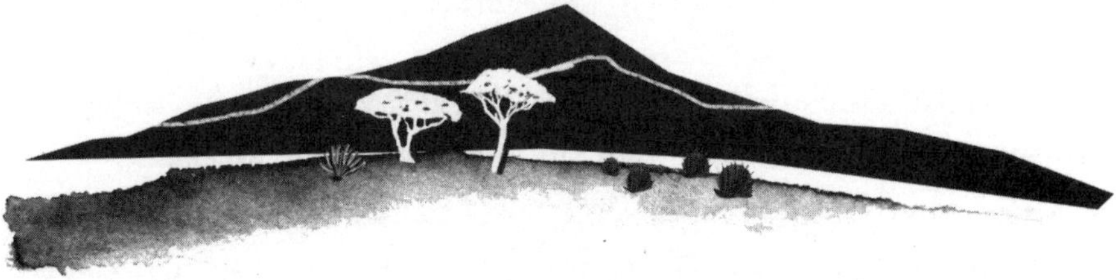

51

Sie erinnern sich, meine Damen und Herren? Sie erinnern sich, wie Sifiso, Emma und ich bei unserer Suche Delighty beschrieben hatten? Ein Mädchen in rot-weiß karierter Schuluniform. Ein rot-weiß kariertes Schulkleid. Ein Schulkleid mit einem Gürtel.

»Delighty, du bist genial!« Die Gürtelschnalle war aus irgendeinem Metall, und sie hatte vier scharfe Ecken und vier scharfe Kanten. »Wer fängt an?«

Natürlich mussten wir als Erstes lautlos das Fenster öffnen, damit wir draußen zwischen den Stäben an die Stellen kamen, an denen sie in der Mauer verankert waren, das war anstrengend. Aber hatte ich nicht schon gesagt, dass der Putz um die Stäbe herum bröckelte? Wir waren hoffnungsvoll. Und wenn die Arbeit auch anstrengend war: Wir waren immerhin sechs Kinder, die sich abwechseln konnten.

Sifiso und ich haben den Anfang gemacht. Wir haben nach den Stellen getastet, an denen die Gitterstäbe ins Mauerwerk geschraubt waren, und haben blind mit der Schnalle drum herum geschabt. Sehen konnten wir nichts. Wir haben versucht, so leise wie möglich zu schaben. Ganz geräuschlos geht es nicht, Sie können es versuchen.

Es war eine anstrengende Arbeit, und es hat lange gedauert. Warum wohl nehmen die Gefangenen in den Filmen von Miss Agatha niemals Gürtelschnallen, wenn sie ausbrechen wollen? Eish! Gürtelschnallen sind einfach nicht das Werkzeug der ersten Wahl. Mit Gürtelschnallen dauert es länger als mit einer Feile oder einem Messer.

Aber es kann gelingen. Emma hat plötzlich leise gequiekt. Natürlich ist es passiert, als *Emma* gerade bei der Arbeit war.

»Der ist raus!«, hat sie gezischt. »Fühl mal, Thabo!«

Sie ist vom Fenster zurückgetreten, und wir anderen haben nacheinander alle den Stab in die Hand genommen, an dem Emma gerade gearbeitet hatte. Wenn man daran rüttelte, konnte man spüren, dass er unten nicht mehr in der Mauer verankert war.

»Na also!«, hat Emma zufrieden gesagt und sich auf den Boden plumpsen lassen.

Aber ich war mir nicht sicher, wie glücklich uns dieser Erfolg machen konnte. Wie lange hatten wir gebraucht, um auch nur einen einzigen Gitterstab an einem einzigen Ende (unten) aus der Mauer zu lösen? Und es gab sogar *vier* Gitterstäbe vor diesem Fenster.

Der Junge aus Ludziwana lag auf dem Boden und hat geschlafen. Ich habe Emma den Gürtel abgenommen und mit dem zweiten Gitterstab angefangen. Die Eule hatte schon lange nicht mehr gerufen. Vielleicht hieß das, dass die Nacht zu Ende ging.

52

Ich will nicht beschreiben, wie wir weitergearbeitet haben, es würde Sie langweilen. Es war über Stunden immer das Gleiche.

Ich habe mich ein bisschen gewundert, dass wir alle zwischendurch kurz eingeschlafen sind, wenn wir nicht an der Reihe waren. Man denkt, in so einer Situation könnte kein Mensch schlafen, weil die Angst so groß ist, aber glauben Sie mir: Der Mensch braucht Schlaf, und die Natur ist stärker als die Angst.

Emma hat gedöst, Delighty hat gedöst, das Mädchen aus Gege hat gedöst, sogar Sifiso und ich haben gedöst. Der Junge aus Ludziwana hatte ja sowieso schon die ganze Zeit gedöst. Vielleicht konnten wir auch deshalb ein bisschen schlafen, weil wir jetzt alle wieder wenigstens einen Funken Hoffnung hatten.

Als Sifiso mich leise an der Schulter gerüttelt hat, weil ich wieder an der Reihe war, sah ich an dem Licht, das jetzt von Osten durchs Fenster strömte, dass es Morgen geworden war.

»Drei Stäbe, unten«, hat Sifiso geflüstert. »Wenn du den vierten schaffst, hängen sie nur noch oben fest. Vielleicht können wir das Gitter dann hochbiegen und darunter rausklettern!«

So hatte Sifiso schon seit Tagen nicht mehr geredet. Sein Gesicht sah so müde aus, wie Gesichter in Filmen es niemals tun, aber seine Augen waren aufgeregt und beinahe froh. »Los, Thabo!«

Ich habe den Gürtel genommen. Mir war klar, dass ich jetzt besonders vorsichtig sein musste. Vielleicht standen die beiden Wachen bald auf, und dann konnte es sein, dass sie zuerst einen Kontrollgang ums Haus machten. Hoffentlich merkten sie dabei nicht, wie viele Stäbe vor unserem Fenster schon gelockert waren. Und hoffentlich waren sie noch so verschlafen, dass sie auch den Putz nicht entdeckten, der bei unserer Arbeit auf die rote Erde gebröselt war.

Nur noch ein einziger Gitterstab! Eish! Denken Sie auch, was ich gedacht habe? Dass es nur noch um Minuten ging, vielleicht um eine halbe Stunde, dann würden wir frei sein?

Ich hatte Ihnen schon erzählt, was Miss Agatha immer sagt: *Das Leben bleibt spannend bis zuletzt, und hinter der nächsten Biegung des Weges wartet oft noch eine Überraschung auf dich.*

So war es auch jetzt. Ich habe gespürt, wie sich auch dieser letzte Stab endlich aus der Wand rütteln ließ.

Frei! Wir waren frei! Jetzt mussten wir nur noch gemeinsam versuchen, die Gitterstäbe hochzubiegen, und dann …

In diesem Augenblick ist es passiert. Ich hatte Ihnen beschrieben, dass der Putz dort, wo die Stäbe im Mauerwerk befestigt waren, bröselte: Das Farmhaus war alt. Der Putz war alt. Und das Mauerwerk war auch alt. Und das war der Grund dafür, dass wir die Stäbe mit einer Gürtelschnalle hatten lockern können. Die Schrauben waren nicht fest genug verankert.

Sie ahnen es schon, meine Damen und Herren! Hatte ich es gestern nicht gesagt? *Ngihambe emalibeni ebatsakatsi*!

Wenn die Schrauben, die die Gitterstäbe an ihrem *unteren* Ende im Mauerwerk hielten, so locker waren, dann waren die Schrauben, die die Gitterstäbe an ihrem *oberen* Ende im Mauerwerk hielten, natürlich ebenso locker. Und jetzt sollten diese Schrauben ganz allein das Gewicht der eisernen Stäbe tragen! Das konnte ihnen nicht gelingen.

»Sifiso!«, habe ich gerufen, als ich das Knirschen gehört habe.

Es hat nicht lange geknirscht, als die oberen Schrauben sich aus dem Mauerwerk gelöst haben. Es waren nicht einmal Sekunden, dann brach das ganze Gitter aus der Hauswand und fielen laut polternd zu Boden.

»Sifiso! Emma!«

Aber von dem Geräusch des Aufpralls waren ohnehin alle aufgewacht.

»Schnell!«, habe ich gerufen. »Alle raus!«

Sifiso und ich haben uns neben das Fenster gestellt und als Erstes dem Jungen aus Ludziwana nach draußen geholfen. Wir wussten nicht, wie schnell er es alleine schaffen würde, und die Zeit war knapp. Danach kam das Mädchen aus Gege.

»Delighty!«, habe ich gerufen. Delighty sollte die Nächste

sein, dann Sifiso und dann Emma. Ich wollte als Letzter nach draußen klettern. Der Kapitän, das haben Sie vielleicht auch schon gehört, verlässt als Letzter das sinkende Schiff. (Auch wenn ich nicht weiß, warum ich dachte, dass ich der Kapitän war, Emma hätte darüber mit mir gestritten.)

Gerade, als Delighty sich auf die Fensterbank geschwungen hat, habe ich draußen vor dem Fenster einen Overall gesehen. Und gleichzeitig die Stimme in unserem Rücken gehört.

»Verdammte Bande!«, hat der zweite Wachmann hinter uns gebrüllt. (Auf Zulu, ich hatte es ja schon gesagt.) »Was habt ihr gemacht?«

Eine Kugel ist oben neben dem Fenster in die Wand eingeschlagen. Der Mann meinte es ernst.

Vor dem Fenster hat der Junge aus Ludziwana geschrien. Die Wache draußen hatte ihn am Arm gepackt. Mit der anderen Hand hielt der Mann das Mädchen aus Gege fest.

Ich weiß nicht, ob Sie so eine Situation schon einmal erlebt haben, ich wünsche es Ihnen nicht. Wenn Ihnen die Erfahrung fremd ist, sage ich Ihnen: In so einer Situation wird man innen plötzlich ganz leer. Nur das Herz schlägt so laut und so schnell, als wollte es den Brustkorb sprengen. Was natürlich gar nicht möglich ist.

In meinem Rücken habe ich die Pistole geahnt. Eine der Pistolen von letzter Nacht. Ich habe mich umgedreht. Der Mann hielt den Lauf aufs Fenster gerichtet. Delighty ist ganz, ganz langsam zurück ins Zimmer gestiegen.

»Habe ich dir nicht gesagt, diese Kinder sind die Pest?«,

hat der Mann im Türrahmen zu seinem Kumpel nach draußen gerufen. »Ruf Grateful an! Die sollen gefälligst kommen und entscheiden, was mit der Saubande passieren soll! Ich will die nicht mehr länger bewachen!«

Der Mann vor dem Fenster hat hilflos ausgesehen. Es war klar, dass er gehorchen wollte, aber er hatte keine Hand frei, um nach seinem Handy zu greifen. Mit der einen Hand hielt er den Jungen aus Ludziwana. Mit der anderen Hand hielt er das Mädchen aus Gege.

»Bring sie zuerst rein, verdammt!«, hat der Mann im Haus gebrüllt. »Und danach rufst du an! Ist das denn so schwierig zu verstehen, du dämlicher Vollidiot?«

(Ich weiß nicht, ob Sie bemerkt haben, wie viele Schimpfwörter in diesem kurzen Befehl enthalten waren, egal, ob auf Zulu oder nicht. Aber die beiden Männer waren natürlich auch alles andere als Gentlemen. Sie sehen daran sehr deutlich: Je weniger ein Mensch ein Gentleman ist, desto leichtfertiger verwendet er eine derartige Sprache.)

Einen winzigen Augenblick lang habe ich überlegt, ob es Sinn hatte, sich auf den Mann zu stürzen. Schließlich waren wir immer noch *vier* Kinder im Raum, und er war nur einer. Ich war sicher, der Mann hätte eigentlich gegen uns keine Chance gehabt.

Aber der Mann hatte eine Pistole. Auf einen Mann, der eine Pistole hat, sollte man sich niemals stürzen, das ist bekannt. Man muss nicht einmal viele Filme gesehen haben, um das zu wissen.

»So!«, hat der andere Mann gesagt und ist schnaufend im

Türrahmen aufgetaucht. Er hat den Jungen und das Mädchen wieder zu uns in den Raum geschubst. »Und jetzt? Wenn jetzt keine Gitterstäbe mehr vor dem Fenster sind, hauen die uns doch gleich wieder ab, Chef!«

»Du Vollidiot!«, hat der andere Mann wieder gerufen. »Ist das hier etwa der einzige Raum im Haus mit einem Gitter?«

Natürlich war es nicht der einzige Raum mit einem Gitter, das hatten wir ja schon bei unserer Ankunft gesehen. Die Entführer würden keine Schwierigkeit haben, uns in ein anderes Zimmer zu sperren. Und noch ein weiteres Mal würden wir es ganz sicher nicht schaffen, mit Delightys Gürtelschnalle die Stäbe zu lockern. Alles war umsonst gewesen.

53

Sie haben sich doch sicher Miss Agathas Satz gemerkt? Dass das Leben spannend bleibt bis zuletzt? Dass hinter der nächsten Biegung des Weges oft eine Überraschung wartet? Das gilt dann natürlich auch für die darauffolgende Biegung, meine Damen und Herren, wenn Sie mich verstehen. (Ngiyacolisa.) Keine Biegung ist jemals die letzte. Es kommen immer weitere Biegungen nach.

»Ins kleine Zimmer links!«, hat der Mann, den der andere Chef genannt hatte, geschnauzt. »Da wird es natürlich ein bisschen eng werden für euch! Aber das habt ihr euch selbst zuzuschreiben!«

Dann hat er Emma seine Pistole in den Rücken gepresst und sie damit aus dem Zimmer auf den Flur dirigiert. Mit einem Pistolenlauf im Rücken gehorcht sogar Emma.

Wir anderen sind ihm gefolgt, ohne zu widersprechen. Der andere Mann ist dicht hinter uns geblieben. Wir würden in das kleine Zimmer gehen, und die Männer würden die Tür hinter uns schließen, und es würde wieder ein Gitter vor dem Fenster geben.

Der Junge aus Ludziwana hat geweint.

Aber jetzt, jetzt kommt endlich die nächste Biegung des

Weges. (Natürlich keine echte Biegung, Sie verstehen. Es ist so mit der Sprache, man sagt eine Sache und meint eine andere. Ich *sage* »Biegung« und *meine* »Überraschung«, das haben Sie längst verstanden.)

Der Mann mit der Pistole hat Emma zu einer Tür geschubst. »Aufmachen!«, hat er gebrüllt.

Emma hatte gerade ihre Hand auf den Türgriff gelegt, als draußen Bremsen quietschten.

Mein Herz hat einen Schlag ausgesetzt. So schnell! So schnell hatten die Wasserleute also auf den Anruf der Wache regiert!

Emma hat die Klinke gedrückt. Die Tür schwang auf. Aber niemand stieß uns mehr in den winzigen Raum dahinter.

»Zum Bakkie!«, hat der Chef gebrüllt und sich hastig an uns vorbeigedrängt. »Weg hier!«

Der andere ist eine Sekunde wie erstarrt stehen geblieben. »Aber die Kinder, Chef?«, hat er verwirrt gefragt.

Und da habe ich es begriffen.

Wie konnte das Bremsenquietschen von den Wasserleuten stammen, wenn die Männer sie doch noch gar nicht angerufen hatten? Wenn die dumme Wache es noch nicht einmal geschafft hatte, das Handy aus der Tasche zu ziehen? Wie konnte das Auto vor dem Haus denn dann das Auto der Wasserleute sein?

»Verdammt, du blöder Idiot, jetzt komm endlich!«, hat der Chef wieder gebrüllt und war schon fast zur Haustür hinaus. Da hat sich der zweite Mann auch endlich in Bewegung gesetzt. Nur noch wir Kinder standen im Flur, und niemand richtete mehr seine Pistole auf uns.

»Sifiso!«, habe ich gebrüllt. »Hinterher!«

Warum suchten die beiden Wachen denn so schnell das Weite? Das konnte doch nur heißen, das Auto vor dem Haus gehörte jemandem, der sie festsetzen wollte! Darum rannten sie jetzt wie Geparden in der Steppe. Und das durften wir nicht zulassen.

Sifiso und ich sind zur Haustür gestürzt. Draußen rannten die beiden Wachen zu ihrem alten schwarzen Bakkie unter der wilden Pflaume. (Im ersten Morgenlicht konnte ich nun auch den weißen Aufdruck erkennen, er wird Sie nicht mehr erstaunen. Water WiZZard, natürlich. Wie auf dem weißen Bakkie der Gangster in Lion Lodge.)

Und ich erstarrte. Aus einem Mercedes-Geländewagen mit der Nummer JSD 136 LV quälte sich eine Gestalt, die war so ungefähr die größte und stattlichste, die ich je gesehen hatte (damit meine ich: so ungefähr die dickste, die ich je gesehen hatte, ngiyacolisa), und das war noch gar nicht lange her.

»Sangoma Kaizer!«, habe ich geflüstert und bin so abrupt stehen geblieben, dass Emma nicht mehr stoppen konnte und von hinten gegen mich gekracht ist. »Oh mein Gott, er ist es doch!«

Wie hatten wir so leichtfertig sein können, uns von Sangoma Kaizer einlullen zu lassen? Hatte ich nicht gleich den Verdacht gehabt, dass Inspector Gwebu dem dicken Sangoma zu schnell vertraute? Jetzt war Lwasi Kaizer

Masuku also hier. Wir hätten uns gleich denken sollen, dass Lwasi Kaizer Masuku mit den Wasserleuten unter einer Decke steckte.

Mühsam quälte er sich aus seinem Wagen, ich habe es schon gesagt. Selbst wenn ein Wagen so groß ist wie dieser Mercedes-Geländewagen, ist es für einen so stattlichen Mann nicht einfach, aus- und einzusteigen, das weiß jeder.

Auch die hinteren Türen des Wagens öffneten sich jetzt, und drei Weiße sprangen heraus, zwei Frauen und ein Mann. Wie viele Gegner hatten wir jetzt? Die beiden Wachen, den Sangoma und drei seiner Lehrlinge: Wir hatten keine Chance mehr.

»Was machst du denn, Thabo?«, hat Emma gebrüllt und ist an mir vorbeigespurtet, direkt auf den alten Bakkie unter der wilden Pflaume zu. »Wie blöd kann man denn sein!«

Inzwischen war der Chef an der Fahrertür angekommen und hat sein Schlüsselbund aus der Tasche gezogen. Sein Kumpel ist vor lauter Nervosität so neben dem Auto auf und ab gesprungen, dass ihm die Pistole aus dem Overall auf den Boden gefallen ist. Er schien es nicht mal zu bemerken.

»Thabo!«, hat Emma wieder gebrüllt.

Auch Sifiso ist jetzt an mir vorbeigesprintet. Für einen Jungen, der einmal ein privater Ermittler werden will, habe ich an diesem Morgen die Zusammenhänge viel zu spät begriffen, ngiyacolisa.

Der Chef hat eilig den Autoschlüssel ins Schlüsselloch gesteckt. (Es war ein sehr alter Bakkie, ich hab es schon geschrieben. Er hatte noch keinen Funkschlüssel.)

»Mann, Thabs!«, hat Emma gebrüllt. »Hinterher!«

Sangoma Kaizer hatte es inzwischen aus seinem Auto geschafft und ist ebenfalls schnaufend auf den Bakkie zugerannt. (Ich nenne es rennen. Das gebietet die Höflichkeit. Eigentlich war es mehr ein Watscheln.) Und nicht nur Sangoma Kaizer: Aus seinem Geländewagen ist jetzt auch noch ein vierter Fahrgast ausgestiegen und rannte hinter den anderen her. Der vierte Fahrgast war Sangoma Sandile.

Sangoma Sandile! Was hatte Sandile in Kaizer Masukus Wagen zu suchen? (Ich hatte schon gesagt, dass ich an diesem Morgen ein langsames Gehirn hatte. Ich entschuldige es mit der durchwachten Nacht.)

Aber Sie haben natürlich längst verstanden, warum Kaizer Masuku auf den Entführer-Bakkie zugerannt ist. Und warum er und seine drei weißen Lehrlinge sich nicht auf Sifiso, Emma und mich gestürzt haben. Für uns haben sie sich überhaupt nicht interessiert. Stattdessen sah es aus, als wollten sie alle vier (gemeinsam mit Sandile) die beiden Entführer daran hindern, in ihr Auto zu steigen.

Ich sage es ungern, aber die Nacht ohne Schlaf hatte mein Gehirn so langsam gemacht wie das Gehirn von Onkel Vusi. Trotzdem habe ich jetzt endlich begriffen. Natürlich war Sangoma Kaizer nicht mit den Entführern im Bunde!

Genau wie alle anderen bin ich darum endlich auf den Bakkie zugelaufen. Und das war mein Fehler, schon wieder. Aber dieses Mal war es nicht nur mein Fehler. Viel dümmer war, dass Sangoma Kaizer und seine Leute und sogar Sandile den gleichen Fehler gemacht haben.

Warum waren sie alle nicht in ihrem Mercedes-Geländewagen sitzen geblieben? Eish! Jetzt hat der Chef den Bakkie gestartet. Der Motor heulte auf.

»Zurück!«, brüllte Sangoma Kaizer.

Seine Leute und er drehten auf der Stelle um und stürzten zu ihrem Wagen. Natürlich kann so ein Mercedes-Geländewagen auf dem unebenen Grasland schneller fahren als ein alter Bakkie. Vielleicht wären die Chancen, die Entführer einzuholen, darum gar nicht so schlecht gewesen. Aber wie lange würde es dauern, bis Sangoma Kaizer sich wieder hinter das Steuer gequetscht hatte?

Der Entführer-Bakkie setzte ein Stück zurück, um zu wenden. Mit quietschenden Reifen machte er einen Satz und fuhr los.

Und wollte losfahren. Und *wollte* losfahren, meine Damen und Herren! *Wollte!* Aber es kam ihm etwas dazwischen, haha, wir stoßen auf die nächste Biegung des Weges! Und die Überraschung hinter dieser Biegung war Miss Agatha in ihrem alten offenen Jeep.

Wie hatten wir überhören können, dass Miss Agathas Jeep sich genähert hatte? Ich würde das Motorengeräusch von Miss Agathas altem Jeep überall erkennen. Aber jetzt gerade hatte ich mich so auf die Entführer und auf Sangoma Kaizer konzentriert, dass ich überhaupt nichts gehört hatte. Vielleicht war ich auch zu verwirrt gewesen.

Vor dem Entführer-Bakkie, keine zwei Meter entfernt, kam Miss Agathas Jeep quer zum Stehen und hinderte ihn so an der Flucht. Der Bakkie bremste scharf.

»Ha!«, hat Miss Agatha gebrüllt und ist aus ihrem Jeep gesprungen. (Ich schreibe gesprungen, das gebietet die Höflichkeit und der Respekt vor dem Alter. Miss Agatha ist eine alte Lady. Sie können sich vorstellen, dass sie nicht wirklich gesprungen ist.) »Ha!« Und sie hat sich mit ausgebreiteten Armen genau vor die Kühlerhaube des Bakkie gestellt. »Habt ihr Tsotsis geglaubt, ihr könnt so einfach verschwinden, was? Habt ihr das geglaubt?«

Ich habe Miss Agathas Mut bewundert. Aber mein Blut ist gleichzeitig zu Eis erstarrt. Denn Miss Agathas Mut hatte ja ohne Zweifel auch damit zu tun, dass sie nichts von der Pistole wusste, die der Mann auf dem Fahrersitz des alten Bakkie bei sich trug.

Und leider sollte sie von der Pistole jetzt ganz schnell erfahren.

»Verschwinde, Gogo!«, hat der Chef gebrüllt und seine Pistole aus dem Seitenfenster direkt auf Miss Agatha gerichtet. »Mach den Weg frei oder …«

»Hahaha!«, hat Miss Agatha gerufen (mit einem Lachen, das man im Film »teuflisch« nennt). Sie ist furchtlos noch einen Schritt näher auf den Bakkie zugegangen. »Begreift doch endlich, dass das Spiel für euch aus ist!«

Und ich war wie gelähmt vor Bewunderung. Wer war Miss Marple gegen Miss Agatha? Hatte Miss Marple sich jemals dem Lauf einer Pistole entgegengestellt? Ich habe blitzschnell in meinem Gedächtnis gekramt, aber mir ist keine Szene eingefallen.

»Verschwinde, Gogo!«, hat der Chef wieder gebrüllt und

dreimal in die Luft geschossen. Es war eine Warnung wie im Film. »Ich möchte diese Pistole nicht auf dich richten und abdrücken müssen!«

Dann hat er noch zweimal in die Luft geschossen, und diesmal ist Miss Agatha ärgerlich zur Seite gesprungen. (Ich schreibe wieder »gesprungen«, Sie verstehen es schon richtig.)

Damit war der Weg frei für den Bakkie. Er musste nur in einem Bogen um Miss Agathas Jeep herumfahren. Und solange der Entführer die Pistole aus dem Fenster hielt, würden auch Sangoma Kaizer und seine Lehrlinge sich ihm nicht mehr in den Weg stellen.

Aber jetzt, meine Damen und Herren, jetzt! Jetzt nähern wir uns noch einer nächsten Biegung des Weges! Ich verspreche Ihnen, es wird die letzte sein.

Denn direkt neben dem Entführer-Bakkie kam in diesem Augenblick ein weiterer Wagen zum Stehen. So viele Autos am frühen Morgen in dieser abgelegenen Gegend! Dieser vierte Wagen war weiß und hatte die blauen Streifen der Polizei.

»Und das war es dann, Tsotsi!«, hat Inspector Gwebu ganz gemütlich gesagt und mit seiner Waffe auf den Fahrer gezielt. Natürlich, Miss Agatha hatte Inspector Gwebu die ganze Zeit kommen sehen! Nur deshalb war sie so mutig gewesen. Ein bisschen war ich enttäuscht. »Pistole fallen lassen und mit erhobenen Händen aussteigen!«

Ich war voller Bewunderung für Inspector Gwebu. Aber gleichzeitig begriff ich, wie leichtsinnig er war.

»Ha!«, brüllte der Entführer auch tatsächlich und richtete seine Pistole blitzschnell von Miss Agathas Kopf weg und auf Inspector Gwebus Kopf. Dabei trat er im Leerlauf aufs Gas, dass der Motor heulte.

Und die Pistole klickte.

Die Stille danach (ich zähle den Lärm der verschiedenen Motoren nicht mit) war ohrenbetäubend. Wieso war es still geblieben nach dem Schuss? Das fragen Sie sich jetzt.

Der Chef schrie wütend auf und drückte wieder und wieder auf den Abzug. Wieder und wieder hörte man nur ein leises Klicken. »Verdammt!«

Aber auch sein Fluchen half ihm nicht. Das Magazin war leer.

Haben Sie mitgezählt, meine Damen und Herren? *Ich* hatte nicht mitgezählt, wie oft der Chef vorher schon abgedrückt hatte, ich hole es jetzt nach. Eine Kugel steckte in unserem Gefängnis im Putz neben dem Fenster. Drei Warnschüsse in die Luft und zwei weitere, als Miss Agatha trotzdem nicht verschwinden wollte. Zusammen machte das sechs. Die Pistole hatte ein Sechsermagazin, und das Sechsermagazin war leer.

»Aussteigen, hatte ich gesagt!«, hat Inspector Gwebu jetzt gebrüllt. »Muss ich denn immer erst unfreundlich werden? Und du daneben steigst auch aus! Mit erhobenen Händen! Wenn es nur eine Sekunde lang so aussieht, als ob du nach deiner Waffe greifst, dann geht *meine* Waffe los!«

(Natürlich hatte dieser Tsotsi seine Waffe längst verloren. Aber das konnte Inspector Gwebu ja nicht wissen.)

Oh, es war so eine Freude zuzusehen! So eine große, wunderbare Freude! Auch der Mercedes von Kaizer Masuku hat inzwischen neben uns angehalten.

Die beiden Entführer sind endlich aus ihrem Bakkie gestiegen und haben die Hände auf das Wagendach gelegt. Inspector Gwebu hat Sangoma Sandile zu sich gewinkt. »Die Handschellen sind im Handschuhfach, Babe Sandile!«, hat er gesagt.

Sandile hat den beiden Gangstern Handschellen angelegt, als täte ein Sangoma so etwas jeden Tag, und Inspector Gwebu hat sie mit seiner Pistole im Anschlag auf die Rückbank seines Polizeiwagens dirigiert. Sandile hat er seinen Wagenschlüssel gegeben. Er selbst hat sich mit seiner Pistole auf den Beifahrersitz gesetzt. So konnten die Gangster während der Fahrt garantiert nicht ausreißen.

»Ich bringe die beiden jetzt in Gewahrsam!«, hat Inspector Gwebu uns zugerufen. »Alles andere später!«

Aus Miss Agathas Jeep sind zwei kleine Gestalten gesprungen, die sich die ganze Zeit mit eingezogenen Köpfen auf die Rückbank gekauert hatten. Sie ahnen es schon.

»Delighty!«, hat Lemonade gerufen und ist an mir vorbei ihrer Schwester in die Arme gestürzt. »Wir haben dich gesucht, Dummi! Man darf nicht einfach weggehen!«

Pilot hat sich auch auf Delighty gestürzt und seine Arme um sie geschmissen. Die drei waren richtig verknäuelt. Es war das, was Miss Agatha in einem Film »ein rührendes Bild« genannt hätte. Nur dass ganz sicher niemand mit klarem Verstand Lemonade rührend finden kann.

Sandile hat den Motor von Inspector Gwebus Polizeiwagen angelassen, aber Inspector Gwebu hat noch einmal den Kopf aus dem Beifahrerfenster gesteckt.

»Thabo?«, hat er gerufen. »Ich vermute, das dahinten ist dein Wagen?« Er hat auf Onkel Vusis Safari-Jeep gezeigt.

»Er ist kaputt!«, habe ich gemurmelt.

»Das ist auch besser so!«, hat Inspector Gwebu geschnaubt. »Ich nehme an, es gibt keinen anderen Chauffeur als dich? Keinen Chauffeur mit einem Führerschein? Wenn ich dich noch ein Mal hinter dem Steuer erwische, gibt es Ärger!«

Ich habe nicht geantwortet. Das also ist der Dank, wenn man der Polizei hilft, gefährliche Entführer festzusetzen! Finden Sie das gerecht? Ich will mich nicht weiter äußern.

Inspector Gwebu ist mit Sandile und seinen Gefangenen abgebraust. Auf einmal standen wir anderen alle ein wenig verloren im frühen Morgenlicht im Grasland hinter der Grenze: wir sechs Kinder aus dem Farmhaus, dazu noch Lemonade und Pilot; Miss Agatha und der schnaufende Sangoma Kaizer mit seinen drei Lehrlingen. Einer der Weißen hat gegähnt. Wir waren alle müde.

»Ja, was machen wir denn dann mit euch anderen?«, hat Miss Agatha gefragt. Sie sah sehr zufrieden aus. »Ich hab ja schon Pilot und Lemonade im Wagen und kann deshalb nur zwei von euch Kindern zusätzlich mitnehmen. Aber dann sind immer noch vier übrig! Was machen wir denn da?«

Sangoma Kaizer hat immer noch geschnauft. »Wenn Sie noch einen Augenblick warten könnten, Make?«, hat er gesagt. »Ich würde mir gern mal kurz den Safari-Jeep ansehen.«

Miss Agatha hat nicht widersprochen, da stand es mir nicht zu, das zu tun. Aber natürlich hätte ich gerne »Niemals!« gebrüllt. Sangoma Kaizer Masuku ist ein Freund fremder Autos, das hatte ich erzählt. Er hilft den weißen Sangoma-Lehrlingen, Kontakt zu den Emadloti aufzunehmen, indem er ihre Wagen verkauft. So hindert kein Reichtum sie mehr daran, den Ahnen zu begegnen, und Sangoma Kaizer nutzt dann das Geld für andere, wichtige Dinge wie Swimmingpools auf seinem Gelände oder einen großen Mercedes-Geländewagen für sich selbst, ich hatte es erzählt.

Aber ich wollte ja gar keinen Kontakt zu den Emadloti aufnehmen, Armut war in diesem Fall überhaupt nicht nötig! Onkel Vusis Jeep sollte Sangoma Kaizer Masuku nicht verkaufen. Ich bin hinter ihm hergerannt.

Sangoma Kaizer hat sich schon über den geöffneten Motorraum gebeugt. Er hat mich kommen hören und sich umgedreht. »Das haben wir gleich!«, hat er geschnauft. »Hat es vorher gequietscht? Natürlich der Keilriemen!«

Ich habe ihn angestarrt. Eigentlich war es aber nicht erstaunlich, dass jemand, der schon so viele Fahrzeuge für seinen guten Zweck verkauft hatte, sich auch mit ihrer technischen Seite auskannte.

»Der Keilriemen?«, hat Miss Agatha gefragt. Sie war

inzwischen auch neugierig bei Onkel Vusis Wagen angekommen. »Tatsächlich, der Keilriemen ist gerissen! Na, das haben wir gleich!«

Ich habe Miss Agatha angestarrt. Konnte es sein, dass Miss Agatha auch etwas von Autos verstand? Sie hatte nie etwas darüber gesagt.

»Umdrehen!«, hat Miss Agatha gesagt und Sangoma Kaizer und mich streng angesehen. Dann hat sie den anderen, die immer noch um Sangoma Kaizers Wagen versammelt waren, zugewinkt. »Alle weggucken jetzt! Sonst kommt ihr in die Hölle!«

Da habe ich Miss Agatha umso erschrockener angestarrt. Sie hat ihren Rock hochgeschoben und blitzschnell daruntergegriffen. Ihre Schuhe hat sie einen nach dem anderen von den Füßen geschleudert. Mit ein paar schnellen Bewegungen hielt sie eine fleischfarbene Strumpfhose in der Hand und hat damit gewedelt.

»Da, Babe Kaizer!«, hat sie zufrieden gesagt und ist barfuß wieder in ihre Schuhe geschlüpft.

Es gehörte sich nicht! Ich musste an Miss Agathas pinkweiße Bettsocken denken. Wie viele Strumpfgeschichten musste ich bei Miss Agatha denn noch erleben? Es gehörte sich nicht für eine Lady.

»Sie ist wie dafür gemacht!«, hat Sangoma Kaizer gesagt, als wäre er kein bisschen erstaunt. »Danke, Make.« Er hat sich wieder über den Motor gebeugt.

Miss Agatha hat mir zugenickt. »So hat mein guter Vater früher, als es noch nicht an jeder Ecke eine Werkstatt gab, unterwegs immer seine Keilreimen geflickt!«, hat sie stolz gesagt. »Natürlich mit den Strümpfen meiner Mutter. Ich habe damals noch Söckchen getragen.«

Ich hätte mir fast die Ohren zugehalten. Ich wollte nicht noch mehr über Miss Agathas Strümpfe hören. Ich bin mir nicht sicher, ob Strümpfe (und vor allem Strumpfhosen und Bettsocken) Bekleidungsstücke sind, über die ein wahrer Gentleman spricht.

»Du kannst fahren, Junge!«, hat Sangoma Kaizer gesagt und geschnauft, als er sich wieder aufgerichtet hat. »Nun sollte alles wieder in Ordnung sein.« Dann ist er zu seinem eigenen Wagen zurückgewatschelt (ngiyacolisa).

Ich muss meiner Verwirrung Ausdruck verleihen, meine Damen und Herren. Sangoma Kaizer war mit seinen Leuten zu unserer Rettung gekommen. Sangoma Kaizer hatte Onkel Vusis Safari-Jeep repariert. Und jetzt fand Sangoma Kaizer es ganz in Ordnung, wenn ich diesen Jeep lenkte (ohne Führerschein). Ausgerechnet Sangoma Kaizer! Derselbe Sangoma Kaizer, der die Weißen betrog und an ihren Autos für seinen guten Zweck verdiente!

Aber gerade war keine Zeit, über derartige Widersprüche nachzudenken, wir wollten alle nach Hause. Ich würde mit Miss Agatha darüber reden müssen und vielleicht mit Reverend Hlophe: Konnte es sein, dass ein Mensch nicht einfach nur gut war oder einfach nur schlecht? Konnte es sein, dass derselbe Mensch, der einerseits fast ein Betrüger war, sich andererseits als Kinderretter und Automechaniker betätigte? Und war er dann ein guter Mensch oder ein schlechter? Wo würde er nach seinem Tod landen? Im Fegefeuer oder bei den Engeln?

Zum Glück musste ich diese Frage nicht entscheiden. »Sifiso!«, habe ich gerufen. »Emma! Wir fahren!«

Pilot und Lemonade wollten auf der Rückfahrt lieber bei mir einsteigen als wieder bei Miss Agatha. Und Delighty und die beiden anderen entführten Kinder natürlich auch. Zum Glück war auf den Bänken für die Touristen oben auf dem Jeep genügend Platz.

»Fahr vorsichtig, Thabo!«, hat Miss Agatha gesagt. »Ich möchte meine Strumpfhose nicht umsonst geopfert haben.«

Der Motor ist angesprungen. Emma hat vorne neben mir gesessen.

»Du musst mich wach halten, Emma!«, habe ich gesagt. »So müde war ich in meinem Leben noch nicht.«

Emma ist hochgeschreckt. Sie war tatsächlich schon eingeschlafen! Mir durfte das nicht passieren.

Emma hat gegähnt. »Ist dir übrigens klar, dass heute Heiligabend ist, Thabo?«, hat sie gesagt. »Was meinst du, was da in Lion Lodge los ist! Und morgen erst, am Weihnachtstag! Ich bin wirklich gespannt, was ich kriege!«

In Lion Lodge feiern sie Weihnachten immer sehr englisch, meine Damen und Herren. Und die Touristen kommen von überall her und sitzen im Licht der bunten Weihnachtslichterketten bis nach Mitternacht auf der Terrasse und hören Weihnachtslieder aus den Lautsprechern über der Tür, und wenn es ganz schlimm kommt, singen sie mit.

An Weihnachten macht Ms Wendy Chapman fast das beste Geschäft des ganzen Jahres, sagt Emma.

Aber ich wollte jetzt nicht über Weihnachten nachdenken. Ich hatte genug damit zu tun, nicht hinter dem Steuer einzuschlafen. Erst wenn ich zu Hause in Onkel Vusis Hütte ein paar Stunden Schlaf nachgeholt hatte, würde ich mich darüber freuen können, dass ich gemeinsam mit Emma und Sifiso – und natürlich mit Miss Agatha – nun schon meinen zweiten Fall aufgeklärt hatte. Für einen Jungen meines Alters (nein, ich werde es Ihnen auch jetzt nicht verraten!), der Privatdetektiv werden will, ist das kein schlechter Start.

54

Nachdem wir das Mädchen und den Jungen am Polizeiposten in Debedebe abgesetzt hatten (schließlich wollten die beiden ja auch nach Hause, nicht nur Delighty!), konnte ich die Augen kaum mehr offen halten. An diesem Tag habe ich geschlafen wie sonst kaum jemals in einer Nacht. Ich bin nicht davon aufgewacht, dass die Touristen lachend und Weihnachtslieder singend ihre Mietwagen auf dem Parkplatz von Lion Park abgestellt haben, um mit Onkel Vusi und Bongani und Sipho Joyful zur Zwei-Stunden-Safari aufzubrechen oder zur Drei-Stunden-Safari oder zur Dämmerungs-Safari. Am Heiligabend sind so viele Touristen in Lion Lodge, dass auch Lion Park ein gutes Geschäft macht. Auch am Heiligabend möchten die Touristen Löwen sehen.

Aber mich haben ihre Bremsen nicht geweckt und auch nicht das Anspringen der Motoren, wenn sie sich wieder auf den Weg nach Lion Lodge gemacht haben. Erst als Onkel Vusi mich an der Schulter gerüttelt hat, damit ich mit ihm in die Kirche gehen sollte, bin ich aus dem Schlaf geschreckt.

»Thabo!«, hat Onkel Vusi geflüstert. »Gleich Mitternacht!«

Wir haben gesungen und gebetet, und Reverend Hlophe

hat Gott gedankt, wie es sich an Weihnachten gehört, aber gleich danach bin ich zu Hause auf meiner Matte wieder eingeschlafen. Erst am Weihnachtsmorgen bin ich richtig aufgewacht. Diesmal war es Emma, die an meiner Schulter gerüttelt hat.

»Das kann ja wohl nicht sein!«, hat sie gerufen. »Weihnachtsmorgen, Thabo Shongwe! Auntie Agatha wartet auf uns! Weihnachtsfrühstück!«

Ich hätte gerne noch länger geschlafen, vielleicht finden Sie das erstaunlich. Aber natürlich bin ich trotzdem mitgegangen. Vor allem, weil ich neugierig war. Wie hatte uns Miss Agatha gestern in dem alten Farmhaus im Nirgendwo aufspüren können? Und wie hatte uns Inspector Gwebu gefunden? Was hatte Sangoma Kaizer damit zu tun, und warum war ausgerechnet Sandile mit ihm gekommen? Und waren die Wasserleute im Gefängnis?

»Was hast du gekriegt?«, habe ich Emma gefragt.

Emma hat geschnaubt. »Frag mich nicht!«, hat sie böse gesagt. »Ein neues Französischlexikon!«

Ich habe gestöhnt.

Auf dem Rasen vor Miss Agathas Cottage war eine lange Tafel gedeckt, und aus dem Haus kam »We Wish You a Merry Christmas« vom CD-Player. In den Sträuchern hingen bunte Lichterketten, bei denen man im hellen Morgenlicht nicht entscheiden konnte, ob ihre kleinen Glühbirnen leuchteten oder nicht, und unter einem Jacaranda-Baum stand eine bunte Weihnachtskrippe mit kniehohen geschnitzten Figuren. Paki schnitzt solche Figuren, wenn er sich nicht um die Schuhe von Lion Lodge kümmern muss. Das Jesuskind war schwarz wie Maria und Josef und sah ein bisschen aus wie Lemonade.

Ich habe sofort gesehen, dass Miss Agatha an diesem Morgen viele Gäste hatte: Reverend Hlophe und Inspector Gwebu und PC Sipho und Sandile und sogar Sangoma Kaizer. Und natürlich Lemonade und Pilot und Sifiso und Delighty. Vier Teekannen standen auf dem Tisch und natürlich auch wieder eine Platte mit diesen Scones, die schmecken wie getrockneter Lehm. Aber zum Glück auch ein Teller mit einem von vielen Feigen und Datteln und Rosinen fast schwarzen Weihnachts-Früchtekuchen.

»Setzt euch, Kinder, setzt euch!«, hat Miss Agatha gerufen. »Frohe Weihnachten alle zusammen! Und was für ein Weihnachten dieses Mal! Alle verlorenen Kinder sind wieder zu Hause! Die Entführer sind im Gefängnis! Da hatte doch wohl der Himmel seine Finger im Spiel!«

Reverend Hlophe (er saß neben Sangoma Sandile, und beide hatten schon ordentlich zugelangt; jedenfalls war das Tischtuch um ihre Teller herum voller Brösel) hat zustimmend genickt. Ich habe nicht gesagt, dass vor allem Emma, Sifiso und ich unsere Finger im Spiel gehabt hatten.

»Haben Sie die drei Leute von Water WiZZard auch geschnappt, Babe Gwebu?«, habe ich stattdessen gefragt. »Kann ich mein Handy zurückhaben?«

Inspector Gwebu hat mit beiden Händen auf den Tisch geschlagen, dass seine Teetasse auf der Untertasse gehüpft ist. Ich habe gesehen, dass seine Teetasse leer war. Inspector

Gwebu würde heute auf einer Familienfeier sicher noch etwas Stärkeres zu trinken bekommen.

»Die drei sind hinter Schloss und Riegel!«, hat er gerufen. »Diese angeblichen Helfer und Brunnenbohrer! Diese Kinderräuber! Wir konnten sie gerade noch aufhalten, als sie klammheimlich aus Lion Lodge verschwinden wollten! Aber ich hatte PC Sipho von unterwegs angerufen, und er hat seinen Wagen quer vor das Tor gestellt!« Inspector Gwebu hat Sipho angesehen. »Gute Arbeit, Sipho, gute Arbeit! Allerdings werden wir wohl noch einmal reden müssen. Zu einem wichtigen Einsatz nimmt man seine Verlobte nicht mit. Nicht auf dem Schoß und überhaupt nicht.«

»Sie saß fast auf dem Beifahrersitz!«, hat PC Sipho protestiert.

Aber er sah stolz aus. Ich weiß nicht, ob er wirklich ein Lob verdient hatte. In der Hand hat er einen Stab mit Markierungen gedreht. Jedem war klar, was das war. Der Vater seiner Braut hatte PC Sipho den Stab gegeben. Er zeigte an, welche Lobola von PC Sipho erwartet wurde. Es sah nach einer ganzen Menge Rinder aus. Ich habe mich gewundert, dass PC Sipho trotz dieser erschreckenden Forderung einen so klaren Kopf bewahrt hatte, dass es ihm gelungen war, die Wasserleute festzusetzen.

»Das war eine ganz finstere Bande!«, hat Inspector Gwebu gerufen. »Sie schnappen sich schon seit Monaten Kinder überall, auch hinter der Grenze! Sie erzählen ihnen, dass sie ihre Ausbildung bezahlen oder einen Weg wissen, wie sie eine Unterstützung für ihre Familie bekommen können! Dann steigen die Kinder freiwillig in ihren Bakkie.«

Reverend Hlophe hat sich mit dem Ärmel über den Mund gewischt. »Es ist eine Sünde, das Elend dieser elternlosen Kinder auszunutzen!«, hat er mit vollem Mund gesagt. (Reverend Hlophe legt keinen Wert darauf, ein wahrer Gentleman zu sein.) »Gott der Herr wird sie richten am Jüngsten Tag!«

»Das wird er, das wird er!«, hat Inspector Gwebu zufrieden gesagt. »Aber zuerst mal richten sie die irdischen Gerichte. – Sipho, hör auf, immer nur über die Lobola nachzugrübeln! Leg den Stab beiseite, und gib dem Kind da drüben doch endlich noch ein Stück Kuchen!«

Ich habe zu Lemonade hingesehen. Sie hat versucht, mit ihrer Hand an die Platte mit dem Früchtekuchen zu kommen. Obwohl sie sich mit dem ganzen Oberkörper auf den Tisch geschmissen hat, war ihr Arm nicht lang genug.

»Und dann verkaufen sie die Kinder ins Ausland?«, habe ich gefragt.

Inspector Gwebu hat genickt. »Nach Südafrika und sonst wohin!«, hat er gesagt. »Es ist ein boomender Markt. Vor allem Mädchen sind sehr gefragt. Sie verkaufen die Mädchen …«

Miss Agatha ist ihm ins Wort gefallen. »Ja, das sind böse Menschen!«, hat sie gerufen. Dann hat sie leicht den Kopf geschüttelt. Ich wusste, das sollte ein Zeichen für Inspector Gwebu sein. Vielleicht fand Miss Agatha, dass das, was mit den Mädchen passierte, nichts für Pilots und Lemonades

Ohren war. »Böse, böse Menschen! Aber wir hier sind ja keine bösen Menschen, das hoffe ich zumindest! Bist du im letzten Jahr böse gewesen, Lemonade? Bist du böse gewesen, Pilot?«

Pilot hat sie nur angestarrt und seinen Kopf zwischen den Schultern eingezogen. Lemonade hat wild den Kopf geschüttelt. »Delighty war böse!«, hat sie gesagt. Es hat sie nicht gestört, dass ihr Mund noch voller Früchtekuchen war. »Die war weg! Ich war nicht weg.«

»Das habe ich mir gedacht!«, hat Miss Agatha gerufen und plötzlich beide Hände mit Schwung hinter ihrem Rücken vorgeholt. »Dass ihr zwei brave Kinder wart! Sonst wären heute Morgen eure Strümpfe ja wohl auch kaum voll gewesen!«

Dann hat sie je eine hellblaue Socke vor Pilot und Lemonade auf den Tisch gelegt. Beide Socken waren so riesig, dass sie einem Elefanten gepasst hätten. (Elefanten tragen keine Socken, ich weiß.) Und beide Socken waren randvoll gefüllt.

Aber Lemonade hat sie ein bisschen misstrauisch angestarrt. »Das ist nicht meiner!«, hat sie gesagt und ist aufgestanden, um eine verkrumpelte pink-weiße Bettsocke aus ihrem Rockbund zu ziehen. »In meinem war nichts drin!« Und sie hat die kleine Socke empört auf den Tisch geworfen.

»Dann war das wohl ein Irrtum von Santa Claus!«, hat Miss Agatha gesagt. »Weißt du? Santa Claus hat ja so viel zu tun! Da hat er das vielleicht verwechselt!«

»Dann nehm ich das!«, hat Lemonade großmütig gesagt, nachdem sie einen Augenblick den Inhalt der blauen Riesensocke abgeschätzt hatte. »Na gut.«

Die Erwachsenen am Tisch haben alle über das ganze Gesicht gestrahlt und einander zugezwinkert, sogar Sangoma Kaizer. Ich fand es überraschend, dass sogar Sangoma Kaizer mit an Miss Agathas Weihnachtstafel saß. Ich wusste nicht, ob ich froh darüber sein sollte.

»Ja, und für die großen Kinder …«, hat Miss Agatha gesagt und eine Plastiktüte über dem Tischtuch ausgeschüttet. »Emma? Sifiso? Thabo? Delighty?« Vier normale schwarze Sportsocken mit Namensschildchen daran sind auf den Tisch gefallen. Ich habe eine große Erleichterung gespürt. Niemals hätte ich eine pink-weiße Socke nehmen mögen, von der ich wusste, dass Miss Agatha sie in ihrem rosenübersäten Schlafzimmer im Schlaf an den Füßen trug. Schwarz war möglich.

»Sieht ziemlich leer aus!«, hat Emma gesagt.

Das war die Wahrheit. Aber als ich mir meine Socke gegriffen habe, lag ein Zettel darin. »Gutschein!«, stand darauf. (Computerschrift, ausgedruckt.) »Für eine Fahrt zum nächsten Pokalspiel hin und zurück inklusive Eintrittskarten.«

»Eish!«, habe ich gerufen.

»Hat Santa Claus es richtig gemacht?«, hat Miss Agatha gefragt. Dann hat sie sich zu mir herübergebeugt und in mein Ohr geflüstert: »Dumisani hat noch schnell die Socken für die Kleinen gestrickt! Aber für euch hat sie es leider nicht mehr geschafft. Ich hoffe, das macht nichts! Die sind gekauft!«

Auch Delighty hat gestrahlt, das hat mich ein bisschen gewundert. Ich würde sie später fragen, was auf ihrem Gutschein stand.

»Endlich mal ein vernünftiges Geschenk!«, hat Emma gesagt.

»Vielen, vielen Dank, Miss Agatha!«, habe ich gesagt.

»Das war doch dieser Mann!«, hat Lemonade gesagt und den Kopf geschüttelt. »Das war doch nicht Miss Agatha!«

»Schon klar!«, habe ich gesagt. »Aber wie haben Sie uns denn gestern früh überhaupt gefunden, Miss Agatha? Und Sie, Babe Inspector Gwebu?«

Miss Agatha hat gelacht und ihr Miss-Marple-Gesicht gemacht. In ihrem Wohnzimmer spielte der CD-Player »Jingle Bells«. »Ja, das war wunderbar!«, hat sie gesagt. »Emma hatte Wendy und mich ja angeschwindelt, dass sie vorhatte, sich friedlich schlafen zu legen. Aber ich kenne doch meine Großnichte! Wenn Emma so früh freiwillig ins Bett geht, ist irgendwas im Busch!«

Emma hat sie böse angesehen.

»Ich bin also noch mal in Emmas Zimmer gegangen, bevor ich ziemlich spät nach Hause aufgebrochen bin«, hat Miss Agatha gesagt. »Und natürlich war es, wie ich vermutet hatte. Keine Emma!«

Alle waren still und haben zugehört. Aus dem Wohnzimmer kam jetzt »White Christmas«. Ich weiß nicht, ob das für uns im Königreich so richtig passt.

»Also bin ich zu dir nach Hause gefahren, Thabo!«, hat Miss Agatha gesagt. »Ich hab mir ja gleich gedacht, dass das wieder irgendeine Verschwörung zwischen euch war!«

»Und da haben Sie dann Pilot und Lemonade in Onkel Vusis Hütte gefunden, Make Agatha!«, habe ich gesagt.

Miss Agatha hat grimmig genickt. »Als ich im Rangerquartier angekommen bin, war da kein Vusi ...«

»Der war in Nhlangano!«, habe ich gesagt.

»... und kein Thabo! Auch keine Emma. Nur die beiden Kleinen.«

»Ich bin nicht klein«, hat Lemonade mit vollem Mund gesagt.

»Und nachdem ich sie aufgeweckt hatte, haben sie mir von Sifisos Verschwinden und den Quartett-Karten erzählt. Mir war sofort klar, dass ihr euch da auf eine gefährliche Mission begeben hattet!«

Emma und ich haben auf den Tisch geguckt.

»Also habe ich Pilot und Lemonade eingeladen, damit sie mir zeigen sollten, wo ihr die Karten gefunden hattet, und ich habe Gwebu auf dem Handy angerufen.«

Inspector Gwebu hat genickt. »Ich war sogar noch wach, weil ich gerade von einer Beerdigung in Mhlosheni zurückgekommen bin, das war ein Segen!«, hat er gesagt. »Da war ich schon ziemlich in der Nähe.«

»Und dann bin ich immer euren Reifenspuren nachgefahren!«, hat Miss Agatha gesagt. »Zum Glück hat es nicht geregnet.«

»Und ich bin auch den Reifenspuren nachgefahren!«, hat

Inspector Gwebu gesagt. »Nach zwei Fahrzeugen waren die ja ziemlich deutlich.«

»Wie gut, dass Sie die Pistole dabeihatten, Babe Gwebu!«, habe ich gesagt.

Inspector Gwebu hat auf seine Pistolentasche geklopft. »Die Polizei ist immer bereit!«

Jetzt habe ich mich getraut, auch die letzte Frage noch zu stellen. »Und Sangoma Kaizer?«, habe ich gefragt. »Und Sandile?«

Die beiden Tangoma haben einander einen Blick zugeworfen. Sandile hat angefangen.

»Vorgestern Morgen bei Sonnenaufgang habe ich endlich die Knochen geworfen«, hat er gesagt. »Ihr erinnert euch? Um die Geister der Ahnen zu befragen, wo ich Delighty und die anderen Kinder finden könnte.«

»Deshalb sind Sie also so früh zu Ihrer Hütte aufgebrochen, Sangoma Sandile!«, hat Emma gesagt. »Und wir dachten schon ...«

Sandile hat den Kopf geschüttelt. »Ich habe die Knochen in Miss Agathas Gästezimmer geworfen!«, hat er gesagt. »Auf ihrem Bettvorleger. Deshalb ist es vermutlich auch zu dem Missverständnis gekommen. Der Bettvorleger war nicht der richtige Ort.«

Wir haben ihn angestarrt.

»Die Knochen haben mir gesagt, dass die Spur zu Sangoma Kaizer führt«, hat Sandile gesagt. (Ich habe genau gehört, dass er vor dem Wort »Sangoma« ein bisschen gezögert hat.) »Also bin ich zu ihm aufgebrochen.« Er hat geseufzt. Vielleicht ist ihm durch den Kopf gegangen, wie Kaizers Anwesen aussah im Vergleich zu seiner armseligen Hütte. »Ich dachte natürlich, ich würde die Kinder dort finden. Die Knochen irren nicht.«

»Ja?«, habe ich gefragt. Darum also war Sandile vorgestern Morgen verschwunden gewesen.

»Und die Knochen haben sich auch nicht geirrt!«, hat Sandile erleichtert gesagt. »Nur, dass die Zusammenhänge vollkommen andere waren.« Er hat Sangoma Kaizer angesehen. »Babe Kaizer war zunächst empört, dass ich ihn verdächtigt habe. Aber dann ...«

Er hat Sangoma Kaizer zugenickt, und jetzt hat Sangoma Kaizer den Faden aufgenommen. Seine Stimme klang tief und wie aus einem Fass.

»Ich hatte schon darüber nachgegrübelt, seit ihr Kinder mit Inspector Gwebu am Samstagabend bei mir wart!«, hat er gesagt.

Wir haben gewartet. »An diesem Abend hat sich eine ältere Dame von uns verabschiedet und ist abgereist, die ganz sicher nicht als Sangoma geeignet war. Überhaupt nicht geeignet. Nicht alle Weißen sind geeignet.«

Niemand hat gewagt, etwas zu sagen.

»Sie war die ganze Zeit sehr nervös«, hat Sangoma Kaizer gesagt. »Ständig ist sie zusammengezuckt, und wenn die Affen auf ihrem Dach oder in den Zweigen des Fieberbaums vor ihrem Fenster herumgeklettert sind, hat sie geschrien: ›Kinder!‹, hat sie geschrien. ›Überall Kinder und Affen!‹«

»Kinder und Affen!«, habe ich geflüstert und Sifiso und Emma einen Blick zugeworfen. Wir wussten alle drei, von wem Sangoma Kaizer gerade sprach.

»Verrückt!«, hat PC Sipho gesagt. Aber Inspector Gwebu hat ihm einen strafenden Blick zugeworfen, da war er still.

»Als diese Dame bei mir angekommen ist, hatte sie sich vorher verfahren«, hat Sangoma Kaizer gesagt. »Ihr Wagen hatte ein Navigationsgerät, wie konnte das also geschehen? Wenigstens konnten wir so herausfinden, von welchem Ort sie gesprochen hatte.«

Inzwischen hat niemand mehr gekaut. Wir haben nur noch zugehört.

»Sie hat ganz aufgelöst erzählt, dass sie vom Weg abgekommen war, und irgendwo auf südafrikanischer Seite, nicht weit hinter der Grenze, ist sie auf ein Haus gestoßen. Ein einsames, verfallenes Farmhaus.«

Emma, Sifiso und ich haben gleichzeitig aufgestöhnt.

»Vor dem Haus stand ein alter schwarzer Bakkie unter einer wilden Pflaume. Sie ist ausgestiegen, um nach dem Weg zu fragen. Sie hatte das Gefühl, dass die beiden Männer, die ihr sehr freundlich erklärt haben, wie sie von dort aus weiterfahren musste, die ganze Zeit versucht haben, sie immer weiter vom Haus wegzudrängen.«

»Wir haben das Auto gehört«, hat Delighty schüchtern gesagt. »Drinnen.«

Sangoma Kaizer hat grimmig genickt. »Darum habt ihr um Hilfe gerufen, stimmt's?«, hat er gefragt. »Die ungeeignete Dame hat erzählt, es wären Hilferufe aus dem Haus gekommen, Kinderstimmen, ziemlich verzweifelt. ›Was ist das?‹, hat sie gefragt. Die Männer haben gelacht und gesagt: ›Oh, das! Machen Sie sich keine Sorgen!‹ Sie haben auf ihren Bakkie gezeigt. ›Water WiZZard‹! *Wizzard*, ihr versteht! Zauberer! ›Wir sind Artisten!‹, haben die Männer gesagt. ›Das ist eine CD! Das gehört zu einem unserer Tricks!‹ Der Mann, der offensichtlich der Boss war, hat dem anderen ein Zeichen gegeben, dass er ins Haus gehen und die CD ausschalten sollte. Danach war es auch wirklich still.«

»Er hat keine CD ausgeschaltet!«, hat Delighty leise gesagt. »Er hat seine Pistole auf uns gerichtet. Da haben wir nicht mehr gewagt, weiter um Hilfe zu rufen.«

»Aber der Dame ist das Ganze nicht mehr aus dem Kopf gegangen!«, hat Sangoma Kaizer gesagt. »Ich bedaure sehr, dass ich sie nicht ernster genommen habe. Sie war allerdings wirklich ein wenig hysterisch. Erst als Inspector Gwebu nach den verschwundenen Kindern gesucht hat ...«

Er hat bedauernd genickt. »Ja, und dann ist natürlich mein Kollege Sandile hier gekommen und hat behauptet, die Knochen hätten ihm den Weg zu mir gewiesen. Zuerst habe ich gesagt, es müsse sich um einen Irrtum handeln, denn die Kinder waren ja nicht bei mir, aber wie wir alle wissen: Die Knochen irren nicht! Da habe ich begriffen, dass die Knochen ihn zu mir gewiesen hatten, damit wir gemeinsam dieses alte Farmhaus suchen sollten. Weil die Hilferufe nicht von einer CD gekommen waren.«

»Puh!«, habe ich gesagt. »Ein Glück!«

»Die Knochen irren nicht!«, hat Sangoma Kaizer wieder gesagt.

»Nur, dass ich auf Miss Agathas Bettvorleger ihre Bedeutung nicht genau entschlüsseln konnte«, hat Sandile gesagt. »Aber schließlich haben sie uns ja doch zu einem guten Ende geführt.«

»Halleluja!«, hat Reverend Hlophe gesagt. »Amen!«

»Ein Glück, dass wir Sandile bei Miss Agatha versteckt haben!«, habe ich gesagt und Inspector Gwebu einen Blick zugeworfen. »Wenn Sie ihn verhaftet hätten, Inspector Gwebu, hätte er ja nicht zu Sangoma Kaizer fahren können, und dann ...«

»Ich hätte doch Sandile niemals verhaftet!«, hat Inspector Gwebu im Brustton der Überzeugung gesagt. »Ich kenne doch meinen guten Freund Babe Sandile!«

Aber ich weiß, was ich weiß, meine Damen und Herren, Sie erinnern sich an meinen ersten Fall. Da hatte Inspector Gwebu auch keine Sekunde gezögert, einen guten Freund zu verhaften.

Aus dem Wohnzimmer kam jetzt der Gesang eines Kinderchors. »Once in Royal David's City«.

»Ja, warum greift denn niemand mehr zu?«, hat Miss Agatha gerufen. »Tee? Scones? Früchtekuchen?«

Alle haben wieder angefangen, miteinander zu reden. Lemonades Riesensocke sah schon ein bisschen leerer aus. Dumisani hat aus dem Haus eine frische Kanne Tee gebracht.

Und ich habe mich zurückgelehnt und in den großen

Marula-Baum gesehen, in dem die Meerkatzen schon jetzt die noch unreifen Früchte inspiziert haben. Es war Weihnachten, und mein zweiter Fall war gelöst.

Ich war auf einem guten Weg, Privatdetektiv zu werden. Und mit dem wahren Gentleman würde es schon auch noch klappen.

Leseprobe aus: Thabo – Detektiv & Gentleman – Der Nashorn-Fall

Vielleicht möchten Sie auch noch etwas über meine anderen Fälle erfahren, meine Damen und Herren? Zum Beispiel wie es war, als Emma, Sifiso und ich den Nashorn-Mörder überführt haben?

Die ersten zwei Stunden werde ich hier überspringen, sie waren sozusagen durchschnittlich: nicht so viele Tiere wie bei den Touren in der Dämmerung natürlich, aber genug, um die Touristen oben auf den Bänken glücklich zu machen. Ein Zebra gleich zwei Minuten hinter dem Tor unter einer Schirmakazie, fünf Giraffen im hohen Elefantengras, massenhaft Antilopen zwischen den Dornbüschen der Steppe, eine kleinere Elefantenherde am Wasserloch und natürlich eine Löwenfamilie. Nach der Löwenfamilie war die Stimmung blendend. Selbst wenn in der letzten Stunde nicht mehr viel passierte, würden die Gäste trotzdem reichlich Trinkgeld geben. (Nicht der Chinese, das war klar.)

Der Chinese setzte während der ganzen Fahrt seine digitale Spiegelreflex nicht ab; der alte Mann zückte alle paar

Minuten eine kleine Automatikkamera (immer, wenn seine blonde Frau rief: »Da, Alfred, da!«); und der Verliebte und der freundliche Mr Winterbottom haben pausenlos mit dem Handy fotografiert und gefilmt. Wenn ich für jedes Touristenfoto auf unseren Touren einen Cent bekäme, wäre ich reich.

Es hatte lange nicht geregnet, und der Jeep hat den roten Staub der Straße aufgewirbelt, aber davon bekamen nur Onkel Vusi und ich unten etwas ab; bis zu den Gästen auf der Plattform wehte er nicht. Wir fuhren schon länger durch Dornbuschsteppe, aber bis auf vereinzelte Antilopen waren keine Tiere mehr zu sehen. Hinter dem großen einsamen Baobab würden wir in das Akazienwäldchen abbiegen, und von da war es dann nicht mehr weit bis zum Parkplatz.

»Verdammt!«, hat Mr Winterbottom plötzlich gemurmelt. Er ist halb aufgestanden, damit er in sämtlichen Hosentaschen kramen konnte. »Wo ist mein Kopfhörer?«

Der Verliebte hat mit seiner Braut nämlich gerade das Video angeguckt, das er zehn Minuten vorher von den Löwen gemacht hatte, jeder von den beiden hatte dabei einen Ohrstöpsel vom Kopfhörer im Ohr. Die Touristen halten es nie aus zu warten, meine Damen und Herren, sie gucken ihre Videos schon auf der Safari an. Zum Glück hatte der männliche Löwe seine Mähne geschüttelt und gegähnt, als wir im Schritttempo an ihm vorbeigefahren sind, da waren die Gäste bestimmt alle mit ihren Bildern zufrieden.

Und jetzt wollte Mr Winterbottom sein Video natürlich auch angucken, und das Löwenbrüllen gehörte dazu. Aber wenn er seinen Kopfhörer bisher in einer der Hosentaschen gehabt hatte, dann war er jetzt jedenfalls nicht mehr da. Vielleicht war er ihm irgendwann herausgefallen, als er nach einem Taschentuch oder dem Schlüsselbund gesucht hatte. So was passiert einem ja leicht, und es war doch ein Glück, dass er nur den Kopfhörer verloren hatte und nicht seine Schlüssel. Mir ist dabei sofort wieder Miss Agathas verschwundenes Laptop-Kabel eingefallen. Ich war gespannt, ob sie es inzwischen gefunden hatte und ob sie Emma dann jetzt doch noch zeigen musste, wie sie ins Internet kam.

»Na, ohne Ton geht ja auch!«, hat Mr Winterbottom gemurmelt. »Verdammt gute Bilder, verdammt nah dran! Da werden sie zu Hause staunen! Willst du auch mal gucken?« Und er wollte mir das Handy über die Schulter nach vorne reichen.

(Übrigens haben Sie sich vielleicht auch schon gefragt, meine Damen und Herren, ob Mr Winterbottom wirklich ein Gentleman ist, so häufig, wie er »verdammt« sagt. Die Antwort ist: Ich weiß es nicht. In Miss Agathas Filmen wäre er keiner.)

Aber jetzt hat Onkel Vusi plötzlich »Pssst!« gezischt. »Sie haben Glück!«, hat er geflüstert. »Zum Abschluss kann ich Ihnen wahrscheinlich im Akazienwäldchen noch eine Gruppe Breitmaulnashörner zeigen. Darum seien Sie jetzt bitte besonders leise; Nashörner sind fast blind, aber dafür hören sie ausgezeichnet. Und wenn etwas sie beunruhigt, können sie äußerst unfreundlich werden.«

»Greifen sie an?«, hat die junge Verliebte erschrocken gefragt und sich ihre Hälfte des Kopfhörers aus dem rechten Ohr gezogen. »Auch Autos? Würden die unser Auto angreifen?«

Ihr Bräutigam hat sie noch fester in den Arm genommen. »Keine Angst, Schatz, die sind viel zu langsam!«, hat er gesagt. »Da sind wir längst über alle Berge, bevor die uns auf die Hörner nehmen können.«

Oh, sie sind so klug, die Touristen! Sie wissen alles, sie kennen sich aus!

»Fünfzig Stundenkilometer, leicht«, hat Onkel Vusi gesagt, ohne sich zur Plattform umzudrehen. »Und was glauben Sie, woher all die Beulen in unserer Motorhaube stammen?«

»Die hat ein Nashorn …?«, hat die Verliebte gefragt.

Die alte Frau hat leise aufgestöhnt. »Vielleicht sollten wir dann lieber nicht …?«, hat sie gesagt.

Aber da hat Onkel Vusi schon nach vorne gezeigt. »Psssst!«, hat er wieder geflüstert. »Rechts am Wegrand, unter der großen Schirmakazie! Ein Nashornbaby!«

Sie können es mir glauben, meine Damen und Herren, oder es meinetwegen auch für Angabe halten: Schon in diesem Augenblick hatte ich ein schlechtes Gefühl. Das war einfach etwas, was es nicht geben sollte und was es normalerweise auch nicht gab: ein Nashornkalb ganz allein auf der Straße. Ein Nashornkalb, das sich nicht regte und rührte. (Nur sein Schwanz hat ein bisschen hin und her gependelt.)

Ich habe blitzschnell zum Wegrand gegenüber geguckt. Wenn seine Mutter auf der anderen Seite graste und wir gleich zwischen den beiden durchfuhren, würde das der Nashornkuh nicht gefallen. Unser Wagen hatte nicht nur Beulen in der Motorhaube, sondern auch in den Seitenblechen.

Aber ich hätte mir keine Sorgen machen müssen.

»Oh mein Gott!«, hat der alte Mann geflüstert. Die alte Frau hat jetzt so laut gestöhnt, als wollte sie ohnmächtig werden.

Ich hatte auf die falsche Seite geguckt, darum habe ich es erst nach ihnen entdeckt. Wir mussten keine Angst vor der Nashornmutter haben. Direkt vor ihrem Kind lag sie reglos im Elefantengras, ein riesiger grauer Berg mit einer Blutlache um ihren Kopf. Wo die beiden Hörner hätten sitzen sollen, waren nur noch zwei unvorstellbar große Wunden, von denen die Fliegen aufstoben.

Da musste man gar nicht genauer hinsehen. Irgendwer hatte ihr die Hörner abgesägt. Sie war verblutet.

Leseprobe aus: Thabo – Detektiv & Gentleman – Der Rinder-Dieb

Und möchten Sie auch noch wissen, wie es war, als wir den gemeinen Rinder-Dieb geschnappt haben?

Genau in diesem Augenblick ist der Wagen mit einem Ruck stehen geblieben.

»Nichts wie raus!«, habe ich gezischt.

Zum Glück ließ sich der Türhebel so leicht bewegen, als wäre er gerade geölt worden. Und wir mussten die Türen ja auch nur einen schmalen Spalt weit öffnen, um nach draußen zu springen. Emma und ich haben beide keine traditionelle Figur.

Hinter dem Lastwagen haben wir uns blitzschnell ins hohe gelbe Gras geduckt. Jetzt hatten wir es so lange in dem unbequemen Laderaum ausgehalten, nur damit die Filmleute uns nicht entdecken sollten, da wäre es doch dumm gewesen, wenn sie uns jetzt noch entdeckt hätten, nur weil wir unvorsichtig wurden.

»Was wollen die denn hier mitten im Nirgendwo?«, hat

Emma so leise geflüstert, dass es kaum zu hören war. »Hier ist doch nichts!«

Ich habe versucht, mich ein bisschen umzusehen, so gut das in der Hocke und hinter dem Lastwagen möglich war. Emma hatte recht. Wir waren in der allerabgelegensten Einöde gelandet, das hätten wir uns ja schon wegen der schrecklichen Wege denken können. Wie wir von hier aus nach Lion Park zurückkommen sollten, wollte ich mir gar nicht vorstellen. Autos fuhren hier jedenfalls keine.

Und dann wusste ich plötzlich, wo wir waren! Ich wusste es, weil ich nur ein kleines Stück entfernt auf einem Berghang rechts von uns einen verkohlten Haufen Trümmer gesehen habe.

»Jonathan?«, hat aus der Fahrerkabine die Stimme der Film-Frau gerufen. Inzwischen kannten wir sie ja schon. Es war keine freundliche Stimme. »Wo bleibst du denn? So lange muss doch kein Mensch ...«

Ich habe mich ein wenig vorgebeugt, um nach vorne um den Filmwagen herum sehen zu können. Und da war natürlich klar, warum die beiden angehalten hatten.

Neben der Motorhaube stand der Film-Mann, der Jonathan hieß, und tat etwas, über das ein Gentleman ganz sicher den Mantel des Schweigens breitet; auch wenn er es ganz sicher genauso erledigen muss wie Menschen, die keine Gentlemen (oder Ladys) sind. Mir ist es darum leider nicht möglich, es Ihnen genauer zu erklären. Ich sage nur so viel: Jonathan war gerade dabei, seinen Reißverschluss wieder hochzuziehen.

»Kannst du was sehen?«, hat Emma geflüstert.

Ich habe einen Finger gegen meine Lippen gepresst und mich wieder hinter den Wagen zurückgezogen. »Gleich fahren sie weiter!«, habe ich geflüstert. »Psssst! Sie haben erledigt, was sie erledigen mussten!«

»Woher willst du das denn wissen?«, hat Emma geflüstert, aber genau in diesem Augenblick hat der Lastwagen wirklich einen kleinen Satz nach vorne gemacht und ist dann im Schneckentempo über den zerfurchten Weg weitergeschwankt. »Woher wusstest du das, Thabs?«

Das konnte ich Emma ja nun leider nicht erklären. Wie ich gesagt habe: Ein Gentleman schweigt über gewisse Dinge. »Hellsehen!«, habe ich gesagt. »Weißt du nicht, wo wir sind, Emma? Sieh dich um! Wir wollten doch sowieso hierher! Wegen der Brandstiftung!«

Wie lange war das her? An die Brandstiftung hatten wir schon längst nicht mehr gedacht. Inzwischen hatten sich immer neue, dringendere Aufgaben für uns ergeben.

Emma hat sich aufgerichtet und roten Staub und kleine Steine von ihren Knien gewischt. Der Wagen war inzwischen hinter einer Hügelkuppe verschwunden, und der Motor wurde leiser. Die Filmleute hatten offenbar nicht in ihre Außenspiegel gesehen. Sonst wären sie doch ganz sicher noch mal zurückgekommen und hätten uns zur Rede gestellt.

»Wegen der Brandstiftung?«, hat Emma gefragt. »Wieso denn wegen …!« Dann hat sie sich mit einer Hand gegen die Stirn geschlagen. »Gobolondo!«, hat sie gerufen. »Die abgebrannten Hütten! Eine, zwei, drei!«

»Genau, wir sind schon fast am Gobolondo!«, habe ich gesagt. »Aber warum? Warum, Emma?«

»Kann ich hellsehen?«, hat Emma gefragt. »Es reicht doch, wenn du das kannst!«

Aber in mir hat sich langsam so ein merkwürdiges, merkwürdiges Gefühl zusammengebraut, und mein Herz hat schneller geschlagen. Sie kennen das bestimmt, zumindest jeder private Ermittler unter Ihnen kennt es: das Gefühl, dass er direkt vor einer wichtigen Entdeckung steht. Er weiß noch nicht genau, welche Entdeckung es sein wird und wie und was und warum: Aber dass er kurz davor steht, in seiner Ermittlungsarbeit einen wichtigen Schritt weiterzukommen, ist aufregende Gewissheit. Ohne diesen Instinkt, ich sage es mit aller Bescheidenheit, kann kein privater Ermittler ein guter privater Ermittler sein.

Gobolondo. Die Brandstiftung. Siphos Rinder. Und jetzt sind auch noch diese Filmleute zum Gobolondo gefahren.

»Glaubst du im Ernst, die sind wegen ihrem Film hier, Emma?«, habe ich gefragt. Mit Dokumentarfilmen, das hatte ich ja schon erklärt, kenne ich mich natürlich nicht so gut aus. »Was könnten sie hier denn filmen?«

Emma hat die Achseln gezuckt. »Keine Ahnung!«, hat sie gesagt. »Aber sie filmen hier ja auch nicht, oder? Sie sind ja schon weitergefahren.«

Mehr hat sie nicht gesagt! Ich habe wieder gespürt, wie wichtig es war, dass ich mich gemeinsam mit Miss Agatha durch englische Filme in der Detektivarbeit geschult hatte.

Hier musste ich der Detektiv sein. Emma jedenfalls war nichts aufgefallen, und für Sie wiederhole ich es noch einmal: Gobolondo. Die Brandstiftung. Siphos Rinder. Und jetzt auch noch die Filmleute.

Nur, dass ich immer noch nicht wusste, wie das alles genau miteinander zusammenhing. Da war nur dieses Kribbeln des erfahrenen Detektivs kurz vor einer wichtigen Erkenntnis.

»Und wie kommen wir je wieder weg von hier?«, hat Emma gejammert. Das hat sie also am meisten beschäftigt! »In dieser Einöde kommt doch ganz sicher kein Auto vorbei, das uns mitnehmen könnte! Und wenn ich meine Mutter anrufe, kriege ich so einen Ärger! Wo sie doch im Augenblick noch nicht mal selbst herfahren kann! Weil Auntie sie in der Lodge nicht vertritt! Verdammt, wo ist Auntie? Heute ist aber auch wirklich ein Misttag!«

»Ngihambe emalibeni ebatsakatsi!«, habe ich geschnaubt. Was so ungefähr dasselbe bedeutet, es ist kompliziert zu erklären. »Ngihambe emalibeni ebatsakatsi!«

Aber das detektivische Kribbeln ist stärker geworden: Ja, wo verdammt (ngiyacolisa!) war Miss Agatha? Irgendwie, da war ich auf einmal ganz sicher, hing auch Miss Agathas Verschwinden mit allem hier zusammen: mit dem Gobolondo, der Brandstiftung, Siphos Rindern und den Filmleuten. Wenn alles mit allem zusammenhing, dann tat Miss Agathas Verschwinden das doch ganz sicher auch! Wir mussten nur noch herausfinden, wie.

»Da ist einer, Thabs!«, hat Emma plötzlich gerufen. Sie

hat erleichtert geklungen. »Drüben, bei dem Trümmerhaufen! Siehst du den nicht? Lass uns mal hingehen! Vielleicht kann der uns sagen, wie wir hier am besten wieder wegkommen. Er ist ja schließlich auch irgendwie hergekommen.«

Ich habe genickt. Zumindest ein kleines bisschen – ich wusste es! – besitzt Emma Chapman doch die Fähigkeit logischen Kombinierens, die einen guten Detektiv ausmacht.

Auf unserem Weg bis zu den Hütten war der Boden schwarz und staubig von der Asche des verbrannten Grases. Sogar fast den ganzen Hang des Gobolondo hinauf und bis weit ins Tal hinunter war der Boden schwarz. Jetzt in der Trockenzeit hatte das Gras besonders gut gebrannt. Längst war es ja überall im Königreich verdorrt und gelb und brannte wie Zunder. Ein Funke genügte.

Aber an manchen Stellen wagten sich auch schon vorsichtig neue Halme ans Licht. Wie konnte das sein, bei dieser Trockenheit? Reichte ihnen dafür der Tau der Nacht? Eish! An manchen Stellen begann schon ein Hauch von zartem Grün die Hügel zu überziehen.

Vielleicht wundern Sie sich, dass die Trümmerhaufen, die wir vom Lastwagen aus gesehen hatten, tatsächlich die abgebrannten Hütten waren, von denen Inspector Gwebu berichtet hatte. Sie glauben vielleicht, dass eine Hütte nicht so leicht brennen kann, weil sie aus Lehm besteht? Aber bedenken Sie bitte, dass unter dem Lehm das Geflecht aus Zweigen liegt. Und Holz brennt gut, und ebenso gut brennt das Grasdach.

Je näher wir gekommen sind, desto besser konnten wir auch die Gestalt erkennen, die mit einem Zweig harte, verkohlte Lehmklumpen auf dem Boden hin und her geschoben und in der Asche gestochert hat. Jetzt dürfen Sie wieder Ihren detektivischen Spürsinn benutzen, meine Damen und Herren! Und wenn Sie vielleicht schon jetzt erraten, wer die Gestalt war, die dort die Asche durchsuchte, sind Sie sogar bessere Ermittler als ich in diesem Augenblick. Denn niemals wäre ich darauf gekommen, wen wir hier oben auf dem Gobolondo antreffen würden.

»Der Junge im Barca-Shirt!«, hat Emma gezischt, als wir schon fast bei ihm angekommen waren. »Ich fass es ja nicht! Der Junge im Barca-Shirt!«

Der Junge im Barca-Shirt! (Ich vermute, Sie haben es schon geahnt? Man hätte es ahnen können, ich wiederhole: Alles hing bei diesen Ermittlungen mit allem zusammen. Nur hatte ich es trotzdem nicht geahnt, ich bin beschämt.)

»Was machst du denn hier?«, hat Emma zu dem erschrockenen Jungen gesagt, als wir bei den Hütten angekommen waren. (Von Hütten konnte man natürlich eigentlich nicht mehr sprechen. Geflecht und Grasdach mussten lichterloh gebrannt haben, und jetzt waren sie zu einem erstaunlich kleinen traurigen Haufen Asche in sich zusammengefallen. Und in diesem Haufen stocherte jetzt der Junge mit seinem Stock herum. Darum hatte er uns auch bisher nicht bemerkt.) »Willst du jetzt auch noch die Hütten plündern, Tsotsi? Tun dir die Menschen nicht leid? Nein, oder? Solange du nur Geld machen kannst, tut dir niemand leid, Barca! Ekelhaft!«

Und sie hat dem Jungen böse ins Gesicht gestarrt.

Ich habe dem Jungen auch ins Gesicht gestarrt. Es war noch ein sehr junges Gesicht. Auch wenn ich weiß, dass man über das Alter nicht sprechen soll, muss ich in diesem Fall eine Ausnahme machen. Älter als vierzehn Jahre war das Gesicht ganz bestimmt nicht.

Merkwürdigerweise hat der Junge keinerlei Anstalten gemacht wegzulaufen. Das hätten Sie vielleicht erwartet? Bei einem Viehdieb hätte man es auch erwarten können. Und er wäre uns sicher nicht entkommen. Inzwischen stand nämlich Emma rechts von ihm und ich links. Man muss einen Verdächtigen einkesseln, damit er einem nicht entkommen kann, das ist eine der grundlegendsten Regeln der Detektivarbeit. Denn natürlich versucht ein Verdächtiger immer zu entkommen, sobald er sich ertappt fühlt. Und dieser Junge hier war immerhin der Tsotsi, der PC Sipho Godbless ins Verderben geführt hatte! Und jetzt hatten wir ihn am Ort des Geschehens ertappt! Da wäre es ja nur normal gewesen, wenn er die Beine in die Hand genommen hätte und gerannt wäre.

Aber genau das tat dieser Verdächtige nicht.

»Wie, was mach ich hier?«, hat er ärgerlich gesagt. Überhaupt nicht erschrocken. »Da kann ich doch wohl eher euch fragen, was ihr hier macht!«

Einen Augenblick lang war ich verblüfft über so viel Dreistigkeit. Was wir hier machten? Hatte der Junge denn gar keine Angst?

Wahrscheinlich war Emma genauso verblüfft wie ich. Aber

Emma wäre nicht Emma gewesen, wenn sie nicht trotzdem sofort weitergefragt hätte.

»Wieso traust du dich überhaupt noch hierher?«, hat sie gerufen. »Und plünderst jetzt auch noch die Hütten? Schämt sich nicht irgendwann sogar eine Verbrecherseele schwarz wie deine?«

Jetzt war der Junge an der Reihe, verblüfft auszusehen.

»Aber das war unsere Hütte!«, hat er gerufen. »Unsere, unsere, unsere! Und nun haben diese Schufte sie abgebrannt! Ich sehe nur nach, ob ich noch irgendwas finde, was man brauchen kann, jetzt, wo die Asche abgekühlt ist. Aber natürlich ist alles weg.«

Nachbemerkung

Ein Land wie das Königreich in diesem Buch gibt es wirklich, und ich habe es beim Schreiben die ganze Zeit in meinem Kopf gesehen: Es liegt ganz im Süden Afrikas. Es gibt diese Sprache, diese Namen, und auch die Orte findet man auf einer guten Straßenkarte. (Nur nicht Lion Park, der heißt in Wirklichkeit anders, genau wie das Zonkizizwe-Stadion.) Aber mit den Orten wie mit allen Personen in der Geschichte habe ich getan, was Autoren zum Glück erlaubt ist: Ich habe sie durcheinandergewürfelt, wie ich sie gerade für meine Geschichte gebraucht habe. So ist ein neues, eigenes Königreich nur für dieses Buch entstanden, dessen Polizisten ganz sicher dümmer sind als in der Wirklichkeit und dessen Kinder vielleicht schlauer. (Aber wirklich nur vielleicht.)

Und dass Thabo und Sifiso keine Eltern mehr haben, ist auch genau wie in der Wirklichkeit: Im Süden Afrikas haben durch Aids unglaublich viele Kinder ihre Eltern verloren. Und wie Thabo und Sifiso schaffen sie es trotzdem, ihr Leben zu leben. Dafür kann man sie eigentlich noch viel mehr bewundern, als wenn sie immerzu Kriminalfälle aufklären würden, oder?

www.moewenweg-stiftung.de

Danksagung

Dieses Buch hätte ohne eine Reihe von Menschen im Süden Afrikas nicht geschrieben werden können.

Ich danke den Mitarbeitern des Aids-Waisenprojekts MobiDiK in Swasiland: Tihlobetakhe Zulu, Agnes Dlamini, Welile Simelane und Mbuso »Mr Chicken« Dlamini, mit denen ich über viele Jahre im abgelegenen Bergland unterwegs sein konnte und die mir dabei immer wieder geduldig erklärt haben, was ich nicht verstand – von Hochzeitsbräuchen über die Geister der Ahnen bis hin zum Busverkehr.

Ich danke Ton und Gill Vriend für ihre Großzügigkeit, Gastfreundschaft und stete Bereitschaft, Fragen zu beantworten. Ihr Zuhause eMoyeni (»Platz der Winde«) direkt unterhalb von Sibebe Rock, dem größten Monolithen der Erde, hat mir ein wenig als Vorbild für Miss Agathas Cottage gedient.

Ich danke der tapferen Mary Zikalala, die mit 69 Jahren allein ihre vier verwaisten Enkelkinder großzieht. Sie hat sämtliche siSwati-Passagen in diesem Buch für mich überprüft und beharrlich versucht, mir Wörter wie »Silima!« (Blödmann!) auszureden, weil sie nicht schön sind. Dafür hat sie mir jeden Morgen einen kleinen Zettel mit freundlichen Wörtern zugesteckt, wie sie in keinem Buch fehlen sollten. (Ein paar habe ich verwendet.)

Natürlich danke ich auch den gigantischen Krokodilen von Mlilwane, den wütenden Nilpferden von isiMangaliso und den geduldigen Nashörnern von Nhlane – alle drei Orte sind Vorbilder für Lion Park – dafür, dass sie mich verschont haben, selbst wenn ich ihnen manchmal (unbeabsichtigt) leichtsinnig nah gekommen bin.

Ich danke den unzähligen Frauen, mit denen ich in den vergangenen Jahren im Bergland von Shiselweni bei ihrer ehrenamtlichen Betreuung von Aids-Waisen gesprochen habe. Die Begegnung mit ihnen und viele ihrer Bemerkungen, Fragen und Bitten haben mir geholfen, das Leben dort besser zu verstehen.

Und ich danke den Hunderten von Kindern, zumeist Waisen, die bei meinem gefährlich hellhäutigen Anblick manchmal zuerst geweint und sich dann doch auf meine Kommunikationsversuche eingelassen haben. Ich bewundere ihre Tapferkeit und ihre Fröhlichkeit. Unter ihnen finden sich die Vorbilder für Thabo und die anderen.

Ohne sie alle hätte dieses Buch nicht geschrieben werden können. Trotzdem werden sich darin Fehler und Irrtümer finden: Natürlich habe ich sie ganz allein zu verantworten.

Alphabetische Liste aller schwierigen Wörter

Assegai – Speer
Babe – Vater, auch respektvolle Anrede für ältere Männer
Bakkie – Lieferwagen
Bantfwana – Kinder
Boerwors – südafrikanische Wurst, besonders beliebt zum Grillen
Buganu – alkoholisches Getränk aus den Früchten des Marula-Baums
Buka naku! – Sieh dir das an!
Buya lana! – Komm her!
Buyani lana! – Kommt her!
Cha! – Nein!
Dagga – Drogen, speziell Marihuana
Eish! – Wow! Meine Güte!
Emadloti – Geister der Ahnen
Emalangeni – Landeswährung (Sing.: Lilangeni)
Gogo – Großmutter, auch allgemein: alte Frau
Hamba kahle! – Auf Wiedersehen! (an den, der geht) (Plural: Hambani kahle!)
inTfwasa – Ausbildung zum Sangoma

Kraal – Viehgehege; aber auch: Hof, Siedlung

Kuphotfulwa – Abschlusszeremonie der Sangoma-Ausbildung

Kusile! – Guten Morgen!

Lala kahle! – Gute Nacht! (wörtl.: Schlaf gut!) (Plural: Lalani kahle!)

Lobola – Brautpreis, den der Bräutigam der Familie der Braut zahlen muss

Make – Mutter, auch respektvolle Anrede für ältere Frauen

Mealie-Bier – Bier, das aus Mais gebraut wird (siehe Tjwala)

Muti – traditionelle Medizin aus Pflanzen, Tieren und Mineralien

Ngihambe emalibeni ebatsakatsi! – Ich hatte einen schlechten Tag! (wörtl.: Ich bin von bösen Zauberern verzaubert worden!)

Ngilambile. – Ich habe Hunger.

Ngiyabonga. – Vielen Dank.

Ngiyacolisa. – Entschuldigung. (Ich entschuldige mich.)

Ngiyahamba. – Ich mache mich auf den Weg.

Ngiyaphila. – Mir geht es gut.

Ngiyaphila nami. – Mir geht es auch gut.

Ngongoni – Dezember (Monat des kleinen Gnus)

Nkhosi – etwa: Sir (sehr respektvolle Anrede)

Pap – Maisbrei

Sala kahle! – Auf Wiedersehen! (an den, der bleibt) (Plural: Salani kahle!)

Sangoma – traditioneller Heiler, der vor allem die Geister beschwört (Plural: Tangoma)

Sanibonani! – Guten Tag! (wenn man mehrere Menschen begrüßt)

Sawubona! – Guten Tag!

Silima! – Blödmann! (Plural: Tilima!)

Sisi – Schwester

Siyendle – typische ockerrote Zöpfe der Tangoma

Tangoma – Plural von Sangoma (siehe dort)

Tjwala – Bier, das aus Mais gebraut wird (Mealie-Bier)

Tsotsi – Gangster (Plural: Tsotsis)

Umtsakatsi – Zauberer

Unjani? – Wie geht es dir?

Unjani wena? – Und wie geht es dir?

Yebo – Ja

Zonkizizwe. – Alle Nationen sind willkommen.

Namensliste der Personen

(In alphabetischer Reihenfolge, aber die wichtigsten schon gleich mal vorweg.)

(Vermutlich) wichtigste Personen:

Thabo Sonnyboy Shongwe: Will Gentleman und Privatdetektiv werden. Erzählt die Geschichte, ohne zu verraten, wie alt er ist.

Sifiso Lovejoy Madlopha: Thabos bester Freund. Will Detektiv werden wie er, hat aber im Augenblick noch alle Hände voll mit seinen drei jüngeren Geschwistern zu tun.

Emma Chapman: Tochter von Ms Wendy Chapman, Miss Agathas Großnichte und Thabos älteste Freundin. Ist inzwischen leider die meiste Zeit des Jahres auf einem Internat in England.

Miss Agatha: Der älteste Mensch in Thabos Bekanntschaft, Großtante von Emma. Guckt mit Thabo Kriminalfilme auf DVD.

Alle anderen (natürlich auch wichtigen) Personen:

Bongani: Ranger in Lion Park

Dr. Smythe-Kellington: Arzt an der Klinik in Mbabane. Glaubt, dass es mehr Dinge zwischen Himmel und Erde gibt, als unsere Schulweisheit sich träumen lässt.

Duduzile Mbisi: Verlobte von PC Sipho Godbless. Macht eine wichtige Zeugenaussage und verschwindet mit wehenden Röcken.

Dumisani: Das älteste Hausmädchen von Lion Lodge und Haushaltshilfe von Miss Agatha

Frans: Mitarbeiter der Hilfsorganisation Water WiZZard, die im Land nach Wasser sucht. Gerät mit seinen Kollegen in Verdacht, eigentlich nur Pumpen verkaufen zu wollen.

Grateful: Mitarbeiter der Hilfsorganisation Water WiZ-Zard, der einen furchtbaren Verdacht gegen Sandile schürt

Hlahla Delighty Madlopha: Sifisos vernünftige Schwester, zuständig fürs Kochen

Inspector Quinton Gwebu: Polizeichef von Debedebe und mit der Aufklärung des Falles betraut

Lungile Lemonade Madlopha: Sifisos kleine Schwester. Hat den Geist eines Schwarms wilder Bienen in sich und zum Glück viele Schutzengel.

Lutetia: Mitarbeiterin der Hilfsorganisation Water WiZ-Zard. Steckt Lemonade gerne Würstchen zu.

Lwasi Kaizer Masuku: Ein Sangoma, der etwas für die spirituelle Erneuerung der Weißen tut und äußerst verdächtig ist

Ms Wendy Chapman: Emmas Mutter und Besitzerin von Lion Lodge

Onkel Vusi: Ranger in Lion Park und Thabos Onkel, bei dem Thabo lebt

Paki: Schuhputzboy in Lion Lodge, der alles über Schuhe weiß, aber auch über Nilpferde

Police Constable (PC) Sipho Godbless: Junger Polizist am Polizeiposten Debedebe. Küsst gerne seine Verlobte, kennt sich aber mit Kriminalistik nicht besonders aus.

Reverend Hlophe: Pastor, der viele kluge Sachen sagt und seinen alten Morris Minor 1000, Baujahr 1967, vielleicht ein kleines bisschen zu sehr liebt

Sandile: Sangoma, der unter einen schrecklichen Verdacht gerät

Sibusiso Pilot Madlopha: Sifisos jüngerer Bruder

Sipho Joyful: Ranger in Lion Park. Trinkt gerne Mealie-Bier und Buganu.

Tante Bongwe aus Mantongomane: Weiß auch nicht, wo Delighty geblieben ist.

Thulile: Rezeptionistin in Lion Lodge. Hat das College für Tourismus und Fremdenverkehr besucht und daher ein Diplom mit roter und goldener Schrift, das in einem Rahmen an der Rezeption hängt.

Kirsten Boie, 1950 in Hamburg geboren, war einige Jahre als Lehrerin tätig, bevor 1985 ihr erstes Kinderbuch »Paule ist ein Glücksgriff« erschien und sich als grandioses Debüt erwies. Heute ist sie eine der renommiertesten und vielseitigsten deutschen Kinder- und Jugendbuchautorinnen. Die promovierte Literaturwissenschaftlerin hat zahlreiche nationale und internationale Auszeichnungen erhalten und wurde mehrfach für den Hans-Christian-Andersen-Preis nominiert. 2007 wurde sie für ihr Gesamtwerk mit dem Sonderpreis des Deutschen Jugendliteraturpreises geehrt.

Allerbeste Freunde!
Max und seine coole Rentnergang

Lisa-Marie Dickreiter/Winfried Oelsner
Max und die Wilde Sieben.
Das schwarze Ass
ISBN 978-3-7891-3332-9

Auf Burg Geroldseck soll Max mit lauter Omas und Opas zusammenleben – wie öde! Doch als ein Einbrecher dort sein Unwesen treibt, merkt er schnell: Die Senioren von Tisch Nr. 7 sind richtig cool!

Lisa-Marie Dickreiter/Winfried Oelsner
Max und die Wilde Sieben.
Die Geister-Oma
ISBN 978-3-7891-3334-3

Nun treibt Max Oberschwester Cordula endgültig in den Wahnsinn: Mit den Wilden 7 gründet er die Seniorenmannschaft FC-Alte-Knacker! Und nebenbei muss auch noch ein neuer Fall gelöst werden.

Oetinger

Auch als e-Books und Hörbücher. Weitere Informationen unter:
www.oetinger-audio.de und **www.oetinger.de**

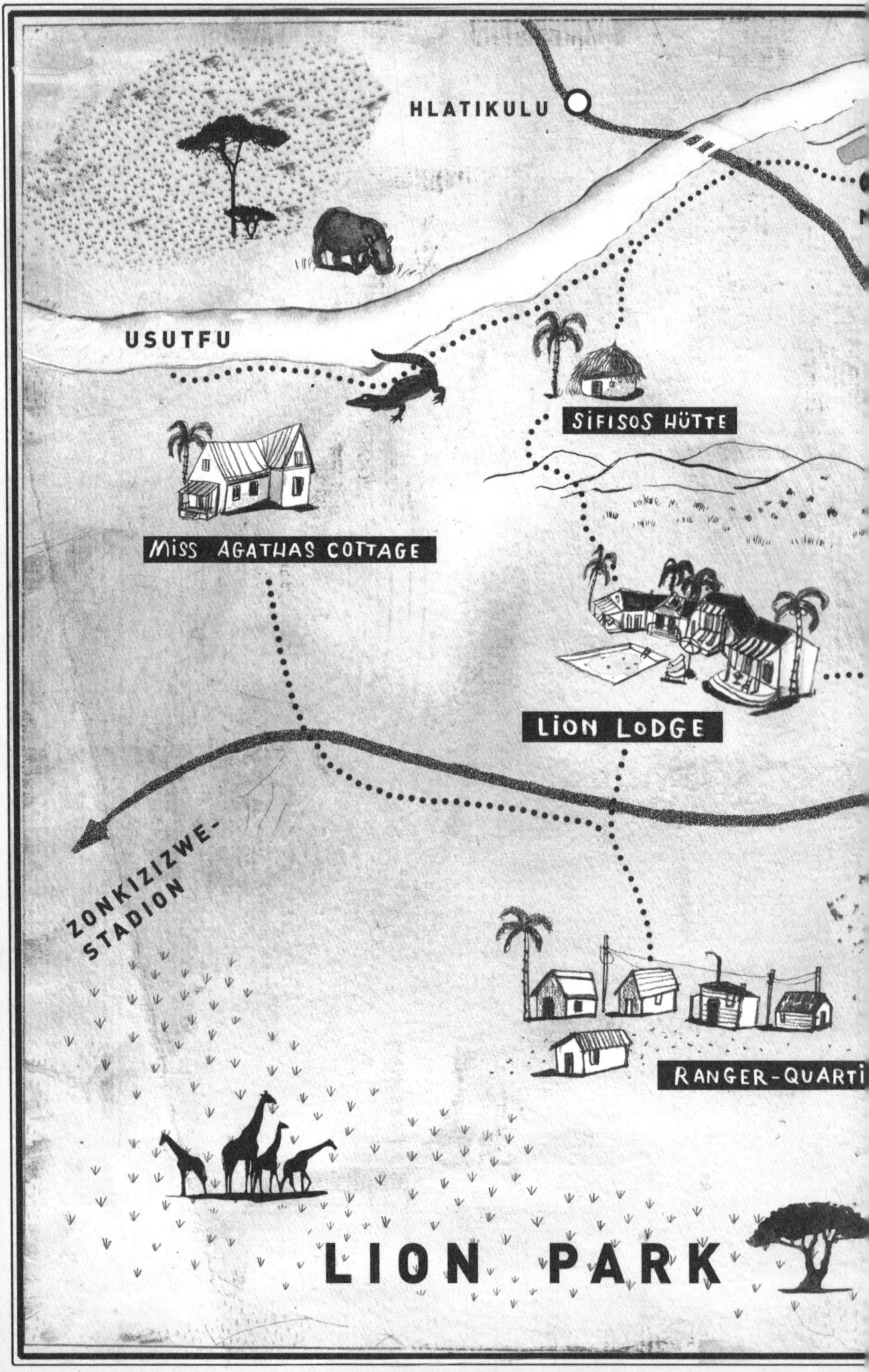
HLATIKULU
USUTFU
SIFISOS HÜTTE
MISS AGATHAS COTTAGE
LION LODGE
ZONKIZIZWE-
STADION
RANGER-QUARTI
LION PARK